〔日〕中岛敦 — 著

韩冰 孙志勇 — 译

山月記

中岛敦作品集

中华书局

图书在版编目(CIP)数据

山月记:中岛敦作品集/(日)中岛敦著;韩冰,孙志勇译. —北京:中华书局,2021.8(2024.5 重印)
ISBN 978-7-101-15245-6

Ⅰ.山… Ⅱ.①中…②韩…③孙… Ⅲ.历史小说-小说集-日本-现代 Ⅳ.I313.45

中国版本图书馆 CIP 数据核字(2021)第 121759 号

书 名	山月记:中岛敦作品集	
著 者	〔日〕中岛敦	
译 者	韩 冰 孙志勇	
绘 者	一 了	
责任编辑	徐卫东	
责任印制	管 斌	
出版发行	中华书局	
	(北京市丰台区太平桥西里 38 号 100073)	
	http://www.zhbc.com.cn	
	E-mail:zhbc@zhbc.com.cn	
印 刷	北京盛通印刷股份有限公司	
版 次	2021 年 8 月第 1 版	
	2024 年 5 月第 4 次印刷	
规 格	开本/880×1230 毫米 1/32	
	印张 11¼ 插页 2 字数 220 千字	
印 数	14001-16000 册	
国际书号	ISBN 978-7-101-15245-6	
定 价	58.00 元	

目录

古谭

附　体

传说奈乌里部落①的夏克中邪了。说是附上身的灵物五花八门，有鹰啊、狼啊、水獭啊等等。这些东西纷纷附在可怜的夏克身上，让他说出种种不可思议的话来。

在后来被希腊人统称为斯基泰人②的土著人当中，这一支部落尤其独具一格。为躲避野兽袭击，他们在湖面上建造家园。

几千根木桩被打进湖水的浅滩，上面铺着木板，他们的家就建在木板上。打开木板上随处安装的吊板，可以放下鱼笼捕捞湖鱼。他们划着独木舟，在湖上猎捕水獭和水狸。懂得麻布的编织法，将麻布同兽皮一起穿在身上。平常吃的是马肉、羊肉和木莓、菱角。特别爱喝马奶和马奶酒。在挤马奶时，他们使用一种古代传下来的奇方：往母马肚子里插一根兽骨做的管子，让奴隶向里面吹气使奶水流出。

奈乌里部落的夏克，曾经是这些湖上居民中最平淡无奇的一人。

夏克开始变得奇怪，是去年春天弟弟德克死去之后的事。那一次，北方剽悍的游牧民乌古里族派出一支队伍，在马背上挥舞着偃

①　在古希腊历史学家希罗多德所著《历史》（第四卷）中，有关于这一部族的记载。
②　斯基泰人为欧亚大陆最早的游牧民族，曾创造出高度的金属器文化。

月刀，如同疾风一般袭击了这个部落。

湖上居民们拼死抵抗。起初他们冲上湖畔迎击侵略者，可是敌不过以善战闻名的草原骑兵，不得不退回湖上的栖所。撤掉连接湖岸的架桥，把每一家的窗户当作堞口，用投石器和弓矢奋力还击。划不惯独木舟的游牧民终于对歼灭湖上村庄死了心，将留在湖畔上的家畜掠夺一空后，又如同疾风一般回北方去了。

在他们身后，被鲜血染红的湖畔土地上，只留下几具失去了头颅和右手的尸体。侵略者只把头颅和右手砍下带走了。头盖骨据说是用来在外表镀金后做成骷髅杯，右手则是为了把皮连着指甲剥下来制作手套。

夏克弟弟德克的尸体也在遭受这番凌辱后，被丢弃在湖畔。因为没有头，只能靠衣服和饰物辨认死者。当凭着腰带的标记和板斧的花纹明白无误地认出弟弟的尸体时，夏克一脸茫然，对着眼前的惨状注视了好久。那副神情，怎么看都和伤悼弟弟的死有些不太一样——到了后来，有人这么说。

随后不久，夏克就开始口吐胡话了。究竟是什么邪灵附体令他说出这么奇怪的话，起初人们并不明白。听说话的语气，似乎是哪个被活剥了皮的野兽的魂灵。直到讨论之后，众人得出了结论：这一定是被蛮人砍断的他弟弟德克的右手在说话。

四五天后，夏克又说起别的灵物的话来。这一次，人们立刻听懂了。用着哀伤的语气，叙述自己武运不济、战死沙场的经过，以及死后被虚空的大灵一把抓住后颈丢进无限黑暗彼岸的情形的，无疑正是弟弟德克本人。众人猜想，一定是夏克茫然站在弟弟尸体旁边时，德克的魂灵潜入到哥哥身体里面去了。

不过到这时为止，因为是夏克最亲的骨肉和其右手，凭附在他身上倒也算不得奇怪。可当平静了一段日子之后，夏克再次口吐胡话时，众人都大吃了一惊。这次竟然是些和夏克毫不相干的动物和人在说话了。

从前，部落里也有过中邪的男人或女人，可这么多五花八门的东西凭附在同一个人身上，却是从来没见过。

有一次，住在部落下面的湖水里的鲤鱼借夏克之口，讲述了鳞族们生活中的悲哀和快乐。又有一次，特拉斯山的鹰隼讲述了它眼中的湖水、草原和山脉，以及山脉那边如镜子一般的湖泊的壮观景致。还有一次，草原上的母狼讲述了在冬天惨白的月亮下，挨着饥饿整晚行走在冻结的大地上的辛酸。

新奇不已的人们纷纷赶来听夏克的胡话了。有趣的是，夏克自己（或者说附在夏克身上的各种灵物）似乎也开始期待有更多的人来听。他的听众一天天增加，可是有一天，其中某个人突然说道："夏克那些话，才不像是附体的灵物说的呢。那别是夏克自己想出来的吧？"

"怪不得，这么说起来，其他中邪的人说话时都恍惚不清的，可夏克看上去却没有一点不对劲的地方。""他的话也太有条理了。""是有点不对呢。"——说这些话的人越来越多了。

夏克也不知道自己这些日子的行为究竟意味着什么。不同于其他所谓中邪的人这一点，他自然也有所察觉。可是，为什么自己会接连几个月持续着这种奇妙的行为，并且毫无倦意呢？由于自己也无法解释，他只能认为这也许仍是某种中邪的结果。

起初，的确是因为伤心弟弟惨死，在脑海中一遍又一遍愤懑地描画着他的头颅和手的去向时，无意中脱口说出了一些奇妙的话。这应该说不是有意为之。但是这件事令本来就有些空想倾向的夏克，尝到了凭借想象化身为自己身外之物的乐趣。

看到听众一天天增加，而他们脸上随着自己讲述故事的一张一弛，不断浮现出或是恐怖或是轻松的毫不作伪的神情，这种乐趣终于变得无法抑制了。幻想故事的结构变得越来越巧妙，想象中的情景描写变得越来越有声有色。各种场面鲜明而具体地不断涌现到脑海中，简直令他自己都觉得难以置信。他一面暗自惊讶，一面不得不认为这毕竟还是某种灵物附体在自己身上的结果。

这些不知是何缘故源源不断地生长出来的话语，可以用一种叫做文字的工具记录下来，并流传到遥远的后世，这是他所不知道的。自己如今扮演的角色会被后来的人们用什么名字称呼，他更是连做梦也想不到。

虽然如今大家都说，夏克的话看起来像是编造的，可听众却丝毫没有减少。相反，人们开始纷纷要求他再作些新的故事。他们的想法也和作者本人一样：即便那是夏克自己编出来的，但能让生性平庸的夏克讲出那么美妙的话，一定还是有什么灵物附体无疑。对没有灵物凭附的他们来说，把自己从没有见过的东西描绘得这么栩栩如生，是无法想象的事。在湖畔的岩石凉荫里，在附近森林的冷杉树下，或者，在墙上挂着山羊皮的夏克家门口，他们围着夏克坐成一圈，其乐无穷地听着他的故事。住在北方山地的三十名盗匪的故事啦，森林夜晚的怪物的故事啦，草原上年轻的母牛的故事啦，等等。

看到青年们沉迷于夏克的故事甚至耽误了劳作，部落的长老们皱起了眉头。其中一个人主张道："出现夏克这样的家伙是不祥的征兆。要说中邪，这种奇怪的中邪闻所未闻；要说不是中邪，这么整天胡言乱语的疯子前所未见。不管怎么说，部落里出现这样的人，肯定是违背自然的恶兆。"刚好这位长老拥有豹爪作为自家的标志，是部落里家世最显赫的人，他的说法得到了全体长老的支持。一场惩治夏克的密谋开始策划了。

夏克的故事里，从周围人类社会取材的东西逐渐多了起来。总是老鹰或母牛，已经不再能满足听众了。夏克开始讲美丽的青年男女的故事、又吝啬又妒忌的老太婆的故事，还有对别人大要威风却对老婆连头都不敢抬的酋长的故事……在讲脑袋好像脱毛期的秃鹰，却和小伙子争夺年轻姑娘，结果惨遭失败的老头子的故事时，听众们轰的一声全笑了。看到大家笑得那么厉害，一问缘故，原来提议惩罚夏克的那位长老最近刚好有过一模一样的经历。

长老越发生气了。他绞尽白蛇般的奸智，定下了一条计策。另一个妻子最近与人私通的男子加入了策划，理由是他相信夏克在某个故事中讽刺了自己。

这两人竭尽全力，想让大家注意到夏克长期以来荒怠了作为一名部落成员的义务。夏克不钓鱼。夏克不照料马匹。夏克不去森林里伐木，也不剥水獭皮。很久以前，自从寒风从北方的山岭运来鹅毛般的雪片以来，难道有人看到夏克参加过部落里的劳动吗？

人们心想："的确如此啊。"事实上，夏克确实什么也没有做。到了分配过冬的生活必需品的时候，人们尤其强烈地感到了这一点，即便夏克最热心的听众也不例外。虽然这样，由于迷恋那些有趣的故事，人们还是不情不愿地把过冬的食物分给了不劳动的夏克。

整个冬天，他们裹在厚厚的毛皮下面躲避着北风，在烧着兽粪和枯枝的石炉边喝着马奶酒。到湖岸的芦苇发出绿芽时，他们再次来到户外，开始劳作。

夏克也来到了田野上，可看起来目光迟钝、呆头呆脑的样子。人们马上发现，他已经不再讲故事了。硬是请他讲，他也只会拿些从前讲过的故事老调重弹。甚至就连这样，他也无法讲得令人满意。从前焕发在话语里的光彩彻底消失了。人们都说："附在夏克身上的灵物走掉了。"曾经令夏克讲出各种故事的灵物，的的确确，是消失不见了。

附体的灵物虽然消失了，可从前那种勤劳的习惯并没有回来。既不劳动，也不讲故事，夏克每天只是呆呆地望着湖面出神。每当看到他这副样子，从前那些听众就会怀着满肚子怒气，回想起自己竟然把宝贵的过冬食物，分给了这个一脸蠢相的懒汉。对夏克怀恨在心的长老们窃笑了。因为如果某人被一致认为对部落有害无益，经过协商就可以处置他。

胸前挂着硬玉颈饰、脸上留着浓密胡须的当权者们三天两头地聚在一起商议着。没有一个人，肯替无亲无靠的夏克辩护。

就在这时，雷雨季到来了。他们是最害怕雷鸣的——那是名叫天的独眼巨人发出的令人恐惧的诅咒声。每当这种声音响起，他们会马上停止一切劳动，被除不祥之气。

奸诈的长老用两只牛角杯买通了占卜的巫师，从而成功证明了最近频繁的雷鸣，是由于夏克不祥的存在。众人做出如下决议：某月某日，从太阳经过湖心上空，到挂上西岸山毛榉的大树梢头这段时间里，如果雷鸣超过三次，那么夏克将在第二天，按照祖先传下来的规矩被处死。

那一天午后，有人说听到了四次雷鸣。还有人说听到了五次。

第二天傍晚，湖畔上围着篝火举行了盛大的飨宴。大锅里面，和马肉、羊肉一起，可怜的夏克的肉也被嘟嘟地煮着。对食物不算丰富的这个部落的居民来说，除了病死的人以外，所有新鲜的尸体都理所当然要拿来食用。

曾经是夏克最热心听众的卷毛青年，脸颊被篝火映得红通通的，大口咬着夏克肩膀上的肉。遂了心愿的长老用右手紧握可恶仇敌的大腿骨，津津有味地啃着上面的肉。啃完后将骨头向远处随手一抛，只听一声水响，骨头沉进了湖底。

没有人知道，远在名叫荷马的那位失明的吟游诗人吟诵出那许多美丽的诗篇之前，有一位诗人就这样被吃掉了。

木乃伊

　　在居鲁士大帝与皇后卡桑达涅的皇子、也就是波斯王冈比西斯[①]入侵埃及的时候，其麾下有一位名叫帕里斯卡斯的将领。这个人据说祖辈来自东方的巴克特利亚[②]一带，像个沉闷的乡巴佬，始终无法融入都城的氛围。而且，他还有些耽于空想，因此尽管官位不低，却经常受到人们的嘲笑。

　　当波斯大军穿过阿拉伯，踏上埃及土地的时候，这位帕里斯卡斯不同寻常的样子引起了同僚与部下的注意。面对周围陌生的风土人情，帕里斯卡斯用一种不可思议的眼神注视着，不安地陷入沉思。像是要回忆什么，却怎么都回忆不起来，那焦躁的样子在谁眼里都看得一清二楚。有一次，埃及军队的俘虏被带到阵前，其中一个人说话的声音传进了他的耳朵。他带着奇怪的表情听了一会儿之后，对旁边的人说，自己似乎能听懂他们说话。虽然自己不会说，但似乎能够理解他们说的那种语言。帕里斯卡斯派士兵去查问那些俘虏是不是埃及人（埃及军队大部分是由希腊人等佣兵组成）。答复

---

　　① 即冈比西斯二世（公元前529—前522年在位），继承其父居鲁士大帝遗愿征服了埃及，将波斯帝国的版图扩张至北非。
　　② 巴克特利亚故址主要在今阿富汗北部一带，当时是波斯帝国的一个行省。

说的确是埃及人。他又带着不安的表情陷入了沉思。迄今为止，他从来没有踏上过埃及的土地，也没有与埃及人有过任何交往。即使在激烈的战斗期间，他也陷入沉思当中。

当追赶着败退的埃及军队，进入白墙环绕的古都孟斐斯时，帕里斯卡斯身上阴郁的兴奋变得更加明显。有好几次让人感到就像癫痫患者即将发作时的样子。周围那些以前嘲笑他的人们渐渐感到害怕起来。来到孟斐斯市郊伫立的方尖塔下面时，他用低沉的声音读出了塔面上雕刻的绘画一样的文字。然后，用同样低沉的声音，向同僚们介绍了建造这座塔的国王的名字及其功业。同僚将领们讶异地面面相觑。帕里斯卡斯自己也满脸讶异的表情。迄今为止，从来没有人（包括帕里斯卡斯自己）听说过他通晓埃及历史，认识埃及文字。

同样是从那个时候开始，帕里斯卡斯的主君冈比西斯也逐渐罹患上狂暴的疯癫之气。他命令埃及法老普萨美提克三世饮下牛血后，将其处死。这样还嫌不够，接着打算对半年前驾崩的上一代法老雅赫摩斯的尸体施加侮辱。因为冈比西斯最恨的其实是雅赫摩斯法老[1]。他亲自率领一支部队，奔赴雅赫摩斯法老的陵墓所在地赛斯城。抵达赛斯城后，下令众将士去寻找雅赫摩斯法老的陵墓，把尸体挖出来带到自己面前[2]。

看来事先已经预料到有这么一天，雅赫摩斯法老陵墓的地点被巧妙地隐藏了起来。波斯军队的将士们不得不对赛斯城内和城外为

---

[1] 即雅赫摩斯二世（公元前569—前526年在位）；据希罗多德《历史》（第二卷）记载，在他当政期间埃及达到空前的繁荣。

[2] 在希罗多德《历史》（第三卷）中，有冈比西斯二世向雅赫摩斯法老索要其女儿未果、怒而远征埃及，以及在征服埃及后对其尸体加以凌辱的记载。

数众多的陵墓一一进行搜查。

帕里斯卡斯也是陵墓搜索队中的一员。其他人都趁机掠夺与埃及贵族的木乃伊一起埋进墓地的宝石、服饰和家具，唯独帕里斯卡斯对这些东西看也不看，依然带着一副阴郁的表情，从一座墓地走到另一座墓地。有时从他那阴郁的表情中也会流露出一丝明亮，就像从阴天云层中射出一缕阳光，但马上又消失不见，恢复原来那心神不定的阴郁。似乎在他心里，有一个想要解开却无论如何也解不开的谜团。

开始搜索几天后的一个下午，帕里斯卡斯独自一人，站在一座看起来非常古老的地下墓室里。他是什么时候和同僚、部下们走散的，这里是在赛斯城的什么方位，无从得知。总之，当他从平时的空想状态中清醒过来时，发现自己独自一人，站在古老墓室的昏暗中。

当眼睛逐渐适应了昏暗，墓室中散落的各种雕像、器皿，四周的浮雕、壁画等等，开始逐渐浮现到视野中。地面上躺着几个陶制人偶的头部，棺材盖子也被打开丢在一旁，很明显，这里已经遭到过其他波斯兵的洗劫。古老尘埃的气息，冰冷地侵入他的鼻腔。在昏暗深处，鹰头神的硕大立像严肃地窥视着他。近处的壁画上，神灵们顶着豺狼、鳄鱼、青鹭等奇形怪状的动物的头部，排成忧郁的队列。在队列中，还有一个没有头和身体，长着细长的手和脚的巨大眼球。

帕里斯卡斯几乎无意识地朝着墓室深处走去。走了五六步，他被绊住了。低头一看，脚边躺着一具木乃伊。他几乎想都没想，抱起木乃伊，放在了神像的台子上。这是一个近些日子以来几乎已经看腻了的普通的木乃伊。他正准备继续向前走，无意间看到了那个木乃伊的脸。顿时，后背掠过一道说不清是冷是热的东西，投向木乃伊的视线已经无法挪开。他犹如被磁石牢牢吸住一样，一动不动地，注视着木乃伊的脸。

就这样，究竟过了多长时间呢？

在这段时间里，他感到自己内部发生了不同寻常的变化。构成他身体的所有元素，在皮肤下面激烈地（正如后世化学家在试管中进行的实验那样）冒泡、翻滚、沸腾，当沸腾告一段落平息下来，已经彻底改变为与之前性质不同的东西。

他感到心情极为舒畅。自从进入埃及以来，一直困扰着他的那件事——就好像在早上想要回忆昨晚的梦，明明知道，却无论如何也想不起来的那件事，如今彻底明白了。什么啊，原来如此！他不禁说出声来："原来我就是这个木乃伊啊！"

当帕里斯卡斯说出这句话时，木乃伊的嘴角似乎微微动了一下。是从哪里照进了一道光吗？在一片昏暗中唯有木乃伊的脸部明亮地浮现出来，看得一清二楚。

犹如劈开黑暗的电光一闪，遥远的前世记忆一下子复苏了。从前他的灵魂寄居在这个木乃伊身上时各种各样的记忆——直射下来几乎要把砂地烤焦的阳光、树荫下吹拂的微风、河水泛滥过后淤泥散发的气息、繁华街道上来往行人的白袍、沐浴后擦上香油的味道、在昏暗的神殿中祷告时膝下石板的冰凉感触等，这些鲜活感觉的记忆从忘却的深渊中一起复苏，纷至沓来。

那时，他也许是在普挞神的神殿做祭司。说"也许"，是因为如今在他眼前复苏的全是他从前看过、触碰过、经历过的东西，但从前自己的样子却一点也没有浮现出来。

忽然，自己作为牺牲祭献在神前的牡牛那悲伤的眼神，浮现了出来。那眼神，跟自己熟悉的一个人很相似。对了，的确，就是那个女人。立刻，一个女人的眼睛、涂着薄薄一层孔雀石粉的脸颊、纤瘦的身材，伴随着他熟悉的动作乃至体温，浮现了出来。他感到非常怀念。那犹如日暮时分湖畔的红鹤一样，显得那么寂寞的女人。毫无疑问，就是从前的他的妻子。

不可思议的是，关于名字，不管是人名、地名，还是物品的名称，一个也想不起来。无名的形状、颜色、气息和动作，在距离与时间的观念发生了颠倒错位的异常寂静中，在他眼前倏忽浮现，又消失。

他已经没有在看木乃伊了。或许灵魂已经脱离他的身体，进入了木乃伊之中吧。

又一个场景浮现了出来。他似乎发着高烧躺在床上。妻子在旁边担心地注视着他。在妻子身后，好像有老人和孩子。他感到极度口渴。刚动了动手指，妻子马上过来喂他喝水。然后，他昏昏沉沉地睡着了。再醒过来时，烧已经彻底退了。他微微睁开眼，看到妻子在旁边哭泣，后面的老人们也在哭泣。忽然，就像眼看着乌云转眼之间将湖面的天空染成黑色，一片巨大的苍然阴翳向自己覆盖下来。在令人目眩的下降感中，他不由得闭上了眼睛。

他的前世记忆就此突然间断掉。之后，是持续了几百年的意识的黑暗吗？当他再次恢复意识时（也就是此刻），发现自己是一名波斯军人，（在作为波斯人生活了几十年之后）站在自己从前身体的木乃伊前面。

虽然面对这神秘的显现有些颤栗，但此刻他的灵魂，就如北国冬天湖面上结的冰那样高度紧张，极度透澈。他的灵魂还在继续凝视着前世记忆的湖底。在那里，他在前世里的种种经验，就像在深海里自己发光的盲鱼们那样，无声地沉睡着。

这时，他的灵魂之眼，从黑暗深处，发现了一个奇怪的前世自己的形象。

前世的自己，在一间昏暗的小屋里，和一个木乃伊面对面地站着。前世的自己一边颤栗着，一边不得不确认这个木乃伊就是前前世的自己的身体。在和此刻同样的昏暗、阴冷、尘埃气息中，前世的自己，忽然回忆起了前前世自己的生活……

他打了个寒战。这是怎么回事？这令人恐怖的一致！如果按捺住恐怖，再仔细凝视下去，在前世唤起的前前世的记忆里面，难道不会看到前前前世自己的同样的身影吗？就像对照的镜子那样，无限向内叠加的可怕的连环记忆，难道不会无限地——令人目眩地无限地持续下去吗？

帕里斯卡斯全身颤栗，想要逃出去。但是，却迈不动腿。他无法将视线从木乃伊的脸上移开，犹如被冻在那里一样，和那琥珀色的干涸身体面对面地站着。

第二天，当其他部队的波斯士兵发现帕里斯卡斯时，他紧紧抱着一具木乃伊，倒在古墓的地下室里。虽然经过抢救终于活了过来，但明显呈现出发狂的症状，不断地胡言乱语。据说那些话不是波斯语，全是埃及语。

山月记[①]

　　李徵，陇西人士，博学俊才。天宝末季以弱冠之年名登虎榜，旋即补任江南尉。然而个性狷介，自恃甚高，颇以甘处贱吏为不洁。不久辞官不做，归卧故乡虢略，息交绝游，潜心于诗作。与其做一员低等官吏在俗恶的高官前长向屈膝，他毋宁成为一代诗家留名于百年之后。

　　不过，以文扬名并非易事，而生活却一天天困窘起来。李徵内心逐渐被一股焦躁驱赶。这时候起，他的容貌也日见峭刻，肉落骨秀，唯有两眼的目光比起往时更添炯炯。当年进士及第时那丰颊美少年的面影竟渐至无处可寻了。

　　几年过后，李徵困穷不堪，为了妻儿的衣食之资，终于不得不屈膝，再度东下赴一处地方官吏的补缺。另一方面，这也是因为他对于自己的诗业已经半感绝望。

　　昔日的同侪早已遥居高位，当初被自己视作蠢物、不屑与之启齿之辈如今却成了自己不得不对之俯首听命的上司。不难想象，这对当年隽才李徵的自尊心是怎样的伤害。他终日怏怏不乐，一股狂

---

　　① 本篇素材来自唐代传奇《人虎传》（又名《李徵》），见于《太平广记》《古今说海》等书。——译注

悖之性越来越难于压抑。

一年后，因公务羁旅在外，借宿汝水边上时，李徵终于发狂了。某日深夜，他忽然脸色大变，从床上跳起，一面嚷着些莫名其妙的句子，一面冲进了外面的夜色中。他就此再也没有回来。

在附近的山野里几番搜索，也未能发现任何踪迹。那之后的李徵到底怎么样了，无人知晓。

第二年，时任监察御史的陈郡人袁傪奉敕命出使岭南，途中宿在商於之地。

翌日凌晨天色尚暗时，一行人正准备上路，驿卒上前拦阻。说是前面路上有食人猛虎出没，旅人们非白昼无法通行，此刻天色尚早，不如再等一等为好。然而袁傪自恃随从众多，将驿卒斥退一旁，还是上路了。

借着残月的微光穿行在林间草地上时，果然有一只猛虎从草丛中跳了出来。眼看老虎就要扑到袁傪身上，却忽然一个翻身，躲回了原来的草丛里。

只听得草丛中传出人声，不停地喃喃自语着："好险，好险。"这声音袁傪似乎在哪里曾听到过一般。惊疑不定之中，他忽然一个闪念，叫道："兀那声音，莫不是吾友李徵吗？"袁傪和李徵同一年进士及第，对于没有多少朋友的李徵来说，他是最亲密的友人。那也许是因为袁傪温和的性格和李徵峻峭的性情之间不易发生冲突。

许久，草丛中没有回答。只是不时传出几声似是在暗自抽泣的声音。又过了一会儿之后，那声音轻轻答道："不错，我的确是陇西李徵。"

袁傪忘记了恐惧，下马走近草丛，留恋地叙起阔别之情，并询问因何不从草丛中出来相见。李徵的声音答道："自己如今已成异类之身，如何还能恬然将这可耻的模样展现在故人面前。况且自己如果现出本相，定会令君产生畏惧厌恶之情。然而今天不期得遇故人，实在不胜留恋，乃至忘记了羞惭。哪怕片刻也好，君可否不弃我如今丑陋的外形，与这昔日的知交李徵作一席谈呢？"

后来回想起来也觉得不可思议，可在当时，袁傪的确是极其自然地接受了这一超乎自然的现象，丝毫没有感到怪异。他命令部下暂停行进的队列，自己则站在草丛旁边，与这看不见的声音展开了对话。

京城的传闻，旧友的消息，袁傪现今的地位，李徵对此的祝贺，等等。用着青年时代的老朋友之间那种不加隔阂的语调，把这些都讲完之后，袁傪向李徵问起怎么会变成目前的样子。草丛里的声音这样说道——

距今大约一年以前，我羁旅在外，夜晚宿在汝水河畔。一觉醒来，忽然听到门外有谁在叫自己的名字。应声出外看时，那声音在黑暗中不停召唤着自己。不知不觉，自己追着那声音跑了起来。在不顾一切的奔跑中，路不知何时通向了山林，并且不知何时自己是用左右双手抓着地面在奔跑了。整个身体似乎充满了力气，遇到巨岩时轻轻一跃即过。等我意识到时，小臂和肘弯那里似乎都生出了绒毛。到天色明亮一些后，我在山间的溪流边临水自照，看到自己已经变成了老虎。

起初我不敢相信自己的眼睛。接着又想，这一定是在梦里。因为以前我也做过这样的梦，在梦里告诉自己说这是个梦呢。可到不得不相信这并非是梦时，我茫然不知所措了，并且害怕了起来。想到竟然任何事情都可能发生，深深地害怕了起来。可是，究竟为什么会发生这样的事呢？不明白。简直任何事情我们都不明白。连理由都不知道就被强加在身上的事情，也只能老实接受，然后再连理由都不知道地活下去，这就是我们这些生物的宿命。

我立刻想到了死。可就在这时，一只兔子从我眼前跑过。在看到它的那个瞬间，我体内的"人"突然消失不见了。当我体内的"人"再次醒来时，我嘴上沾着兔血，周围兔毛散落了一地。这便是我作为老虎的最初的经验。

从那以后到今天我都做了哪些行径，实在不忍说出口来。不过一天之中总有几个小时，"人"的心会回来。在那段时间里，像从前一样，既能说人话，也能作复杂的思考，甚至还能记诵经书的章句。用"人"的心看到做老虎时的自己那些暴行的痕迹，回想自己的命运时，是多么地不堪、恐惧和愤怒呵。

可是，就连回到人的这几个小时也越来越短暂了。以前我不明白自己为什么会变身为虎，最近忽然发觉，自己竟然在思考为什么以前曾为人身！恐惧呵。再过一段日子，我体内的"人"的心也许就会彻底埋没在为兽的习惯中了吧。正如古代殿宇的遗构被风沙一点点埋没掉那样。要是那样的话，我终有一天会彻底忘掉自己的过去，作为一只老虎驰骋咆哮，即使像今天这样与你相遇，也不辨故人，将你撕裂吃掉而不感到任何悔恨吧。

可是，不论是兽还是人，也许起初都是某种其他的东西。一开始还留有最初的记忆，然而逐渐忘却，最后变成一心以为自己从当初起就是现在的模样。不过，那些都无关紧要了。如果我体内的"人"的心彻底消失的话，也许那反而能使我幸福吧。可是，我体内的"人"却把那样的结果看作是无上的恐惧。呵，我是怎样地恐惧着，悲伤着，哀切着那曾经是人的记忆的消失啊。这种心情谁也不会明白，无法明白。除非他竟然也有和我一样的遭遇。可是，对了。在我彻底不再是人之前，还有一事想要拜托。

袁傪一行人屏息凝气，倾听着草丛中的声音讲述这不可思议的故事。声音继续说道——

此事非他。我原本是想作为诗人成就名声的。然而诗业未成，却遭逢了这样的命运。以前的诗作数百篇，固然尚未得行于世，连遗稿的下落也已经无从得知了吧。然而这些诗中，我尚能记诵的还有数十首。我想请君为我将之记录下来。当然，并非事到如今还想借此假充诗人面孔。诗作的巧拙高下暂且不知，无论如何，我一生执著于此以致家破心狂的这些东西，如不将它的哪怕一部分流传到后代的话，我就连死也无法甘心的。

袁傪命部下执笔，随着草丛中的声音作下记录。李徵的声音从草丛中朗朗响起。长短凡三十篇，格调高雅，意趣卓逸，无不令人一读之下，立刻想见作者非凡的才华。然而袁傪在叹赏之余蓦然感到：无疑，作者的资质的确是属于第一流的。可如果只是这些的话，距离第一流的作品，在某个地方（某个非常微妙的地方）似乎还欠缺了点什么……

朗诵完旧作之后，李徵的声音忽然语调一变，自嘲似的说道——

惭愧。事到如今，自己已成这副可怜模样，我竟然还时而在梦里见到自己的诗集摆上了长安风流人士的案头呢。躺在山洞里做的梦呐。笑我吧。笑这个没成诗人却成了老虎的可怜虫吧。（袁傪哀伤地听着，想起从前的青年李徵就有自嘲癖。）对了，我何不即席赋怀一首，以增谈笑之资呢？以此作一个见证，在我这只老虎体内，从前的李徵依然活着。

袁傪再度命小吏执笔录下。其诗云：

> 偶因狂疾成殊类，灾患相仍不可逃。
>
> 今日爪牙谁敢敌，当时声迹共相高。
>
> 我为异物蓬茅下，君已乘轺气势豪。
>
> 此夕溪山对明月，不成长啸但成嗥。

其时残月冷照，白露漫地，吹过树林的寒风宣告着拂晓即将来临。人们早已忘记了事情的离奇，肃然叹息着这位诗人的不幸。李徵的声音再次响了起来——

刚才我曾说过，不明白自己为何会遭到这样的命运，可转念想来，也并非全无头绪。在做人的时候，我尽量避免与人交往。别人以为我倨傲、自大，可是没有人知道，那其实是一种几乎近于羞耻心的心理。当然，曾被誉为乡里奇才的自己并非没有自尊心，然而那可以说是一种懦弱的自尊心。我虽然想凭借诗作成名，却并没有进而求师访友，相与切磋琢磨；而另一方面，我又以跻身俗物之间为不洁。这些无不是我懦弱的自尊心和自大的羞耻心在作怪。

因为害怕自己并非明珠而不敢刻苦琢磨，又因为有几分相信自己是明珠，而不能与瓦砾碌碌为伍，遂逐渐远离世间，躲避人群，结果在内心不断地用愤懑和羞怒饲育着自己懦弱的自尊心。世上每个人都是驯兽师，而那头猛兽，就是每人各自的性情。对我而言，猛兽就是这自大的羞耻心了。老虎正是它。我折损自己，施苦妻儿，伤害朋友。末了，我就变成了这副与内心一致的模样。

如今想起来，我真是空费了自己那一点仅有的才能，徒然在口头上卖弄着什么"人生一事不为则太长，欲为一事则太短"的警句，可事实是，唯恐暴露才华不足的卑怯的畏惧，和厌恶刻苦钻研的惰怠，就是我的全部了。远比我缺乏才华，可由于专念磨砺而成为堂堂诗家的，也颇不乏其人。成为老虎后的今天，我才总算看到了这一点。每当念及此处，即便现在也感到胸口被灼烧一般地悔恨。

我已经无法再过人的生活。即使现在，我心里作出多么优秀的诗篇，又有什么手段能将之发表呢？何况，我的心每天都越来越接近一只老虎。如何是好？被我荒废了的过去，我无法忍受。这种时候，我唯有登上对面山顶的岩石，对着空谷怒吼。我想要把这灼烧胸口的悲哀诉说给谁听。

昨晚，我又在那里对着月亮咆哮了，想要有谁能明白我这痛苦。可是，群兽听到我的吼声，唯知畏惧、跪拜。青山、野树、明月、冷露也只知有一只老虎在狂怒地咆哮。即便我呼天抢地地悲叹，了解我心情的却连一个都没有。正如从前做人时，没有一个人了解我脆弱易伤的内心一样。我湿漉漉的毛皮，并非只是被夜露打过的缘故。

四周的黑暗渐渐散去。透过林木之间，不知何处传来了角笛报晓的悲声。

到了不得不告别的时候了。因为我不得不醉去（回到老虎）的时刻越来越近了——李徵的声音说道——但是，在告别之前我还有一事相托。那就是我的妻儿。她们现在还留在虢略，并且对我的命运一无所知。君从南地归来的时候，可否转告她们我已经死去了呢？唯有今日之事，万万不可提起。此外，虽是厚颜之请，还望君怜她们孤弱，时加援手，使之免于饥冻于途。如蒙答允，则深恩莫大于此。

言罢，草丛中传出恸哭之声。袁傪也眼泛泪光，欣然答允必如李徵所愿。李徵的声音忽而又恢复了此前自嘲的语调，说道——

其实，刚才我理应先拜托此事的，如果自己还是人的话。比起濒临饥寒的妻儿，却更关心自己微不足道的诗业，正因为是这样的男人，所以才像这样沦为兽身的吧。

再补充一句，请君从岭南归来时千万不要再走这条路。因为那时自己也许会正在醉中，不识故人而错加袭击。另外，于此别过之后，在前方百步远处有一山丘，登上那里时请向这边回头一望。我将为君一现我今日的模样。并非为了示勇，而是为了使君目睹我丑恶的模样，以断再来此地与我相见之念。

袁傪面向草丛，殷切致以别辞后跨上了马背。草丛中再度传出难以压抑的悲泣声。袁傪几度回顾草丛，流着眼泪出发了。

一行人登上山丘后，依照所言，回首眺望适才林间的草地。忽然，只见一只猛虎从草深处跃出。猛虎仰头朝着已失去光彩的白色月亮，几声咆哮后，忽然又跃回原先的草丛，再也不见踪影。

文字祸

这世上究竟有没有文字的精灵呢？

亚述人知道无数的精灵。比如夜晚在黑暗中大肆活动的历鲁、它的雌性伴侣历历兹、散播瘟疫的纳姆塔鲁、死者之灵艾汀木、绑架者拉巴斯等等。这些数之不尽的恶灵充斥着亚述国的天空。但是关于文字的精灵，迄今还没有人听说过。

那时——那是在亚述巴尼拔大王①在位大约第二十年——在尼尼微的宫廷里，流传着奇怪的谣言。据说每到夜里，就会从图书馆的一片黑暗中传出窸窸窣窣的奇怪的说话声。那时亚述巴尼拔大王刚刚攻陷巴比伦城，平定了王兄沙马什·舒姆·乌金的叛乱，所以不禁怀疑又有不逞之徒在策划阴谋，但经人查看却不像。那声音怎么听都像是精灵们的说话声。有人说，也许是最近在大王面前被处决的巴比伦俘虏的死灵们的声音，但没有人相信。上千名巴比伦俘虏都被拔掉舌头后处死，他们的舌头被收集在一起堆成了一座小山，这是无人不知的事实。没有舌头的死灵，怎么能够说话呢？

通过占星术、羊肝卜等各种手段探索却一无所获之后，只剩下

---

① 亚述巴尼拔是亚述帝国最后一位伟大的君王（公元前668—前627年在位），在首都尼尼微建造了世界上最早的图书馆。

唯一的可能：这是书籍或文字说话的声音。但是没有人知道，文字的精灵（如果它确实存在的话）究竟是什么性质的存在。亚述巴尼拔大王召来浓眉大眼满头卷发的老博士纳卜·阿赫·艾力巴，命令他研究这未知的精灵。

从那天起，纳卜·阿赫·艾力巴博士每天都前往图书馆（这座图书馆将在两百年之后被掩埋于地下，再于两千三百年之后偶然被发掘出来），翻看万卷图书，潜心钻研。两河流域与埃及不同，不出产纸莎草，这里的人们用硬笔在黏土版上刻下复杂的楔形符号。书籍由泥瓦做成，图书馆就像是陶器店的仓库。老博士的桌子上（桌子腿由还带着爪子的狮子腿做成），每天堆着一座座瓦片山。他试图从这些厚重的古代知识当中寻找关于文字精灵的记述，却徒劳无功。除了文字是由波尔西帕之神纳部乌掌管之外，没有任何相关记载。对于文字究竟有没有精灵这个问题，他必须依靠自己来解答。

博士放下书籍，开始整日地凝视着一个文字。卜者通过凝视羊肝，凭直觉观察所有事物。他也效仿于此，试图通过凝视与直观发现真实。奇怪的事情发生了。当长时间凝视着一个文字时，不知何时起文字发生了解体，变成没有意义交错着的一根根线条。明明只是线条的集合，竟然拥有那样的读音和意义，简直无法理解！有生以来头一次发现这个不可思议的事实，老学者纳卜·阿赫·艾力巴震惊了。迄今七十年来认为是理所当然的事情，却既非当然也非必然。他感到眼界大开。让互不关联的线条拥有某种声音和意义的，究竟是什么？当想到这里时，老博士毫不犹豫地承认了文字精灵的存在。正如手、脚、头、爪、腹部等由于灵魂的统领，才成为人；

如果没有一个精灵将之统合，单是线条的集合怎么可能拥有声音和意义呢？

以这个发现为起点，迄今不为人知的文字精灵的性质开始逐渐得到解明。文字的精灵的数目，有世间万物那么多。文字的精灵如野鼠产仔那样不断繁殖。

纳卜·阿赫·艾力巴走遍尼尼微城大街小巷，寻找那些刚学会认字的人，不厌其烦地一一询问他们，跟以前不认字的时候相比，是否发生了什么变化。目的在于探究文字的精灵对于人会产生什么作用。通过这样的调查，得出了奇怪的统计结果。结果显示，自从认字之后，捉虱子不如以前灵活的人、灰尘更容易进入眼睛里的人、以前能清楚看到空中的秃鹫如今却看不到的人、天空的颜色看起来不如以前碧蓝的人等等，占了大多数。纳卜·阿赫·艾力巴在新的黏土版上记下备忘录："文字之精灵破坏人的眼力，恰如蛆虫穿过胡桃之硬壳，将果仁巧妙吃掉一般。"

自从认字以后，不断咳嗽或打喷嚏的人、总是打嗝的人、开始拉肚子的人也不在少数。老博士又记下一条："文字之精灵似也侵犯人之鼻腔、咽喉、腹部等处。"还有自从认字以后，头发突然变少的人、腿脚变弱的人、手足颤抖的人、下颚容易脱臼的人……最后，纳卜·阿赫·艾力巴不得不记下了这么一条："文字之为害，于侵犯人之头脑，麻痹人之精神，乃至其极。"跟认字以前相比，工匠技艺退步、士兵变得胆小、猎人常常射不中狮子，这些都由统计结果明明白白所显示。还有报告称自从熟悉文字之后，即使抱着女人也感受不到喜悦。不过这是来自一位七旬老人的诉说，也许并不是文字的作用。纳卜·阿赫·艾力巴心想，埃及人认为某件物体的影子是这个物体灵魂的一部分，而文字，不就是像影子一样的东西吗？

比如说，"狮子"这两个字，或许就是真狮子的影子吧。记住了"狮子"这两个字的猎人，比起真正的狮子，其实瞄准的是狮子的影子。记住了"女人"这两个字的男人，比起真正的女人，拥抱的其实是女人的影子。在没有文字的上古时代，诺亚方舟的大洪水到来之前，欢欣和智慧都直接进入人们的身体。可如今，我们只知道蒙着文字面纱的欢欣的影子、智慧的影子罢了。如今人们的记忆力都变差了，这也是文字的把戏。人们变得如果不写下来，就什么都记不住。自从开始穿衣服，人的皮肤变得虚弱丑陋。自从发明了车辆，人的腿脚变得虚弱丑陋。自从文字普及之后，人的大脑已经不会运转了。

纳卜·阿赫·艾力巴认识一位堪称读书狂的老人。这位老人比博学的纳卜·阿赫·艾力巴还要博学。不止苏美尔语、闪族语，就连写在纸莎草或羊皮纸上的埃及文字，他都可以诵读如流。只要是留下了文字记载的古代的事情，没有他不知道的。他甚至可以说出图库尔提·尼努尔塔一世在位期间某年某月的天气，却意识不到今天是晴是阴。他能背诵少女萨比兹安慰英雄吉尔伽美什的篇章，但面对失去了儿子的邻人，却不知该如何安慰。他知道阿达德·尼拉瑞二世的王后喜欢穿什么衣服，却不知道自己身上穿的是什么。他是多么热爱文字和书籍啊！阅读、记诵、爱抚还无法满足他的热爱，以至于他把刻有吉尔伽美什传说的最早版本的黏土版嚼碎后用水溶化，喝进了肚子里。文字的精灵毫不留情地蚕食他的眼睛，使他变成了高度近视的人。因为长时间趴在书籍上阅读，他的鹰钩鼻和黏土版反复摩擦，结出了厚厚的茧子。文字的精灵还蚕食他的脊骨，使他成为下巴几乎碰到肚脐的佝偻者。但是，他恐怕并不知道自己是佝偻者，虽然他可以用五种不同国家的文字写出佝偻这个词。纳卜·阿赫·艾力巴把这位老人看作文字精灵的头号牺牲者。但是，虽然外表如此潦倒不堪，这位老人却无论何时都是一副——几乎令人羡慕的——幸福模样。这的确不可思议，不过，纳卜·阿赫·艾力巴认为，这也是文字的精灵发挥如同媚药一般的狡猾魔力所造成的。

有一次，亚述巴尼拔大王生病了。御医阿拉多·纳纳认为病势严重，于是借来大王的衣裳穿在自己身上，试图以此骗过死神埃列什基伽勒的眼睛，将大王的病转移到自己身上。这本是自古以来医家常用的手段，但引起了一部分青年的质疑。他们的主张是，像这种骗小孩的伎俩，怎么可能骗过死神埃列什基伽勒呢？听到这些传言，硕学纳卜·阿赫·艾力巴皱起了眉头。在青年们凡事都要求符合逻辑的主张中，他感到某种可笑之处。就像一个全身污垢的男人，只把身上某一个地方，例如脚趾甲，给装饰得无比美丽那么可笑。这些青年还不了解置身于神秘之云中的人的位置啊。老博士认为浅薄的合理主义是一种病，而造成这种病的，无疑就是文字的精灵。

有一天，年轻的历史学家（宫廷的记录官）以修得·那布来拜访老博士，上来就问："所谓历史，究竟是什么？"看到老博士不解的表情，年轻的历史学家做了补充说明——围绕不久前死去的巴比伦王沙马什·舒姆·乌金的临终情形，有各种各样的说法。只有自焚而死这一点确切无疑。除此之外,有人说他在最后一个多月里,绝望之余,每天都过着荒淫无度的生活;也有人说他每天都沐浴斋戒,向着太阳神沙玛什不停地祷告。有人说他最后和唯一一位最爱的妃子相伴走进了火堆;也有人说他先把数百名侍妾投进火堆,然后自己也跳了进去。因为已经名副其实烧成了烟,究竟哪一种说法才是真的,无从判断。"大王不久就会命令我从这些说法中选择一个,记录下来。而这才只是一个例子罢了。所谓历史,这样就可以吗?"

看到明智的老博士保持着明智的沉默,年轻历史学家又换了一个方式提问:"所谓历史,指的是过去发生的事情呢,还是黏土版上的文字记录呢?"

在这个问题中,存在着将狩狮与狩狮的浮雕相混淆之处。老博士虽然察觉到这一点,却无法明言,只是答道:"所谓历史,指的既是过去发生的事情,也是记录在黏土版上的文字。二者不是一回事吗?"

"那漏记的事情呢?"历史学家追问。

"漏记?别开玩笑。没有被记下来的事情,就是没有发生过的事情。就好像没有发芽的种子,等于一开始就不存在。历史就是这些黏土版哟。"

年轻历史学家一脸遗憾地看着老博士指给他的那块黏土版。那是这个国家最伟大的历史学家那布·夏力姆·修努所著《萨尔贡大帝哈尔迪亚远征行》中的一块。老博士一边说话一边吐出来的石榴籽脏乎乎地黏在上面。

以修得·那布哟,看来你还不了解由睿智的波尔西帕之神纳部乌所统领的这些文字精灵令人恐怖的力量。文字的精灵们一旦捕捉到某个事物，将其呈现为自己的模样，这个事物就将获得不朽的生命。相反，未能被文字精灵那有魔力的手指触碰过的东西，无论是什么，都将失去其存在。自古以来在安努·恩利勒大神的宝典中没有记载过的星星，为什么不存在？因为它们没有作为文字被记录在安努·恩利勒大神的宝典中。为什么如果大马尔杜克星（木星）越过了天界的牧羊人（猎户座）的界线，诸神就会降下愤怒与惩罚？为什么如果月亮上方出现月蚀，阿摩利人就将蒙受灾难？那都是因为在古籍上有这样的文字记载。古代苏美尔人不认识马这种动物，那是因为在他们的语言里没有"马"这个文字。再没有比文字的精灵更恐怖的力量了。如果你以为你我是在使用文字书写，那可大错特错。其实我们才是被这些文字精灵操纵使唤的奴仆。但是，这些精灵带来的祸害也非同小可。我如今正在对此做研究。你对记录历史的文字开始感到怀疑，一定是因为你跟文字过于亲近，以至于中了这些精灵的毒吧。

年轻的历史学家神色茫然地离开了。老博士还沉浸在对如此有为的青年竟然也受到文字精灵毒害的伤感中。因为跟文字过于亲近，以致受到文字精灵的毒害，这绝不矛盾。酷爱美食的老博士前些日子放纵自己的胃口吃下了几乎一整头烤全羊，之后相当长一段时间，连看到活羊的脸都感到讨厌。

青年历史学家走后不久，纳卜·阿赫·艾力巴抱着卷发日渐稀疏的脑袋，不经意间陷入了沉思。"今天，面对那位青年，我对于文字精灵的威力，是不是赞美得过了头呢？这真是可怕的事啊，"他打了个冷颤，"连我也被文字的精灵蒙骗了。"

事实上，从很久之前，文字的精灵就已经在老博士身上埋下了病根。那还是当他为了确认文字精灵的存在，一连几天凝视着同一个字的时候。前面已经说过，当时在老博士眼前，原本有着固定发音和意义的文字忽然解体，变成了一根根线条的集合。自那以来，同样的现象在文字以外所有事物上都开始出现。当他注视着一栋房子时，那房子在他的眼睛里和脑海里，变成了由木材、石块、炼瓦、油漆组成的毫无意义的集合。这东西怎么会成为人居住的地方呢，实在无法理解。当注视人的身体时，也是如此。人的身体被分解成毫无意义的、奇怪形状的一个个部分。为什么这样的东西能够成为人呢，实在无法理解。不只眼睛看到的东西如此。人们的日常生活、各种习惯，全都由于这奇特的分析病失去了意义。纳卜·阿赫·艾力巴几乎快要发狂了。他意识到如果再研究下去，自己最终会被这些文字的精灵夺去性命。他害怕起来，赶紧将研究报告整理成稿，呈献给了亚述巴尼拔大王。不过，在里面他也写进了若干政治性意见。例如，亚述原本是尚武之国，如今却因为不可见的文字的精灵，被彻底腐蚀；而且，几乎无人对此有所觉察；如不果断革除对于文字的盲目崇拜，难免导致追悔莫及的结果，云云。

当然了，文字的精灵们不会对这位诽谤者置之不理。纳卜·阿赫·艾力巴的报告触怒了大王。身为纳部乌神的热烈的信奉者，身为当时第一流的文化人，大王的愤怒理所当然。当天起纳卜·阿赫·艾力巴就被命令闭门思过。如果不是大王从小到大的老师，而是换了别人，纳卜·阿赫·艾力巴估计会被处以活剥之刑吧。博士先是愕然于大王的震怒，随即醒悟这无疑是来自奸佞的文字精灵的报复。

但是，事情并未就此结束。几天后，一场大地震袭击了尼尼微·阿尔贝拉地区。当时老博士正待在自己家的书房里。他家是栋老房子，在地震中墙壁崩裂、书架坍塌。数量惊人的书籍——几百块沉重的黏土版，伴随着文字们凄厉的诅咒声，落到了这位诽谤者身上。老博士被悲惨地压死了。

古俗

盈　虚

卫灵公三十九年这一年秋天，太子蒯聩奉父王之命出使齐国。途中经过宋国时，听到在田野里耕作的农夫们唱着一支奇怪的歌谣[①]——

> 母猪已经送给你了呀，
>
> 为什么还不归还我公猪呀？

卫国太子听到歌谣，不由得脸色骤变，一件心事涌上心头。

父亲灵公的夫人南子并非太子的母亲，原本是从宋国远嫁而来。她不只依靠容貌，更凭借过人的才气将灵公完全控制于股掌之间。这位夫人最近说服灵公，将宋国的公子朝召至卫国作了大夫。宋公子朝是有名的美男子，早在南子嫁到卫国之前，两人已有丑闻传出。除了灵公，这几乎是尽人皆知的事实。如今两人在卫国的宫廷里旧情复燃，几乎肆无忌惮。宋国农夫歌里所唱的公猪母猪，无疑正是指的南子和宋朝两人。

　　[①]　原作所引歌谣见《左传·定公十四年》："既定尔娄猪，盍归吾艾豭？"娄猪，母猪，喻南子；艾豭，老公猪，喻宋朝。——译注

太子从齐国归来后，立即召来侍臣戏阳速谋划此事。第二天，太子前往拜望南子夫人时，戏阳速已经暗持匕首，潜身在室内帷幕后面的一角了。

太子一面装作若无其事地闲谈，一面悄悄向帷幕后面示意。是突然胆怯起来了吗？不见刺客出来。接连示意三次，唯见黑色帷幕微微摇晃而已。

夫人察觉到太子举止有异，沿着其视线看去，看出室内一角有人潜伏，立刻尖叫一声冲进了内室。被惊动的灵公应声而出，握着夫人的手试图使她安静下来，然而夫人只是疯了似的不停尖叫着："太子欲杀妾！太子欲杀妾！"灵公随即召兵捕讨太子。

这时太子和刺客都已经远远逃出了都城。

先是出奔宋国，继而逃亡晋国的太子蒯聩逢人便讲："苦心策划的刺杀淫妇的义举，却被愚蠢的胆小鬼临阵倒戈成了泡影。"

同样从卫国逃亡出来的戏阳速听到流言，这样回应："岂有此理。我才是险些被太子倒戈呢。太子逼我刺杀其继母。我如果不从，必定会被太子所杀；如果依言杀了夫人，则一定会替太子顶罪。嘴上答应着却不去执行，这正是我的深谋远虑哩。"

此时的晋国，正为了范氏中行氏之乱①而穷于应付。由于齐、卫等国在背后替叛乱者撑腰，局面迟迟得不到收拾。

---

①　春秋时期，各诸侯国争战不息，内乱不断，周朝建立的封建制度逐渐瓦解。在一向作为中原霸主的晋国，国君权力逐渐旁落，由六家大夫（六卿）把持朝政。范氏中行氏之乱是指发生于公元前四九七年至公元前四八九年之间的六卿兼并事件，最后范氏、中行氏失败奔齐，领地被其他四家瓜分。公元前三七六年，韩、赵、魏三氏废晋静公，瓜分晋公室剩余土地，史称"三家分晋"，标志着春秋时代结束、战国时代开始。——译注

流亡到晋国的卫国太子，暂时栖身在晋国重臣赵简子门下。赵氏之所以厚遇这位流亡太子，目的无他，是想借此对属于反晋派的当今卫侯施加打击罢了。

说是厚遇，比起在故国时的身份自然不同。在与卫国一马平川的风光颇异其趣的、多山的绛京里送走三年寂寞日月后，太子遥遥听说了父亲卫侯的讣闻。

据传来的消息，由于没有太子，卫国不得已立了蒯聩的儿子辄继位。这是蒯聩流亡时留在国内的儿子。原以为肯定会由自己的某个异母兄弟继位的蒯聩，产生了一种莫名的感觉。由那个小孩子来做卫侯？想起三年前的辄满脸稚气的样子，他忽然好笑起来。自己应该立刻回国继承卫侯。这是理所当然的，他想。

亡命太子在赵简子的军队的簇拥下，意气洋洋地渡过了黄河。终于踏上卫国的土地了。然而，刚到戚地，他们就发现已经不可能再向东前进一步了。他们遇上了前来阻止太子入国的新卫侯的军队。就连进入戚的城池，也是用为父吊丧的名义，披麻戴孝，讨好当地民众才办到的。意外的现实令人愤怒，然而无法可想。他只能在刚刚踏进故国半步的地方慢慢等待时机到来。并且，出乎他的意料，一等就是十三年。

曾经爱自己的儿子辄已经不存在了。存在的只是夺走自己应有的地位、并且顽固地阻止自己回国、贪婪而可憎的青年卫侯。以前自己曾经关照过的大夫们，竟然没有一个人肯来问一声安否。所有人，都在年轻傲慢的卫侯和辅佐他的上卿、貌似道貌岸然实则老奸巨猾的孔叔圉（身为自己姐夫的糟老头子）手下，好像从来就没有听说过蒯聩这个名字似的，自得其乐地活着。

十几年每天从早到晚看着黄河水生活的日子里，不知从何时起，从前那个任性浮躁的白面贵公子，变成了一个刻薄乖僻、饱尝艰辛的中年汉子。

荒凉生活中唯一的慰藉，是儿子公子疾。疾和现在的卫侯辄是异母兄弟，在蒯聩刚进入戚地时就和母亲一起赶到父亲身边，从此生活在当地。蒯聩曾经对自己发誓，如能得志一定立此子为太子。

除了儿子，他还在斗鸡中找到了宣泄自己绝望般热情的出口。这既是寻求赌徒心性和嗜虐心性的满足，同时也是出于对雄鸡那雄美姿态的沉迷。在并不宽裕的生活中，他拨出巨额费用修建了富丽堂皇的鸡舍，饲养了大量雄壮健美的斗鸡。

孔叔圉死去后，他的未亡人、蒯聩的姐姐伯姬大权独揽，使儿子孔悝形同虚设。卫国都城的气象渐渐对亡命太子好转起来。伯姬的情夫浑良夫成了使者，几次三番往返于都城与戚地之间。太子与浑良夫相约："一旦得志即封汝为大夫，并赦免三次死罪。"随即以其为左膀右臂，秘密运谋。

周敬王四十年闰十二月某日，蒯聩在浑良夫的接应下，长驱直入都城。薄暮时分，蒯聩扮女装潜入孔氏宅邸，与姐姐伯姬和浑良夫一起，挟持身兼孔氏族长及卫国上卿的外甥孔悝（对伯姬来说则是儿子），发动了政变。做儿子的卫侯即刻出逃，做父亲的太子取而代之，此即卫庄公。从被南子放逐国外时算起，这已是第十七个年头了。

庄公即位之后首先想做的事，既不是调整外交，也不是振兴内治。那其实是对自己虚度的过去之补偿，或者说对过去的复仇。在不遇时代未能尝到的快乐，如今必须在短时间内十二分地得到满足。不遇时代惨遭践踏的自尊心，如今必须迅速并倨傲地膨胀起来。对不遇时污辱过自己的人必须处以极刑，蔑视过自己的人必须予以惩戒，没有向自己表示过同情的人必须给予冷遇。

造成自己亡命的先君夫人南子已于前一年去世，对他来说是最大的恨事。因为他在亡命时代做过的最愉快的梦就是抓住那个奸妇，在施加所有的凌辱之后再处以极刑。面对以前对自己漠不关心的群臣，他这样说道："寡人多年来饱尝流离之苦。诸卿若偶尔尝尝这味道，不亦良药乎？"因为这句话，立刻逃往国外的大夫也不止是两三个人。

对姐姐伯姬和外甥孔悝，他自然厚赠有加。但某夜，他将二人召来赴宴并灌至酩酊大醉后，命人将二人装入马车，让御者将车一径赶出国境去了。

当上卫侯的头一年，几乎每天都是恶鬼附体一般复仇的日子。为了填补在寂寞的流离生活中失掉的青春，他还到处渔猎都下美女充实后宫，自然无须赘言。

如此前所想的那样，即位后他立刻将与自己共度逃亡之苦的公子疾立为太子。一直以为还只是少年的这个儿子，不知何时已经成了仪表堂堂的青年；也许是从小处于不遇的境况，看惯了人心的黑暗面吧，时而会流露出一丝与其年龄不符的瘆人的刻薄。幼年时的溺爱如今化作儿子的不逊和父亲的让步，在各个地方都留下了痕迹。唯独在这个儿子面前，做父亲的会表现出一种旁人不可理解的软弱。这位太子疾和升任了大夫的浑良夫,就是庄公仅有的心腹了。

某晚,庄公向浑良夫提到此前的卫侯辄在逃亡时将累代国宝携去一空的事,询问有无计策可以把宝物追回。

浑良夫将秉烛的侍者屏退,自己手执烛台,靠近庄公低声说道:"现在亡命的前卫侯也和太子一样是您的儿子,当初越过您即位也并非全都出自本意。不如趁此时将他召回,与太子一较才干,将优胜者重新立为太子如何?如果他果然不才,到时再只将宝物留下即可……"

在这房间的某个地方也许藏有密探。虽然谨慎地屏退了左右,这次密谈还是一字不漏地传进了太子耳朵里。

次日一早,太子疾勃然作色,带着五名手提白刃的壮士闯入了父亲卧室。庄公吓得脸色苍白,非但没有斥骂太子无礼,反而唯知周身战栗而已。

太子命令手下将带来的公猪砍死,逼着父亲歃血为盟,保证自己身为太子的地位,并且逼迫道:"浑良夫这样的奸臣应立即诛之。"

庄公勉强说道:"可是我已经有约在先,饶他三次死罪。"

"那么,"太子威胁般地追问,"到犯下第四次死罪时可是必斩无疑的了?"已经被彻底压垮的庄公只唯唯答了一声"是",再也说不出话来。

翌年春,庄公在郊外名胜籍圃盖起一亭,屏风、器具、缎帐等一色饰以老虎图案。落成当天,庄公召开华宴,卫国名流皆遍身绫罗,在此汇聚一堂。

从微贱起家的浑良夫是个讲究排场的时髦家伙,这天他在紫袍外裹着狐裘，架着两匹骏马拉的豪华马车前来赴宴。因为是不拘常礼的欢宴，他没有摘剑就进入酒席，吃到一半热起来时，又顺手脱掉了裘衣。

看到这幅情景，太子一跃而起，抓住浑良夫的胸口将他拖出席外，把白刃搁在了他的鼻尖上："你仗着君宠胡作非为也得有个界限！今天我就替王上杀了你。"

自知力不能敌的浑良夫没有强作挣扎，而是把哀求的目光投向庄公，叫道："以前主公曾许诺饶我三次不死。即便此刻我有何罪，太子也不可加刃与我。"

"三次不死？且听我替你数来。你今天身穿国君服色的紫衣，其罪一。乘坐天子上卿的两骊马车，其罪二。在王上面前脱裘、不释剑而食，其罪三。"

"这也才只有三件。太子还是不能杀我。"浑良夫一面拼命挣扎，一面大叫。

"不，此外还有。你可不要忘了，那天晚上，你对王上说了些什么？你这离间君侯父子的佞臣！"

浑良夫的脸色霎时变得纸一样白。

"加上这件，你的罪正好四件——"，太子话音未落，浑良夫的身子忽然无力地向前栽倒，刺绣着金色猛虎的黑色缎帐上迸溅了一摊鲜血。

庄公脸色苍白地看着儿子的举动，始终默然未语。

从晋国赵简子那里向庄公派来的使者，带来大意如下的口信："在卫侯亡命之际，不才虽力量微薄也曾忝加援手。但您归国之后，一向未有消息。如果您自身有所不便的话，至少希望由太子代替前来，向晋侯聊加问候。"

面对这颇为傲慢的词句，庄公又一次回想起自己悲惨的过去，感到自尊心深受伤害。他姑且打发使者，送去了"由于国内纷争未定之故，还望暂时宽限"的答复。

但与他的使者一前一后，卫国太子的密使也到了晋国。遣使的内容是："我父亲卫侯的答复不过是遁词而已。其实是嫌以前曾经屡蒙恩惠的晋国多事，在故意拖延。还请不要上当。"这明明是想早日取代父亲而想出的计策，就连赵简子也颇为感到不快，但另一方面他又想，卫侯的忘恩负义也是必须加以惩戒的。

这一年秋天的某个晚上，庄公做了一个怪梦。

在荒凉的旷野里，耸立着一座断瓦残垣的古老楼台。一个男人登上那里，披头散发地大喊着："看到了。看到了。瓜，满地的瓜呀。"这地方似乎颇为眼熟，原来却是古代昆吾氏①的废墟，果然到处长着累累的西瓜。"是谁把小瓜养到了这么大？又是谁把可怜的流亡者扶植成了当今显赫的卫侯？"在楼台上如同疯子一样捶胸顿足嘶喊着的男人的声音听起来似乎也有些耳熟。心里想着奇怪啊，再侧耳听去，这下声音清清楚楚地传到了耳朵里来。"我是浑良夫。我有什么罪！我有什么罪！"

庄公冒出一身冷汗，从梦里醒了过来。整个心情十分不快。为了驱散不快，他走到露台上。正是晚升的月亮从田野尽头升起的时

---

① 昆吾氏是上古时期的部落，善制陶、铸铜。夏朝仲康时期，被任命为诸侯之长，号"夏伯"。因其与夏朝的同盟关系，在夏朝覆亡前夕，为商汤所灭。——译注

候。近乎赤铜色的、混浊的红月亮。庄公好像看到不吉利的东西似的拧紧眉头，再次走进室内，信手在灯下拿起了筮竹。

翌晨，召来筮师解卦。答曰无伤。公大悦，赐下领邑作为奖赏，然而筮师从庄公面前退下后，立刻仓皇逃到了国外。如果按照卦面照实解释定会蒙罪，所以在庄公面前暂且以假话敷衍，随即就逃之夭夭了。

庄公又卜了一卦。卦兆的辞面如下："鱼儿疲病，曳赤尾横中流，如迷水边。大国灭之，将亡。闭城门及水门，乃自后逾。"所谓大国，应该是晋国吧，但其他的意思都茫然不可解。不管怎样，前途黯淡这一点是肯定的，他想。

领悟到残年急景的庄公并没有断然采取对抗晋国压迫和太子专横的对策，而是焦躁地只顾在阴暗的预言实现之前尽量贪享更多的快乐。

不断大兴土木与强制超负荷劳动，使石匠工匠们的怨嗟之声充斥了大街小巷。对一段时间里几乎忘记的斗鸡又重新沉迷起来。与雌伏时代不同，如今他可以痛痛快快地、阔绰地沉溺于这项娱乐。在金钱与权势的充分保障之下，国内外优秀的斗鸡被悉数收集。尤其是从鲁国某贵人手里购得的一只，羽毛如金，爪距如铁，高冠昂尾，的确是世间罕见的逸品。卫侯即使有不进后宫的日子，但不去欣赏这只鸡昂首奋翅的日子，却连一天也没有。

某日，卫侯从城楼眺望下面的街市，看到一处甚是杂乱秽陋的地方。向侍臣询问，回答说是戎人的部落。所谓戎人，指的是流着西方化外之民的血的异族。嫌其碍眼的庄公下令将那片地带全部拆掉，并把戎人放逐到都门十里之外。

扶老携幼，将什物家具装上车子，贱民们络绎不绝地向城门外走去。被役人追赶打骂而惊慌失措的样子，连在城楼上也看得清清楚楚。在被追赶的人群中有一个头发格外丰满美艳的女人，被庄公发现了。他立刻派人将女人召至面前。女人是戎人己氏的妻子，容貌并不美丽，但出色的头发如同会发出光泽一般。庄公命令侍臣把女人的头发全部沿发根割了下来，说是要为后宫一个宠姬制作发髻。

看到变成秃头回来的妻子，做丈夫的己氏立即拿出一件披风给妻子披上，随后怒视着还站在城楼上的庄公。不管役人如何鞭打，就是不肯离开那个地方。

冬天，与从西方入侵的晋军相呼应，卫国大夫石圃举兵袭击了王宫。据说是听说卫侯想除掉自己，所以选择了提前下手。另外一种说法，则认为他是与太子疾合谋。

庄公关闭了所有城门，亲自登上城楼与叛军交涉，并提出了种种议和条件。但是石圃全都拒不接受。无计可施，在只能用寡兵聊作抵挡中迎来了夜晚。

必须在月亮升起来之前趁黑暗逃走。带着少数几个公子和一些侍臣，怀抱那只高冠昂尾的爱鸡，庄公逾后门而走。由于不熟练一脚踏空跌在地上，脚被狠狠扭了一下。但是没有时间医治。在侍臣的搀扶下，继续在一片黑暗的旷野上慌忙赶路。不管怎样，一定得在天亮前越过国境，进入宋国的土地。

走了很久以后，天空忽然变成了朦胧的浅黄色，似乎从旷野的黑暗中漂浮了起来。月亮出来了。与自己以前某夜梦醒时从王宫露台上看到的一模一样、混浊的赤铜色月亮。

就在庄公心生不快的关头，左右草丛中站起几个影影绰绰的黑色人影，砍杀了过来。是盗匪？还是追兵？来不及细想，双方已经激烈地拼杀在一起。几个公子和侍臣们全都被砍死了，唯独庄公趴在草丛里，逃过了一命。也许由于站不起来，反而没有被对方发现。

等回过神来，庄公发现自己还紧紧抱着那只雄鸡。从刚才起一声也没有叫，大概早就被捂死了吧。即便这样也舍不得丢掉，用一只手抱着鸡，他匍匐着向前爬去。

在原野一角，出乎意料地竟然看到一片人家。庄公好不容易爬到那里，奄奄一息地爬进了迎面第一户人家。被扶到室内，喝完递过来的一杯水后，他听到一个粗豪的声音："总算来了。"

吃惊地抬头看时，像是这家主人的一个红脸膛、前牙突出的汉子正死死地盯着这边。可是完全想不起来曾经在哪里见过。

"想不起来？可她总该认识吧？"汉子说着，将蹲在屋子角落里的一个女人叫了过来。在昏暗的灯光下看到女人的脸时，庄公不由得失手将鸡的尸骸掉在地上，几乎昏倒过去。用一件披风遮住脑袋的女人，千真万确，正是为了庄公宠姬的发髻而被夺去头发的己氏之妻。

"原谅我。"庄公用嘶哑的声音说道，"原谅我。"

用颤抖的手摘下身上佩带的美玉，庄公将它递到了己氏面前。

"这个给你。行行好，放过我吧。"

己氏将蕃刀拔出鞘，一面逼近，一面微微笑了。

"杀了你，难道这璧玉还会跑了不成？"

这就是卫侯蒯聩的结局。

牛　人

鲁国叔孙豹[1]在年轻时，曾经一度为避乱出奔齐国。

当途经鲁国北部边境庚宗之地时，遇到一位美妇人。一见倾心，缠绵一夜，翌晨作别后入齐。等到他在齐国安定下来，娶大夫国氏的女儿为妻并生下两个儿子后，当年旅途中那一夜恩爱早已忘到脑后了。

一天晚上，他做了个梦。四周空气阴郁沉重，一股不祥的预感静静地占据了房间。突然，一点声音也没有地，房间的天花板开始下降。极徐缓地，却又极确实地，一点点降下来。室内空气一点点浓缩沉淀，呼吸逐渐变得困难起来。挣扎着想要逃走，但身体仰卧在寝床上怎么都动弹不得。虽然看不见，却能够清楚地感知到，屋顶上黑漆漆的天以磐石之重向下压来。

天花板越来越近了，当不堪忍受的重量压到胸口时，蓦然侧首，看到一名男子立在身旁。此人面色奇黑，身躯佝偻，眼睛深陷，嘴巴突出如牲畜。整个看来犹如一头黑色的牛。"牛！救我！"叔孙豹

---

① 叔孙豹（？—前537年）：鲁国大夫，早年流亡齐国，后被召回鲁国，成为叔孙氏的继承人。他是当时杰出的贵族外交家，曾提出"三不朽"的价值观："太上有立德，其次有立功，其次有立言，虽久不废，此之谓不朽也。"——译注

不由得脱口求救。那名黑色男子随即伸出手来支撑住上方压顶而来的无限的重量，同时用另一只手轻轻地替他抚摸胸口。至今为止的压迫感顿时消失了。"呵，得救了。"甫一出口，人醒了过来。

第二天一早，叔孙豹把家臣仆从统统召集起来一一检点，却没有一个人与梦中牛男相似。之后他也总是留意着进出齐国都城的各色人等，但始终没有遇到有那般长相的男子。

几年后，故国再次发生政变。叔孙豹把家人留在齐国便匆匆归国。直到他作为大夫立于鲁国朝廷，才欲召家人团聚，然而妻子已经与齐国某位大夫有了奸情，对丈夫的邀请置若罔闻。最终只有两个儿子孟丙、仲壬回到了父亲身边。

一天早上，一名女子拿着山鸡作为礼物前来拜访。起初叔孙豹压根认不出对方，在交谈中才忽然想起，这是十几年前流亡齐国途中在庚宗之地共度一夜的女子。

问她是否一个人来的，答曰携儿子同来，而且就是那一晚叔孙豹留下的种子。叔孙要她且带上前来，而一见面，不由大惊。这是个皮色黝黑、眼睛深陷的佝偻者。和梦中救了自己的黑色牛男一模一样。"牛！"叔孙豹不由脱口而出。谁料那黑色少年吃惊地扬起脸应了一声。叔孙豹愈发惊讶，问他名字，少年答曰："牛。"

母子二人立刻被收留下来，少年被擢为竖子（童仆）中的一人。因此这名长相似牛的男子直到成年后也一直被叫做竖牛。这是个有着与其相貌不相称的伶俐才干的男子，颇为得用，但总是面色阴郁，不加入其他少年的嬉戏当中。对主人之外的人从来不苟言笑。极受叔孙豹的喜爱，当长成后遂被委任操持叔孙家的所有家政。

眼睛深陷、嘴巴突出的黑脸偶尔一笑时，显得极其滑稽，而且随和，予人一种有着如此可笑长相的男子不可能有什么阴谋的印象。上面的人看到的是这张脸。而板着面孔沉思时候的脸，却呈现出一点非人的奇怪的残忍。侪辈们害怕的是这张脸。本人则似乎毋需有意就可以自然地区分使用这两张脸。

叔孙豹对他的信任虽然趋于无限，却未想过更换后嗣。此人作为秘书乃至执事是无可替换的，但要作为鲁国望族的族长，从人品来看就不可能。竖牛对此也心知肚明。对于叔孙豹的儿子们，尤其是从齐国迎回的孟丙、仲壬二人，他总是采取极尽殷勤的态度。孟丙和仲壬对这个男子则只感到几分恶心，十分轻蔑。之所以对他得到父亲的宠遇并不觉得嫉妒，也许是因为对彼此人格的差异抱有充分自信。

从鲁国襄公去世，年轻的昭公即位之后，叔孙豹的身体逐渐衰弱。自去丘莸狩猎的归途中染上风寒以来，逐渐卧床不起。卧病期间，从端汤问药，到代为发号施令，诸般事宜都委派给竖牛一人。而竖牛对孟丙等公子的态度，却愈发恭谨。

叔孙豹患病前，曾决定为长子孟丙铸一口大钟。他这样嘱咐孟丙：“你和此国诸位大夫还不够亲睦，所以待钟铸成之日，可以庆祝之名飨宴诸位大夫。”这话分明是决定将孟丙立为继承人的意思。

在叔孙豹卧病期间，钟终于铸好了。孟丙委托竖牛代向父亲询问，将宴会日期定在何时。因为平时只要没有特别的事情，除竖牛外任何人不得出入病室。竖牛受孟丙之托走进病室，对叔孙豹却什么都没禀报。马上又走出来，向孟丙随便说了一个日子，作为主君的指示。

到了指定的那一天，孟丙广招宾客盛宴款待，并首次敲响了新钟。在病室听到钟声的叔孙豹感到奇怪，问是什么声音。竖牛告以孟丙广邀宾客，正在家里召开庆祝大钟完成的宴会。

病人脸色大变："没有我的许可竟擅自以后继者自居，是何居心！"竖牛在旁更添上一句，说是孟丙公子在齐国的母亲也派人远道来贺。他深知每次只要一提到不守妇道的前妻，叔孙豹立刻就会发怒。果然病人大怒，想要站起来时，却被竖牛抱住，苦劝不要伤了身体。

叔孙豹咬牙切齿地说道："以为我定会因为这场病一命呜呼，就为所欲为了吗？"命令竖牛道："无妨。将逆子打入大牢。如有抵抗，杀了无妨。"

宴会结束，年轻的叔孙家后嗣快意地送出诸位宾客。但翌日清晨，已化作尸体被抛弃在家宅后的竹丛中。

孟丙的弟弟仲壬与昭公的某位近侍交情不错。一天，他到昭公的宫室去拜访这位友人，无意中被昭公看到。昭公唤住问了三言两语，看他对答得当，颇为喜欢，临走以玉环相赐。这个诚实的青年以为应先禀告父亲才可佩戴，于是委托竖牛代为呈上玉环，转告这一荣耀之事。

竖牛拿着玉环走进室内，却没有给叔孙豹看，甚至连仲壬的到来都没有讲。当他再度出来时这样说道："主上颇为欣喜，命你即日起戴在身上。"仲壬这才把玉环佩戴在身。

几天后，竖牛劝叔孙豹："既然孟丙已经不在，决定立仲壬为后嗣，何不从现在起就让仲壬常去拜见主君昭公？"

叔孙豹答道："此事尚未最终确定，暂无必要。"

"但是，"竖牛接着说，"不管父君怎么想，做儿子的已经打定了主意，早就开始直接面见主公了。"

看叔孙豹还不相信会有这样的事，竖牛指证道："仲壬身上可的确佩戴着从主公拜领的玉环呢。"

仲壬马上被叫到叔孙豹面前，身上果然佩戴着玉环，且自己禀报是昭公所赐。父亲撑着尚不利索的身子勃然大怒，对儿子的辩解充耳不闻，命其立刻退下闭门思过。

当天晚上，仲壬暗中出奔齐国。

到了病情逐渐加重，不得不作为燃眉之急认真考虑后嗣一事的时候，叔孙豹还想将仲壬召回。他向竖牛下达了命令。竖牛受命走出去，但当然不会向在齐国的仲壬派去使者。而是复命说立刻向仲壬派去了使者，但对方的答复是绝不会再回到横行无道的父亲身边。

到了这时，叔孙豹也不禁对这位近臣产生了怀疑，所以才会严厉地问道："你的话究竟是不是真的？"

"我为什么要撒谎呢？"竖牛回答的嘴角，这时好像嘲弄似的扭曲了一下，被病人看在眼里。所有这些事都是这个男人来到府邸之后才开始的。愤怒的病人想要站起来，却软弱无力，被轻易打翻了。

这时，犹如黑牛一样的脸，头一次浮现出明确的轻蔑，从上方冷冷地俯视着叔孙豹。这是以前只给侪辈和部下看过的那张残忍的脸。即使想叫家人或其他近臣，由于迄今的习惯，不经过这个男人之手连一个人都叫不到。当晚，病重的大夫想起被杀的孟丙，流不尽悔恨的眼泪。

次日起，残酷的行动开始了。至今为止，由于病人不喜与人接触，饭菜都由厨师送到邻室，再由竖牛送到病人的枕旁。如今这个侍者再也不让病人进食了。送来的饭菜全都自己吃掉，再把残渣端到外面。厨师却以为是叔孙豹吃掉的。无论病人怎么诉说饥饿，牛男只是默然冷笑，不屑于回答。即使想向谁求救，叔孙豹已经毫无手段。

偶然有一次，家宰杜泄前来探望。病人向杜泄诉说竖牛的所作所为，但熟知其素来宠幸竖牛的杜泄却以为是玩笑话，并不接腔。叔孙更加认真地诉说，这下对方却以为他因为生病，心神有些错乱了。竖牛也在一旁向杜泄频频示意，显出一副伺候头脑昏乱的病人束手无措的表情。

最后病人愤怒地流出了眼泪，用枯瘦如柴的手指着旁边的剑，对杜泄叫道："用它杀了这男人！快，杀！"当明白自己无论如何只会被当作狂人看待时，叔孙颤抖着衰弱至极的身体嚎啕大哭起来。杜泄和竖牛互看了一眼，皱皱眉，悄然走出室外。当客人离去后，牛男的脸上微微地浮现出不可思议的笑容。

在饥饿和疲劳中哭泣着，病人不知何时昏昏沉沉地做了一个梦。也许没有睡着，只是看到了幻觉。在阴郁沉重、充满了不祥预感的房间的空气里，只有一盏灯在无声地燃烧，发着没有光彩的、异样的泛着白的光。一直盯着灯看下去，渐渐觉得它是在很远的地方——十里，二十里，或更远的远方。睡着的身子正上方的天花板，像不知何时的梦里那般，又在徐徐地下降。徐缓地，但又确实地，从上面压下来。想要逃走，却全身动弹不得。看看旁边，站着黑色的牛男。向他求救，这次却不把手伸过来。默然站在那里冷笑。再一次发出绝望的哀求，他忽然变成了不悦的凝固表情，眉毛也不动一下地，从上面直盯盯地俯视。黑漆漆的重量覆盖了胸口正上方，在发出最后悲鸣的那一刻，病人恢复了知觉……

不知何时入夜了。昏暗的室内点着一盏泛白的灯。刚才在梦中看到的，也许就是这盏灯。看看旁边，也如同梦中一样，竖牛的脸泛满非人的冷酷，静静地向下俯视着。他的脸已经不像人脸，而是像一个扎根在最黑暗的原始混沌中的物体。叔孙豹感到寒彻骨髓。这不是对想要杀死自己的某个男人的恐怖，而是对某种可称作"世界之冷酷恶意"的东西之谦卑的恐怖。至今为止的愤怒，已经被宿命般的恐怖感压倒了。他再没有对这个男人举刀相向的气力。

三天后，鲁国名大夫叔孙豹饥饿而死。

高人传

赵国邯郸都城有男儿纪昌[1]，立志成为天下第一弓箭高手。问道寻师期间，得知当今射坛无出高人飞卫之右者，据说能百步穿杨，百发百中。于是千里迢迢寻访飞卫，拜入门下。

飞卫命新进门徒道："先学会不眨眼睛，而后方可言射。"

纪昌回到家中，钻到妻子的织布机下，翻身仰卧，眼睛一眨不眨地注视着提线木梭在几乎触目可及的地方上上下下忙碌穿梭。妻子不知内情，大吃一惊，不懂夫君为何用怪异的姿势从奇特的角度窥看自己。纪昌训斥了怪不乐意的妻子，让她继续织布。日子一天天过去，纪昌始终用这种可笑的姿势修炼不眨眼的功夫。

两年后，即使急速穿行的木梭掠过睫毛，他的眼睛都不眨一下了。这时，纪昌才终于从织布机下爬了出来。他已经修炼得纵然被锐利的锥尖刺向眼眶也目不转睛。不管是忽然有火星飞到眼里，还是眼前余烬飞腾，眼睛始终一眨不眨。眼眶肌肉已经忘记了闭眼的方法，所以即使夜间熟睡，眼睛也睁得大大的。到了后来，竟有一匹小蜘蛛来到他上下睫毛间结网筑巢。至此，他终于满怀自信，前

---

① 纪昌，以及后面出现的飞卫、甘蝇等人物名称，见于《列子·汤问》。

去向师父飞卫禀告。

飞卫听后说道："只是目不转睛尚不足以学射，必学视而后可。视小如大，视微如著，再来告我。"

纪昌再次回到家，从内衣缝里找出一只虱子，用自己的一根头发将它系住，挂在朝南的窗子上，天天对着凝视。日复一日地凝视着挂在窗下的虱子。最初，那当然不过是一只虱子。两三天后依然是一只虱子。可过了十几天，也许是心情使然，虱子似乎大了一圈。到三个月后，虱子看上去已经明显大如蚕蛹。挂着虱子的窗口外的风景也逐渐变化着。煦日春阳不知何时已变成炎炎夏日；刚还是秋高气爽、北雁南飞，转眼间已是云重天低、几欲飘雪了。

纪昌依然耐心地注视着被头发吊起的有吻类、致痒性的小节足动物。虱子先后换了几十只，光阴似箭，日月如梭，很快过去了三年岁月。有一天，纪昌突然看到吊在窗口的虱子竟然大如一匹马。"成矣！"纪昌一拍腿站了起来，走到外面。他不禁怀疑自己的眼睛：人如巨塔，马像高山，猪似山丘，鸡如楼阁。纪昌雀跃地回到家中，张燕角之弓，引朔蓬之箭，射向窗口的虱子。箭镞直接贯穿了其心脏，而系着它的头发依旧完好无损。

纪昌立即跑去告诉师父，飞卫也兴奋得手舞足蹈，头一次称赞纪昌"善矣"，遂开始倾囊传授射术的奥义秘技。

有了用五年时间做眼睛基础训练的底子，纪昌的本领以惊人的速度不断提高。

开始学习秘技十天后，纪昌尝试百步穿杨已达到百发百中。二十天后，把一杯装满水的碗放在右膀上，不但照样射得准，碗中的水也纹丝不动。

一个月后，拿一百支箭练习速射，第一箭射中靶心后，随后射出的第二箭准确无误地射进第一支箭的箭括中，紧接着第三箭又同样射进第二箭的箭括中，箭箭相连，发发相及，后箭的箭镞必定射入前箭的箭括，没有一支掉到地上。转瞬之间，一百支箭犹如一箭相连，从靶心连成一条直线，而最后一箭饱满犹如尚在弦上欲发之时。在旁观看的飞卫也不禁叫道："妙哉！"

二个月后，纪昌偶尔回到家中，与妻子发生口角。为震慑之，于是引乌号之弓①，搭綦卫②之箭，射向妻子眼睛。箭镞射断了三根睫毛继续飞向远方，而被射的本人根本没有察觉，眼皮都没眨一下仍在继续大骂丈夫。实则论弓箭的速度与瞄准的精妙，纪昌的绝技已达到此等境界。

从老师那里再也无所可学的纪昌，某天忽然生起不良的念头。

他反复思量，如今能持弓箭与自己匹敌的只有师父飞卫一人，要想成为天下第一高手，唯有将飞卫除掉。

在暗自窥伺机会当中，一天他偶然在郊外与对面走来的飞卫不期而遇。刹那间打定主意的纪昌立即引弓射向师父，察觉到杀气的飞卫也迅即取弓回应。两人相互对射，只见箭在空中交会后双双落地而地面轻尘不扬，可知两人箭术都已达到出神入化的境界。当飞卫的箭射完后，纪昌尚有一箭。终于等到机会的纪昌奋然射出最后

---

① 名弓之一，传说中黄帝乘龙登天时掉下的名弓，由桑柘木制成。据说桑柘木较为柔软，即便乌鸦想从树枝上飞起，因为枝干柔弱，无法借力，而无法飞离。

② 綦和卫都是盛产适合制箭的毛竹的地名。

一箭，飞卫连忙折取路旁的荆棘树枝，用刺尖啪的一下拨开了箭头。

　　纪昌悟到自己的非分之想终难实现，心中忽然涌上了若是得手绝不会产生的道义上的惭愧羞耻感。而另一方的飞卫，脱离危机的放松感和对自己技艺的满足感令他彻底忘记了对敌人的怨恨。两人跑上前去，在旷野中相拥而泣，暂时沉浸在美好的师徒之情中。（这种事情大可不必用今天的道义观来看待。美食家齐桓公寻找自己从未尝过的美味时，厨宰易牙把自己的儿子蒸烹了劝进。十六岁的少年秦始皇①在父亲去世当晚三度向其爱妾下手。这都是发生在那样的时代里的故事。）

　　一边相拥而泣，飞卫一边想，如果这个徒弟再产生此种企图甚是危险，不如给他新的目标以转移注意力。他对这位危险的徒弟说："我所能够传授的尽传矣。若你想尽窥此道堂奥，唯有西攀太行峻岭，登临霍山山顶。隐居在那里的甘蝇老师，是斯道旷古绝伦的大家。和老师比起来，我们的射技如同儿戏。如今你可以仰以为师的，除甘蝇老师外再无他人。"

　　纪昌立刻启程西行。"我们的射技在那人面前如同儿戏"这句话，刺痛了他的自尊心。如果此言当真，那么自己距离天下第一的目标岂不前路漫漫？不论吾技是否如同儿戏，总之要尽快见到那人较量一番。纪昌心里焦急，只管赶路。脚底板走破了，小腿骨磕伤了，攀过危岩，渡过栈道，一个月后终于抵达了目的地的山巅。

　　迎接气势汹汹的纪昌的是一位有着绵羊般柔和目光、步履蹒跚

---

　　① 据《史记·秦始皇本纪》记载，秦王政即位时的年龄为十三岁。——译注

的老人。看上去年龄似乎超过百岁，由于佝偻龙钟，走路时白髯一直拖到地上。

纪昌心想对方没准儿已经聋了，于是扯开喉咙焦急地告知来意。说罢想让老人看看自己的射技，便不等对方回答，已解下身背的杨干麻筋之弓①握在手中，将石碣之矢②搭在弦上，瞄准刚好此时从高空中飞过的雁群。一声弦响，一支箭洞穿五只大鸟，从碧空中优美地坠落。

"尚可。"老人平静地微笑着说，"不过，这仅仅是射之射，看来好汉尚不知不射之射。"

老隐士带着不服气的纪昌来到距离刚才二百步远的峭壁之上。脚下是简直如屏风一般高耸、屹立千仞的峭壁，远处宛如细丝的山溪，让人稍微瞄上一眼就不禁头晕目眩。

老人轻快地登上从断崖延伸到空中的一块岩石，回头对纪昌说："站在这块岩石上将刚才的本领再施展一遍如何？"事到临头已无法退缩，纪昌替下老人踩上岩石，感到石头微微一颤。当纪昌勉强鼓足勇气将箭搭在弦上时，恰好一颗石子从悬崖边滚落下去。他眼看着石子的去处，不觉已趴在岩石上，脚抖如筛糠，汗流至足底。

老人笑着伸手将纪昌扶下石头，自己站了上去，说道："那么请看看何谓射吧。"

纪昌虽面色苍白，还未从惊悸中缓过神来，但立刻产生了疑问：

---

① 用柳树枝干缠上麻丝制成的强弓。

② 能够射穿石碑的名箭，传说越王勾践使用过。汉赵晔《吴越春秋》"勾践伐吴外传"记："越王中分其师，以为左右军，皆被兕甲，又令安广之人，佩石碣之矢，张卢生之弩。"——译注

"但，您的弓呢？"

只见老人两手空空。"弓？"老人笑了，"如果需要弓矢，还不过是射之射。在不射之射中，乌漆之弓①也好，肃慎②之箭也罢，皆无用也。"

正巧在他们头顶上方极远的高空，一只老鹰在悠然自得地盘旋。甘蝇抬头仰望了一会儿那犹如芝麻的黑点，然后将看不见的箭搭在无形的弓上，拉开满月，嗖的一声放箭而出。看，老鹰连翅膀都没呼扇一下，像一粒石子般从空中坠落下来。

纪昌不寒而栗。至此方觉窥见了技道的深渊。

纪昌在老人身边留了九年。谁也不知道在这期间他是如何进德修业的。

九年过去，下得山来，人们纷纷惊讶于纪昌颜面的变化。从前那副好强逞气的精悍神情已消失得无影无踪，变成了一副没有任何表情、犹如木偶或愚人一般的容貌。然而当纪昌去拜访阔别的旧师飞卫时，飞卫一见他的容貌却不禁感叹："如今您才堪称天下的高人。吾侪莫及于足下。"

邯郸都城敞开大门迎接已成为天下第一高手的纪昌归来。整座城市因期待即将在眼前上演的绝技而沸腾着。

然而纪昌却毫无想要一展绝技的迹象，甚至连弓箭都不碰一下。进山时带去的杨干麻筋之弓似乎也不知道丢到哪里去了。有人问他原因，纪昌只是懒洋洋地回答道："至为不为，至言不言，至射

---

① 名弓，由黑漆涂饰。
② 肃慎为古代北方游牧民族，曾向周王进贡过名箭。

不射。"

哦，原来如此，极其明白事理的邯郸都民立刻懂了。不执弓箭的弓箭高手成为他们的骄傲。纪昌越是不碰弓箭，人们越是盛传他天下无敌。

各种各样的传闻在人们口耳之间流传着。据说每晚三更过后，在纪昌家的屋顶上不知何人发出弓弦之音。那是寄居在高人体内的射道之神趁主人熟睡之际游离体外，彻夜守护以抵挡妖魔入侵。

住在附近的一位商人说，某天晚上他确曾目睹纪昌脚踩祥云、手持久违的弓箭，和古代高人羿①、养由基②二人比试箭术。那时，三位高人射出去的箭在夜空中拖曳着青白色的光芒，消失在参宿和天狼星之间。

还有一个盗贼供认，当他试图潜入纪昌家时，刚踩上围墙，突然一道杀气从寂静无声的室内窜出，正打中其额头，让他一下子摔到了围墙外面。从此以后，纪昌家周围方圆三里，那些心存邪念之徒都绕道而行，聪明的鸟儿也不敢从上空飞过。

犹如云雾缭绕的盛名之下，高人纪昌逐渐老去。他的心早已远离射事，日益进入恬淡虚静之境。像木偶一样的脸完全失去了表情，话越发稀少，乃至最后连到底有没有呼吸都令人怀疑。"无我无他之别，无是无非之分。眼如耳，耳如鼻，鼻如口。"这是老高人晚年的述怀。

离开甘蝇师父四十年后，纪昌静静地、宛如烟雾一般静静地离

---

① 羿是上古时期善射人物，传说曾助尧帝射九日。
② 养由基是春秋时代楚国射箭高手，传说能百步穿杨。

开了人世。四十年间，他绝口不谈射术之事。既然连谈都不曾谈起，更不用说未曾碰过一次弓箭了。身为故事作者，当然希望在此披露老高人最后的壮举，揭示他之所以成为高人的缘由，然而总不能歪曲古书上记载的事实。事实上，书中只记载他老后无为而化，除了下面这个奇怪的故事，再没有其他事迹流传下来。

故事是这样的。去世前大约一两年，有一天老纪昌应邀做客，在朋友家看到一件器具。这东西看起来很眼熟，却怎么都想不起它的名字，也想不出究竟是何用途。于是他向主人询问此乃何物，用途为何。主人以为客人在开玩笑，佯笑不答。老纪昌认真地再次询问，对方仍暧昧地笑着，不知该如何作答。当纪昌第三次认真地重复同一个问题时，主人脸上才现出惊愕之情。

他凝视着客人的双眼，当确认对方既不是在开玩笑，也不是发狂，更不是自己的耳朵听错了时，脸上呈现出近乎恐怖般的狼狈之色，有些结巴地叫了出来："啊？！夫子您……您是古今无双的射手，果真把弓都忘记了吗？连弓的名称、用途都忘了吗？"

此后多年，邯郸都城里的画家收起了画笔，乐师剪断了琴弦，工匠也耻于使用规矩了。

南岛谭

幸　福

　　从前，这岛上有一个极为可怜的男人。在这一带没有计算年龄这种不自然的习惯，所以无从得知他的确切年纪，不过可以肯定已不算年轻。因为头发不够卷曲，鼻头不够扁平，这男人的丑貌总是成为众人嘲笑的对象。嘴唇太薄，唇色没有上等黑檀那样的光泽，也使他显得更为丑陋。

　　这个男人大概是岛上最穷的人。在帕劳地区最有价值的通货是名叫"唔多唔多"的勾玉，不消说，他连一块"唔多唔多"都没有。因为没有"唔多唔多"，自然也就没有用它才能娶到的妻子。他单身一人，住在岛上第一长老家里堆放杂物的小屋一角，做着地位最卑微的仆佣。长老家里所有低贱的工作，都由他一身承担。岛上到处都是懒人，唯独这个男人从没有偷懒的闲暇。清晨，鸟儿还没有在芒果树荫中唱歌，他就已经出海捕鱼。曾有过渔枪未能刺中大章鱼，结果前胸后背都被吸盘牢牢吸住，全身红肿的时候。有过被巨大的石斑鱼追赶，九死一生才逃回独木舟的时候。也有过差一点被比脸盆还大的砗磲贝夹断腿的时候。到了中午，当岛上所有人都在树荫下或家里的竹床上惬意午睡的时候，只有这个男人还忙得像陀螺一样。清洁宅邸、修整小屋、采椰子蜜、编椰子绳、修葺房顶、制作家具，等等等等。他的皮肤好像飓风过后的野鼠那样，总是被汗水浸泡得湿漉漉的。除了修整番薯田这一自古以来就规定属于女人的工作外，这男人一个人从事着所有劳作。直到太阳沉入西边的大海，大蝙蝠在面包树顶端盘旋的时候，才总算得到一点用来喂小猫小狗的碎番薯和鱼骨头。然后，将疲惫不堪的身体放倒在硬邦邦的竹床上睡去——用帕劳语来说，就是"变成石头"。

这个男人的主人是这个岛上排行第一的长老，在整个帕劳地区——北起这个岛，南至遥远的贝里琉岛（Peleliu Island），也是首屈一指的富翁。他拥有这个岛上一半的番薯田和三分之二的椰子林。在他家的厨房里，最高级的玳瑁餐盘一直堆到天花板。由于每天享用海龟油、石烤乳猪、人鱼胎儿、清蒸蝙蝠仔这些美味，他那饱含油脂的肚子像怀孕的母猪一样高高隆起。他家里珍藏着某位祖先在征讨卡扬埃尔岛（Ngcheangel Island）时一举击中敌军大将的名震四方的投枪。他拥有的珠宝，比海龟在海滩一次产下的卵还要多。其中最为珍贵的巴卡尔珠，据说拥有让环礁外嚣张的锯鲨看上一眼就逃之夭夭的威力。无论是伫立在岛中央的有着翘式屋檐和蝙蝠图案的大集会场，还是岛民们引以为傲的蛇头红身大战船，都是凭借这位长老的权势和财力才得以建造。他的妻子表面上只有一位，但在不触及乱伦的范围内，实际上数不胜数。

可怜而丑陋的单身男人身为这位大权力者的仆人，因地位卑贱，不要说在自己的主人第一长老面前，就连经过第二第三第四长老面前时，也不允许直立行走，必须匍匐着从地面上爬过去。要是乘着独木舟出海时，长老的船来到了附近，从船上行礼这种失敬的行为是绝对不允许的，必须从独木舟上跳到水里。有一次遇到了这种情况，他正恭敬地准备跳入水中，忽然看到一条鲨鱼。看到他在犹豫，长老的随从们愤怒地把木棒投掷过来，砸伤了他的左眼。不得已，他跳进了鲨鱼正在游泳的海里。如果那条鲨鱼再大上三尺，他一定不会只被咬掉三根脚趾这么简单。

在南方远离这个岛的文化中心科罗尔岛上，流行着据说来自白人的怪病。病有两种。一种会对上天赋予人类的神圣秘密行为造成妨碍，在科罗尔①，当男人患上这种病时将其称为"男病"，当女人患上这种病时将其称为"女病"。另一种病则症状微妙不易察觉，患者会轻轻咳嗽、脸色苍白、身体疲惫、逐渐瘦弱，在不知不觉中死去。有的患者会咳血，但也有的并不咳血。本故事的主人公，这个可怜的男人，似乎患上了后一种病。他总是不断地干咳，容易感到疲惫。不管是把阿米阿卡树的嫩叶磨成汁喝下，还是把章鱼树的树根煎成汤服用，都毫无疗效。他的主人发现之后，认为可怜的奴仆患上可怜的疾病极为合适。因此，这男人的工作变得更多了。

不过，这位可怜的男仆是个很有智慧的人，并不认为自己的命运格外糟糕。主人虽然苛刻，没有禁止自己用眼睛看、用耳朵听以及用鼻子呼吸空气，就足以值得庆幸。派给自己的任务虽然繁重，

---

① 指帕劳群岛中科罗尔岛上的科罗尔市，日本统治期间为"南洋厅"所在地，二战后成为帕劳共和国首都。二〇〇六年首都迁往其他城市后，科罗尔市依然是帕劳最大的城市。——译注

至少免除了属于妇女神圣天职的耕种番薯田的工作，也让他觉得感谢。跳进有鲨鱼的海里失去三根脚趾似乎是不幸的，但还是感谢没有被咬掉整条腿吧。眼下虽然得了不断干咳的疲惫病，但想想还有人同时患上了疲惫病和男病，自己至少幸免了一种。自己的头发不像干海藻那样蜷曲，这的确是容貌上致命的缺陷，但还有人像荒凉的红土丘一样寸草不生呢。自己的鼻子不像被踩踏的香蕉田的田埂那样扁平，这的确令人羞惭，不过在附近岛上，就住着两个完全没有鼻子的得了腐病的男人。

不过，即使对如此知足的这个男人，病情如果能轻一些，还是比重一些好。比起顶着正晌午的直射阳光劳作，能在树荫下午睡还是更舒服。所以，这位可怜的智慧的男人，有时会向神灵们祷告。"神啊，疾病的痛苦和劳作的辛苦，请至少让其中一样比现在略有减轻吧，如果我的愿望不算贪婪的话。"

他带着作为供品的番薯，前往椰子蟹卡塔剌剌和蚯蚓乌拉兹的神庙祷告。这两位神灵都被认为是强有力的恶神。在帕劳的神灵当中，善神几乎享用不到供品。因为人们知道，即使不讨好这些神灵，它们也不会作祟。与之相反，恶神总能得到郑重的祭祀和丰富的食物。因为海啸、暴风、瘟疫等等都是由于恶神发怒而造成的。不知法力强大的恶神——椰子蟹卡塔剌剌和蚯蚓乌拉兹是否听从了这位可怜男人的祷告，总之过了不久，某天晚上，这男人做了一个奇怪的梦。

在梦里，可怜的男仆不知何时变成了长老，坐在正房中央属于一家之主的主座上。人们对他惟命是从，小心翼翼地伺候在他身边，唯恐他有一点不高兴。他有了妻子，还有一群忙着为他做饭的女仆。在他面前的餐桌上，烤全猪、蒸得通红的大海蟹和海龟蛋等等堆得像小山一样。这出乎意料的变化让他大吃一惊。一边做着梦，一边怀疑这是不是梦。内心感到无比不安。

第二天早晨醒来时，他还是躺在屋顶有破洞、柱子已倾斜的杂物库房的一个角落里。因为没有听到小鸟的叫声睡过了头，被一位家臣狠狠地揍了一顿。

当天晚上，在梦里他又变成了长老。这次他已经不像前一晚那么吃惊，对佣人们发号施令时神气多了。餐桌上照样摆满了美味佳肴。妻子是位身材健壮无可挑剔的美女。章鱼树叶子编的新席子坐起来凉丝丝地十分畅快。但是，到了早上，他依然是在肮脏的小屋里醒来。和从前一样，一整天被繁重的劳作所驱赶，只能得到碎番薯和鱼骨头作为食物。

下一个晚上，再下一个晚上，从那之后的每一个晚上，可怜的男仆都在梦中变成了长老。他逐渐有了长老的派头。看到美味佳肴，也不再像最初那样狼吞虎咽。跟妻子吵架已不止一次两次。早已懂得如何对妻子之外的女人动手动脚。他对岛民们发号施令，修建舟库，主持祭祀。当他在祭司的引导下走进神殿时，岛民们无不惊叹他那神圣庄严的样子犹如古代英雄再现。在伺候他的仆佣里，有一个男人很像白天是他主人的第一长老。这个男人对他的畏惧，简直到了可笑的程度。因为感到有趣，他吩咐这个好像第一长老的男仆做最辛苦的工作。又要打鱼，又要采椰子蜜。有一次因为挡住了自己乘坐的船，他还命令这个男仆从独木舟跳进了鲨鱼正在游泳的海里。可怜的男仆那慌乱畏惧的模样，让他感到相当满足。

白天剧烈的劳动和苛刻的待遇早已不再令他叹息。他也不再需要用智慧的达观的话语来安慰自己。只要想到夜晚的快乐，白天的辛苦根本不算什么。即使一天下来累得筋疲力竭，他也在嘴角浮现着无比幸福的微笑，为了进入荣华享乐的梦乡，急急奔向简陋肮脏的卧榻。如此说来，不知是不是由于梦中摄取的美食，最近他明显地胖了。气色极好，也不再干咳。整个人仿佛重返青春，充满活力。

就在可怜而丑陋的单身男仆开始做这些梦的同时，他的主人、富有的大长老也开始做一些奇怪的梦。在梦里，尊贵的第一长老变成了贫贱可怜的男仆。从打鱼、到采椰子蜜、编椰子绳、摘面包树的果实、制造独木舟等等，所有工作都被分派给他。如此之多的工作，除了多手多脚的蜈蚣之外，几乎是不可能完成的。而向他分派这些工作的，是白天本应为自己工作的那个最卑贱的男仆。这家伙心地很坏，不断地出各种难题。为此，他曾被大章鱼吸住身体，曾被碎礁贝夹住腿，还曾被鲨鱼咬掉过脚趾。说到食物，则只有碎番薯和鱼骨头。每天早上，当他在正房中央那豪华的席子上醒来时，身体因为整夜的劳动疲惫不堪，每个关节都在疼痛。随着每晚做这样的梦，第一长老的身体逐渐失去了油脂，鼓起的肚子慢慢松弛下来。要是光吃碎番薯和鱼骨头，无论谁都会变瘦吧。月亮盈亏三次之后，长老衰弱成一副可怜相，并且开始干咳了。

长老终于按捺不住愤怒，把男仆叫到了面前，下决心要对这个在梦里虐待自己的可恶男人痛加惩戒。

然而，出现在眼前的男仆已经不再是从前那个瘦弱可怜、不断干咳、畏缩不前的小人物了。不知何时他变得油光满面、身强体健、精神抖擞，而且态度也充满自信。虽然言辞依然客气，但绝不像甘受欺压的样子。从第一眼看到他那从容不迫的微笑，长老就已经被对方的优势给压垮了，甚至感到梦中对于虐待者怀抱的恐惧又回到了身上。梦里的世界和白天的世界，究竟哪个更真实？这一怀疑掠过了长老的脑海。他感到瘦弱憔悴的自己无论如何也无法干咳着训斥眼前这位仪表堂堂的男人。

长老用自己都不曾料想到的殷勤言辞，向男仆询问是如何恢复了健康。男仆详细讲述了自己所做的梦。每天晚上，他是如何饱餐美食，如何惬意享受婢仆的侍奉，如何和众多美女一起体会天堂的快乐。

听了男仆的话，长老大吃一惊。男仆的梦和自己的梦如此惊人地一致，究竟基于什么缘故？梦的世界里的营养对于梦醒后的世界里的肉体，竟能产生如此巨大的影响吗？看来，梦的世界和白昼的世界同样（甚至更加）真实，已毋庸置疑。他忍住羞愧，向男仆讲述了自己的梦。在梦里，自己是如何被迫整夜劳动，如何只能以碎番薯和鱼骨头勉强果腹。

男仆听了之后，毫不吃惊。那样子就好像在听早已知道的事情，带着满足的微笑，从容地点着头。他的表情犹如在海岸的泥涂中饱餐之后酣眠的海鳗那样，闪耀着至高无上的幸福之光。啊，这个男人已经确信梦比白昼的世界更为真实了呀。可怜的富有的主人从内心发出长叹，嫉妒地注视着贫穷的智慧的男仆。

　　　　　×　　　　　×　　　　　×

　　以上这个故事，是曾经流传在如今已不存在的沃鲁旺格岛上的民间故事。大约八十年前的某一天，沃鲁旺格岛突然连岛上居民一起陷落沉入了海底。自那以后，据说帕劳就不再有做如此幸福之梦的男人了。

夫　妇

直到现在，在帕劳本岛上，尤其是从宜瓦尔（Ngiwal）到雅腊尔德（Ngaraard）一带的岛民当中，不曾听说过吉腊·克西桑和他的妻子爱必鲁的故事的，大概一个也没有。

雅库劳部落的吉腊·克西桑是个出奇老实的男人。他的妻子爱必鲁生性风流，不断同部落里的阿猫阿狗传出些艳闻令丈夫伤心。因为爱必鲁是风流女子，所以（在这种时候用"虽然"、"但是"，那不过是温带人的逻辑）她也是大号的醋坛子。对自己的风流韵事丈夫当然会同样以风流韵事回报的想法令她日夜不安。

如果丈夫走路时不走路中间，而是走左边，住在路左人家的女儿们一定会遭受爱必鲁的怀疑。相反，如果丈夫走右边，那他势必要因为对路右的妇人们有意而遭到爱必鲁的责骂。为了村子的和平，还有自己灵魂的安宁，可怜的吉腊·克西桑只得走在狭窄道路的正中央，不论向左向右都决不看上一眼，只紧紧盯住脚下白得耀眼的沙粒，小心翼翼地向前迈动步子。

在帕劳地方，女人之间因男女情事决斗，被称作黑路丽斯。通常是情人被抢（或者自以为被抢）的女人冲到情敌家里，向对方宣战。决斗在众人围观之下光明正大地进行。不管是谁，这个时候都不许站出来调解。人们只能带着种愉悦的兴奋在旁观战助兴。

决斗不止于口舌之争，最终要通过武力决出胜负。但是作为原则，不得使用武器或刀具。两个黑女人叫啊，嚷啊，推搡，撕扯，哭泣，跌倒。衣服被——以前没有什么穿衣服的习惯，所以那仅有的覆盖物是最低限度上绝对必要的——抓烂撕破自不用说。大多数情况下，衣服被完全撕掉以致不能站起来走路的人被判定为负方。当然在那之前，双方早已经在各自身上留下三十或五十处抓伤了。

决斗最后，把对手剥成精光打倒在地的女人高奏凯歌，获得情事中正义一方的资格，并从至今为止一直严守中立的围观人众那里接受祝福——因为胜利者总是正义，并因而受到众神佑护和祝福的。

却说吉腊·克西桑的妻子爱必鲁，她不问是妇人还是少女，几乎向除了不是女人的女人之外的全村所有女人挑起过这种黑路丽斯。并且几乎每一次，她都将对手在拳打脚踢一通之后，剥了个精光。爱必鲁有着粗壮的胳膊和大腿，是个力大超群的女人。虽然她的风流是家喻户晓的事实，可是她那数不清的风流韵事从结果来看，却不能不说是正义的，因为有着黑路丽斯的胜利这一光辉的、确定不移的证据。世上没有比这种实证带来的偏见更为牢固的东西。

事实上，爱必鲁坚定地相信自己在现实生活中发生的情事都是正义的，而在自己的想象中发生的丈夫的情事都是邪恶的。可怜的吉腊·克西桑，除了每天遭受妻子嘴巴和拳头两面夹击的折磨外，面对这些不可动摇的证据，他甚至不得不陷入了对自己良心的深刻怀疑："也许真的，妻子正义而自己邪恶吧？……"如果不是命运偶然惠顾，也许他早就被这生活的重担给压垮了。

那时，在帕劳的各个岛屿上有一种叫做莫果露的制度。指的是未婚女子住进男子公社的公共住宅（阿巴），在做饭之余从事类似娼妓的工作。女子必须来自其他部落。有时是出于自愿，也有时是部落打了败仗被强行征发而来。

吉腊·克西桑所在的雅库劳部落的公共住宅里，刚好来了一个故列部落的女人做莫果露。这是个名叫丽美的非常漂亮的女人。

当吉腊·克西桑在阿巴后面的厨房里第一次看到这个女人时，他茫然呆在了原地。不光是被女人犹如黑檀木雕刻的古代神像般的美丽深深打动，还有一种宿命般的预感："也许只有这个女人能把自己从妻子的独裁下面解救出来。"——可怜竟带有些算计的预感抓住了他。他的预感通过女人回望他那热情的凝视（丽美有着长长的睫毛和乌黑的大眼睛）得到了进一步证实。从这天起，吉腊·克西桑和丽美成了一对情侣。

做莫果露的女子既可以和男子公社所有成员作伴，也可以指定其中个别的少数，甚至单独某一个人。如何决定是女子的自由，公社无法强迫。丽美只选择了已婚的吉腊·克西桑一个人。自命风流的青年们的频频秋波和甜言蜜语，还有其他各种变着花样的巧妙挑逗，都无法让她改变心意。

对吉腊·克西桑来说，如今整个世界突然变了模样。即使有妻子乌云般的压迫，可外面依然阳光灿烂，蓝天上美丽的白云在流动，树梢头小鸟在宛转歌唱——这些他十年来似乎还是头一次发现。

爱必鲁的慧眼不可能放过丈夫神情的变化。她几乎立刻找到了原因。狠狠痛斥了丈夫整整一夜之后，第二天一早，她朝着男子公社的阿巴出发了。誓与抢自己丈夫的可恶的丽美一决黑路丽斯，她凶猛得如同扑向海星的大章鱼一般，冲进了阿巴里面。

谁承想，原以为是只海星的对手，竟意外地是条电鳗。一扑而上的大章鱼一下子被狠狠刺中触手，不得不暂时退却。刻骨仇恨凝聚在右胳膊里奋力挥出，却以两倍的力量被反弹回来。想要一把抓破对方肚皮，手腕反而被轻而易举地反拧过去。流着羞愤的眼泪，使出浑身的力气用整个身子撞上去，又被巧妙地闪了个空，一头撞在柱子上。正在头晕眼花将要倒下时，对方乘机袭来，转眼之间就把爱必鲁的衣服剥了个精光。

爱必鲁被打败了。

过去十年里纵横无敌的女豪杰爱必鲁在最重要的黑路丽斯上遭到惨败。雕刻在阿巴柱子上面目古怪的神像面对这一意外不由得睁大了眼睛；倒挂在阿巴房梁上贪睡的蝙蝠也大吃一惊，逃出了屋外。

从阿巴的墙缝里偷看到整个过程的吉腊·克西桑半是吃惊，半是高兴，几乎是茫然不知所措了。会由于丽美得救的预感似乎就要实现，这无疑值得庆幸。可对于百战无敌的爱必鲁竟然会失败这一重大事件，究竟该怎么考虑，还有它究竟会给自己带来哪些影响，这些都令他不得不大为困惑。

且说爱必鲁遍体鳞伤，一丝不挂，就像被剃掉了头发的参孙[①]一样垂头丧气，捂着前身回到了家里。由于卑躬屈膝已成习惯，吉腊·克西桑没有留在阿巴和丽美分享胜利的喜悦，而是窝窝囊囊地

---

① 参孙是《旧约圣经》中的人物，被上帝赐予巨大力量，但如果剃掉头发就会丧失力气。

跟在战败的妻子身后，也回了家。

生平头一次尝到败北滋味的英雄接连两天两夜，不停地流着羞愤的眼泪。到第三天，哭声刚一停止，激烈的怒骂响了起来。被悔恨的眼泪浸泡了两个昼夜的嫉妒和愤怒，化作骇人的咆哮，在软弱的丈夫头顶上炸开了。

像鞭打椰子树叶的台风，像面包树上阵雨般的蝉鸣，像珊瑚岛外狂吼的怒涛，一切应有尽有的恶骂被倾倒在丈夫头上。像火花，像闪电，像带着毒素的花粉，令人恐怖的恶意的种子在家里四处飘落。背叛贞洁妻子的不诚实的丈夫是阴险的海蛇。是海参肚子里长出来的怪物。是烂木头上钻出来的毒蘑菇。是绿毛龟的粪便。是所有霉斑里最下流的品种。是腹泻的猴子。是秃掉羽毛的翠鸟。……再说那个从外面来做莫果露的女人，不折不扣是淫荡的母猪。是没有父母的流浪婆娘。是牙里面藏毒的雅斯鱼。是凶恶的大蜥蜴。是海底的吸血鬼。是残忍的塔玛卡鱼。……而自己呢，就是被那条猛鱼不幸吃掉触角的，温柔而可怜的母章鱼。

在超乎想象的激烈和喧哗中，做丈夫的好像耳朵聋掉了一样木然不动。有一会儿他甚至以为，自己已经失去了所有感觉。根本没机会考虑什么对策。好不容易等到叫骂得筋疲力尽的妻子停下来喘喘气，并用椰子水润润喉咙的间隙，至今为止四处散落在空中的恶骂才好像木棉的刺一样，一点一点扎进了他的肌肤。

习惯是我们的主宰。即使遭到这样的厄运，已经习惯了妻子绝对主宰的吉腊·克西桑还是没有想到要从爱必鲁身边逃走。他只是苦苦哀求，唯愿得到宽恕。

经过暴风雨的一昼夜之后，总算达成了和解。条件是吉腊·克西桑不但要和那个莫果露的女人彻底分手，还必须远渡到遥远的卡扬埃尔（Kayangel）岛，用当地特产的橄榄树做一个豪华的舞台，并在向村里众人展示舞台的时候，同时举办"巩固夫妇的仪式"。

帕劳人在举行完互换珠宝和酒宴的结婚仪式之后，几年内还会再举行一次"巩固夫妇的仪式"。当然这需要巨额费用，一般只有有钱人才会做，经济上并不宽裕的吉腊·克西桑夫妇还没有举行过它。如今在这仪式之外，还要再做舞台，以他们的经济状况来说实在勉强，但为了取悦妻子也没有别的办法。他把仅有的珠宝全部带在身上，漂洋过海地去了卡扬埃尔岛。

合适的橄榄木材马上就找到了，可制作舞台花去了大量时间。因为每当做好一只台脚，所有人就会聚在一起跳一场庆祝的舞蹈，看到台子表面漂亮地切割了出来，又会再跳舞庆祝一番，所以进展十分缓慢。直到刚来时弯弯的月牙变成了满月，满月又再次变成了月牙，舞台才终于做好。

在这段日子里，吉腊·克西桑朝夕起居在卡扬埃尔海边的小屋里，常常想起令人思念的丽美而暗自不安。自从那场黑路丽斯之后，自己一直没能去找她相见，这种痛苦到底丽美能否体会呢？

一个月后，吉腊·克西桑向工人们支付了巨额珠宝，把崭新漂亮的舞台装上小船，回到了雅库劳。

到达雅库劳的海滩时已经是晚上了。海边点着红灿灿的篝火，随风传来人们拍手欢唱的声音。大概是村人们正聚在一起，在跳着祈祷丰年的舞蹈吧。

吉腊·克西桑在远离篝火的地方系上船，把舞台留在船上，悄悄上了岸。他蹑手蹑脚地走近跳舞的人群，从椰子树后面偷偷张望。可无论跳舞的人群，还是围观的人群，都找不到爱必鲁的身影。他心事重重地朝自己家走去。

瘦高的槟榔树下的石子路上，吉腊·克西桑蹑足慢慢来到没亮灯的家近旁。靠近妻子这件事，总会带给他无穷的恐怖。

用土人那种像猫一样透视黑暗的眼睛，他轻轻窥视家里，看到里面有一对男女的身影。认不出男的是谁，可女的无疑正是爱必鲁。一瞬间，吉腊·克西桑松了一口气："有救了！"比起眼前看到的事实，不必遭到妻子迎头怒骂对他的意义更为重大。

随后，他感到有些悲伤。这既不是吃醋，也不是愤怒。对醋坛子爱必鲁吃醋是连想也不敢想的，而名叫愤怒的感情在这个没志气的男人身上早就磨灭得一丝不剩了。带着点淡淡的失落，他又蹑足离开了家。

不知不觉中，吉腊·克西桑来到了男子公社的阿巴门前。里面漏出的微弱灯光，证明还有人在。走进一看，空荡荡的室内点着一只椰子壳作的灯，背朝灯光睡着一个女人。

这是丽美，千真万确。吉腊·克西桑心跳有些加快，轻轻凑过去，伸手摇了摇背朝自己睡着的女人的肩膀。女人并不回头，可看起来也不像是睡着了。再摇一摇，女子背朝这边说话了："我是爱着吉腊·克西桑的人。谁也不要碰我。"吉腊·克西桑跳了起来，用欢喜得颤抖的声音叫道："是我！是我！我就是吉腊·克西桑呀！"吃惊地回过头来的丽美的大眼睛里，眼看着涌出了大滴大滴的泪花。

过了好长一段时间，当两人总算回过神来的时候，丽美（尽管她是个足以打败爱必鲁的强悍女子）一边哇哇大哭，一边诉说起在他没有露面的这些日子里，自己守卫贞操是如何困难。并且还说也许再过两三天，自己的贞操就会失去。

妻子是那么淫荡，而娟妇却如此贞淑。眼前的事实，令懦弱的吉腊·克西桑也终于想到要背叛妻子。从上一次壮烈的黑路丽斯的结果来看，只要又温柔又强悍的丽美陪伴在身边，即便爱必鲁再怎么来寻衅也用不着害怕。至今为止自己竟然想不到这一点，窝窝囊囊地不从那头猛兽的洞穴里逃出来，真是够愚蠢的！

"我们逃走吧。"他说。直到现在，他还只会用"逃走"这种胆怯的字眼。"逃走吧。逃到你的村子里去。"

正好这时莫果露的合同已经到期，所以丽美也同意与他一起回到自己的村子里。两人避开在篝火边狂舞的村人的眼睛，手拉手从小路来到海边，乘上拴在那里的独木舟，划进了深夜的大海。

第二天东方大亮时，他们抵达了美丽的故乡埃雷姆伦维（Ngere-mlengui）。两人来到丽美的父母家，顺顺当当结了婚。又过了一些日子，那个卡扬埃尔出品的舞台在村里当众展示了。不用说，与此同时还举行了盛大的"巩固夫妇的仪式"。

在另一边，爱必鲁则一心以为丈夫还在卡扬埃尔等待舞台完工，兀自每天不分昼夜召集几位未婚青年，纵情欢乐。直到有一天，她从来自埃雷姆伦维附近的采椰蜜人的嘴里，听说了事情的真相。

爱必鲁立刻勃然大怒。她一边大叫着自己是世上最可怜的人，而自从娥波卡兹女神的身体化成帕劳的岛屿以来，从没有过像丽美这么邪恶的女人；一边哇哇大哭着冲出了家门。她一直冲到位于海岸的阿巴那里，扒住门前一棵大椰子树就往上爬。

在很久很久以前，这村子里的一个男人被朋友骗去了财宝、番薯田和女人时，曾经爬上这棵椰子树的老树（如今已经枯死很久了，但在当时正值椰子树的壮年，是全村最高的树），从树顶上向全村人大声呼喊，诉说自己受骗的经过，诅咒骗子遭到天罚，埋怨世间，埋怨众神，甚至埋怨了生出自己的母亲之后，从树顶上跳了下去。这是传说中这个岛上空前绝后唯一一个自杀的人。

如今爱必鲁就是想效仿这个男人。可是，男人轻而易举就能爬上的椰子树，对女人却大不容易。尤其是爱必鲁体态丰满，肚子突出，刚爬到采蜜人刻在椰子树干上的刻痕的第五格，就再也喘不上气来了。

眼看再往上是无论如何也爬不动了。又羞又恼的爱必鲁大声呼唤起村里的人们来。她一边为了不从那个高度（好容易爬到了离地面五米左右）滑下而拼命抱紧树干，一边诉说自己可怜的遭遇。她以海蛇的名义发誓还嫌不够，又加上椰子蟹和金钱鲨的威力，诅咒丈夫和他的情妇不得好死。她一边诅咒，一边透过眼泪向下一看，原以为全村人都到齐了的期望彻底落了个空。底下只有五六个男女正张着嘴，抬头仰望她的狂态。

人们早就听惯了爱必鲁的叫喊，大概只嘟囔一声"又开始了"，连头也不曾从枕头上抬起吧。

不管怎样，只有五六个听众的话，实在用不着这么费劲大喊。而且，从刚才起庞大的身子就一个劲要往下滑，让人拿它一点办法都没有。爱必鲁一下子收住叫声，带点忸怩的微笑，从树上吭哧吭哧又爬了下来。

树下站着的几个村民中，有一个中年男人，是爱必鲁在嫁给吉腊·克西桑之前的老相好。虽说因为一场怪病烂掉了半个鼻子，但拥有广阔的番薯田，是村子里第二号财主。从树上下来的爱必鲁看到这个男人，连自己也不知道为什么竟然微微一笑。顿时，男人的眼神变得火热起来。两人就在这一刻情投意合了。互相拉着手，朝绿油油的塔玛纳树荫下走去。

剩下的几名围观者并不感到奇怪。目送着两人的背影，微微一笑，各自散去。

四五天后，村人们得知，爱必鲁大摇大摆地住进了那天正午和她一起消失在塔玛纳树丛的中年男人家里。鼻子掉了一半的全村第二号财主，最近刚刚死了妻子。

就这样，直到现在村里人还传说着：吉腊·克西桑和他的妻子爱必鲁，两个人分别在不同的地方，度过了同样幸福的下半生。

×　　　　×　　　　×

故事到这里就结束了。故事中出现的莫果露，也就是未婚女子为男性服务的习俗在德国殖民时期受到禁止，在如今的帕劳群岛上已经不存在了。但是问一下村子里的老太太就会发现，她们每个人在年轻时都有过那样的经历。据说在出嫁前，每个女孩子都要去别的村子至少做一次莫果露。

而另外一个习俗黑路丽斯，也就是爱情决斗，直到现在还在各个岛上长盛不衰。有人类的地方就有恋爱，有恋爱的地方就有嫉妒，这大概是理所当然的事吧。作者滞留当地时就曾经目睹过一次。

事件的过程和激烈程度正如文中所述（我看到的那次也是首先挑战的一方寻衅不成反遭其害，大哭着回去了），和从前没有任何变化。唯一不同的是，围在一旁看热闹的观众里面，有两个手拿口琴的现代打扮的青年。

两个人都穿着一看就是刚从科罗尔大街上买回来的崭新的深蓝色同款衬衫，蜷曲的头发上涂着厚厚的发蜡，虽然下面还是赤脚，但的确称得上时髦人士。他俩也许是打算替这场闹剧作伴奏，摆出副煞有介事的姿势，摇头晃脑地打着节拍，在这场激烈的决斗过程中，自始至终吹奏着欢快的进行曲。

鸡

在南洋群岛①为岛民们设立的初等学校被称作公学校。我参观某个岛屿上的公学校时，适逢全校早会，目睹了一位新任教师的就任场景。这位新教师虽然看上去还很年轻，但据说在公学校从事教育已有多年经验。当校长介绍完毕后，这位教师走上讲坛致辞。

"从今天起，老师将和你们一起学习。老师已经在南洋，教了岛民很多年。你们的所作所为，老师全都一清二楚。要是只在跟前装老实，在背后偷懒的话，老师可是一眼就能看穿！"

他一字一句清清楚楚，怒吼般地大声说道。

"你们别想着能骗过老师。老师可是很厉害的。你们要好好听老师的话。明白吗？听懂了吗？听懂的人举手！"

数百名穿着破破烂烂的衬衫或罩衣的肤色黝黑的男女学生们，一起举起手来。

"好！"新任教师更加大声地说道，"听懂了就好！老师的话到

① 指位于中太平洋的密克罗尼西亚群岛。这片群岛自十六世纪起先后被西班牙、德国殖民统治；第一次世界大战后，又被战胜国之间缔结的《凡尔赛和约》规定交由日本委任统治。日本政府在岛上设置"南洋厅"作为行政中枢（本部位于帕劳的科罗尔），设立学校以及医院、法院等，展开殖民统治，直至在二战中战败。中岛敦曾在南洋厅就职大约不到一年时间，详见年表。——译注

此结束！"

敬礼之后，数百名岛民儿童眼里再次浮现出发自内心的敬畏，抬头仰望着新教师。

浮现出敬畏表情的不只这些学生。我也怀着敬畏与赞叹倾听了这番致辞。不过与此同时，在我脸上大概还浮现出了若干怀疑的表情。之所以这么说，是因为当早会结束，回到教员室之后，这位新任教师对着我似乎辩解一般地说道："对这些岛民，如果不像刚才那样吓唬一吓，将来不好管理呢。"他那晒得很健康的脸上露出白色牙齿，爽朗地笑了起来。

刚从内地①来到南洋的青年，遇到这样的现实时，往往皱眉不满。然而在南洋住过两三年后，则大多对这样的事情不以为怪，甚至以为这才是跟岛民打交道时最老练的做法。

就我自身而言，对于这种对待岛民的方式，虽然并不特别感到基于人道主义的不满，但要说这就是最好的办法，却也深感踌躇。当然，彻底贯彻强制措施，比起不得要领的姑息纵容更有效果。而且令人困惑的是，就算是经过深思熟虑的诚意相待，也往往不如简单化的强制手段有效。当然，他们究竟是否心服，是另一回事。不过，令我们的常识再次感到困惑的是，很多时候，强制手段不仅带来表面上的服从，而且似乎的确让他们发自内心地惊叹佩服。对他们来说，"可怕"与"可敬"似乎尚未分化，但有时却又似乎并非如

---

① 近代日本在殖民扩张的过程中，将新纳入统治范围的地区如朝鲜、琉球、台湾等地称为"外地"，与之相对，将日本固有领土称为"内地"。——译注

此。总而言之，对于岛民，我至今无法把握。跟他们打交道时间越长，他们的心理和生活感情越显得不可思议。比起刚到南洋时，过了三年、五年之后，自己反而越发感到无法理解土人的感情。

当然，在我们文明人身上，也有着"可怕"与"可敬"这两种感情的混杂，只不过程度及表现方式不同而已。在这一点上，可以说他们的态度并非那么难于理解。譬如岛上的女人们，当丈夫被征用到安加尔岛挖掘磷矿，到海边送行时，她们手抓船缆号啕大哭。直到目送丈夫乘坐的船消失在地平线，还满面泪水不愿离去，宛如传说中的松浦佐用姬①。然而两个小时以后，这位令人怜爱的妻子大概就会和附近的某位青年肌肤相亲。如果说对此我们也不难理解，我一定会受到夫人们的批判；不过大概只有那些内心缺乏自省的人，才会主张在我们身上绝对不存在这种感情的原型吧。当占领者从西班牙人变成德国人时，前一天还是恭顺的奴仆或邻居的岛民忽然变身为暴徒杀害西班牙人，这或许也不至于让我们像访问拉戈多大学②的格列佛那样吃惊。

不过，对于下面这样的情况，究竟该如何理解呢？例如某一次，我和岛上的一位老人聊天。虽然我说的土语磕磕巴巴，对方似乎还能听懂。土人们本来就是好脾气，眼前这位老人对没那么好笑的事也笑嘻嘻地听着，看起来相当愉悦。可就在我感到越聊越投机时，老人突然闭口不说话了。开始我以为对方有些累了，要喘口气，

---

① 日本传说中住在肥前松浦（九州西部的古郡名）的美女，在恋人奉命出征新罗时依依惜别，最后化为了石头。——译注

② 《格列佛游记》中虚构的大学城的名字。有多达数百名科学家在那里从事研究，但研究内容全是空头理论，对现实毫无裨益。——译注

就静静地等着。但是，老人再也不说话了。不光闭口不言，刚才满面愉悦的表情也一下子变得兴致索然，他的眼神就好像不认识我一样。为什么？是什么动机让老人陷入了这种状态？是我的哪句话触怒了他吗？我无论如何都想不出头绪。总之，突然之间，老人的耳朵、眼睛、嘴巴，也许甚至包括心灵，都关上了一层厚厚的铁门。此刻的他宛如一座古代石雕神像。是他突然失去了谈话的热情吗？还是异族人的脸、声音和味道，突然使他厌烦了呢？抑或是密克罗尼西亚古老的神灵们愤怒于温带人的入侵，突然挡在老人面前，让他的眼睛看不见东西呢？总之，哪怕我们怎么怒吼，或是安慰、摇晃，都无法让他们摘下这神奇的假面；在假面前，我们不得不感到茫然。而这种暂时性的痴呆是当事人完全没有意识到的状态，还是极为巧妙地有意为之的烟幕，我们也完全不得而知。

以上只是一个小小的例子。凡是在岛民部落中长期生活过的人，几乎都有过多次类似的经验。偶尔遇到在南洋生活了四五年，自称已完全了解岛民的人，我总觉得不可信。在我看来，如果没有在椰子树叶的摩擦声和环礁外一望无际的太平洋的波涛声中生活十代以上，不可能理解他们的感情。

说了以上一大堆无聊的道理，我究竟是想说什么呢？对了，是一位老人，我想讲的是一位土著老人的故事，却不知不觉说了这么长的开场白。

那位老人居住在帕劳的科罗尔。外表看起来极为衰老，但实际年龄也许不到六十岁。南洋老年人的年龄很难猜测。不仅因为当事人往往也不知道自己的年龄，更因为跟温带人相比，他们从中年步入老年时会急剧老化。

名叫玛库鲁普的这位老人似乎有几分佝偻，走路时总是驼着背，不断地干咳。尤其可笑的是他的眼睑严重松弛下垂，几乎到了无法睁开眼睛的程度。当他想看清楚别人的脸时，必须仰起头，用拇指和食指掀起松弛的眼睑，去掉挡在眼前的这层障碍。那样子就好像卷起窗帘或百叶窗似的，总是让我忍不住发笑。老人并不知道为什么被笑，但也应和着对方，嘻嘻地笑起来。这样一位外表可怜、看似愚钝的老人打起交道来竟是个不好对付的刺头，令刚到南洋不久的我颇为意外。

那时，我为了了解帕劳民俗，在搜集民间信仰的神像及神祠模型。因为听某位认识的岛民说玛库鲁普大爷熟知风俗典故，而且手很巧，所以想到找他帮忙。第一次被带到我面前时，老人不时地掀起眼睑看着我，对我提出的问题作出应答。听上去不只科罗尔，包括帕劳本岛各地的风俗，他都有所了解。那天，我吩咐他做一个"驱除恶魔的灭列库"髯面男子像。两三天后，老人把做好的带来了，做得相当不错。作为酬劳，我递给他一张五十钱的纸币。老人掀起眼睑看看纸币，再看看我，微笑着点了点头。

自那以后，我经常找他制作一些驱魔或祭祀用的器具。比如小神祠啦，舟型神龛啦，大蝙蝠啦，猥亵的狄隆盖像啦等模型。有时他拿来的不光是模型，还有不知来自何处的真品。我问他是不是偷的，他笑嘻嘻地不做声。我再问他，偷神灵的东西不害怕吗？他则回答说，不是自己部落的所以没关系，只要稍后去教会驱一下邪就可以了。说着伸出左手催促我。意思是别瞎担心，赶紧付钱。

他所说的教会，指的是在科罗尔的德国教会或西班牙教会。大概他以为只要到教会的祭坛前做个祈祷，就能从亵渎了古老神灵的恐惧中获得解放吧。从"神祠"的大小来看，白人的神也无疑具有更强的威力。

用两三天时间做出来的小件给五十钱，需要一周时间制作的物件给一元钱，我们之间的行情基本上是这么确定的。但是有一天，作为一个鸽子型小护身符的酬劳，当我按照惯例在他手掌上放了一张五十钱纸币之后，他的手却还一直伸着。他掀起眼睑看看手掌，然后看着我嘻嘻一笑，放下了眼睑，放着纸币的手却不缩回去。这家伙！我默默地瞅着他（但他只要遇到对自己不利的情况就马上放下眼睑，所以看不到他的表情）。过了一会儿，他又掀起眼睑，刚想笑，碰到我的眼神，忙又放下窗帘，但左手还依然伸着。我不耐烦起来，在他手上加了一个十钱的铜币。这下他把眼睑微微掀开一条细缝，没有看我的脸，嘴里嘀咕着道谢的话离开了。

逐渐地，六十钱涨到七十钱，七十钱涨到八十钱，在掀起、放下眼睑的无言的交涉中，行情最终被抬到了一元钱。还不光是价钱的问题。制作的物品也越来越可疑。我让他刻在木板上的太阳图里的鸡被偷工减料。小神祠的模型也和实物结构有所不同。他制作的舟型神龛上擅自添加了很多现代装饰。明明事先指定了尺寸，做出的物品大小却不一样。号称从前祭神仪式上使用过的古老的真品，以高价卖给我的东西，其实却是最近仿造的赝品。

当我质问他时，他先是坚称自己制作的物品准确无误。等我出示了各种难以推翻的证据，他又像以往那样笑嘻嘻地默不作声。有时则加以辩解，"之所以在舟型神龛上添加装饰，是为了让先生高兴嘛"。我严厉地告诫他，模型必须绝对准确，别再拿可疑的赝品来卖钱，他老实地低下头走了。那之后，好好制作了一段时间，可不到一两个月又故态复萌。我这才警觉起来，把迄今为止从他那里购买的东西全部检查一番，发现他制作的物品里竟有一半以上在不易察觉的地方偷工减料，或者干脆就是他的任意创作，现实中并不存在。

那时，在帕劳群岛发生了"猎神事件"。当时在岛民中间，形成了一种将传统信仰与基督教融合在一起的新兴宗教。当局认为这一宗教结社有碍治安，打着"猎捕邪神"的旗号，迫害主要领导人。这一宗教结社北起加央嘉尔岛，南至佩尔流岛，在民间已经具有相当基础，但当局巧妙地利用岛民之间的势力冲突及个人之间的反感，大力推动检举揭发。有一次，我从在警务科工作的熟人那里听说，那位玛库鲁普大爷在"猎捕邪神"行动中立了大功。追问详情，得知当局的猎捕行动主要利用岛民告密，而玛库鲁普是最频繁的告密者。由于他的告密，已有好几位重要人物落网，老人藉此获得了数量不菲的奖金。"而且"，这位熟人笑着补充说，"好像他出于私怨，还告发过并不是信徒的人。"关于这一新兴宗教是正是邪，姑且不论，总之"告密"这一行为令我感到极不愉快。

也许就是因为这种不愉快，几天后我才会因为玛库鲁普老人微不足道的欺诈行为大发雷霆吧。事情本身并没有那么严重，不过是制作物品时的一点粗制滥造以及表现出的一点贪欲罢了。事后想起连自己都觉得奇怪，可当时我的确感到无比愤怒，对着他大声斥责。老人好像有点吓呆了，既不再掀眼睑，也不再笑嘻嘻，茫然站在我面前。记得我怒斥了他很多，连"对贪图金钱出卖朋友的卑劣小人，再也不会委托工作"这样的话也说了出来。过了一会儿，当我冷静下来，发现老人不知从何时起变得像石头一样面无表情，显出一副对我的存在毫无感知的样子。也就是说，陷入了我在本文开头描述过的那种不可思议的状态，与外界之间所有感官都封闭起来的绝缘状态。我虽然有些吃惊，但事到如今也无法再去安慰他。况且无论我说什么做什么，大概他都会像缩成一团全副武装的穿山甲那样毫无知觉吧。

沉默了大约半小时之后，老人突然回过神来，动了下身子，快速地从我房间离开了。

又过了一小时左右，我发现在老人到来之前一直放在桌子上的怀表不见了。找遍整个房间也没有，衣服口袋里也没有。那是父亲送给我的名贵的沃尔瑟姆老式怀表，即使在潮气和暑气经常造成怀表不准的南洋，依然走得很准。我想起以前玛库鲁普老人就很稀罕这块怀表，尤其喜欢上面的银链，常常托在手上赏玩。我立刻去他住的小屋找他，小屋里一个人也没有（他是个单身汉）。那之后连着两三天每天去找，但小屋始终空无一人。问附近岛民，说是大约两天前，他说要去本岛的某个地方，出门之后就没有再回来。

自那之后，玛库鲁普老人一直没有出现在我面前。

两个月后，我启程前往东部岛屿——从中部加罗林群岛到马绍尔群岛，进行长期的民俗调查。调查用了两年时间。

两年后当我再回到帕劳时，吃惊地看到科罗尔街头的建筑物明显增加了很多，岛民们也变得狡猾了很多。

回到帕劳大约一个月后，有一天玛库鲁普老人忽然出现在我面前。说是从别人那里听说我回来了，马上就来找我。他看起来极为憔悴。眼睑还是和从前一样覆盖着双眼，似乎掉了牙齿，脸颊深陷，后背则比以前驼得更厉害。最令我吃惊的是，他的声音极为沙哑，说起话来好像在讲述什么秘密。跟两年前比起来，整个人好像老了十岁的样子。虽然我并没有忘记怀表的事，但面对如此衰老的样子，却无法说出口。

我问他怎么了，为何看起来这么憔悴。老人回答说因为病情加重，而且就是为这事来找我的。他告诉我，大约从半年前起身体变得很差，喉咙好像被堵住一样呼吸痛苦。他在帕劳医院接受治疗，但一直治不好，所以不想去帕劳医院了，想去找连戈尔先生。连戈尔是在奥吉瓦村生活多年的德国传教士，很有教养，而且精通医药。由于他时常帮村民看病开药，在帕劳岛民当中逐渐形成了很高的声望，有很多岛民相信他比帕劳医院看得更好。"但是"，老人说道，"帕劳医院是政府办的医院，要是我擅自决定不去找他们，改去找连戈尔先生，院长一定会生气，警察也会找我麻烦。"我笑着说哪会有这种事，但老人顽固地不肯相信。"先生和院长是朋友，所以请先生去找院长好好说一说吧，请他允许我到连戈尔先生那里看病。"他用沙哑的声音说着这番话的样子充满哀求，看上去就像一位濒死的老人，我不得不接受了这莫名其妙的请求。

我找到院长说明来意，院长告诉我老人的病是喉头癌或喉头结核（如今我已有些记不清了），已经没有治愈的希望，所以不管是去找连戈尔先生还是去哪里，按他自己的意思就好。

第二天，我告诉玛库鲁普老人院长已经答应，老人显得极为高兴。用几乎听不清的声音一遍又一遍道谢，一遍又一遍鞠躬行礼，之前我给他再多钱的时候都没见过他这样。为了这么一点小事竟然如此感激，倒让我不知如何是好。

之后一段日子，我再没有听到玛库鲁普老人的消息。

大约过了三个月，有位素不相识的土著青年前来找我，手里提着一个用椰子叶编织的篮子。他把篮子递到我面前，一只母鸡从椰子叶的缝隙中伸出头咯咯咯地叫了起来。青年说是受玛库鲁普委托来将这只鸡送给我。我问他玛库鲁普后来怎么样了。答道大约十天前死掉了。虽然兴冲冲地去奥吉瓦村找连戈尔先生看了病，但病却不见好，最后死在了那个村庄的亲戚家里。我再问为什么要留下遗嘱送我一只鸡，青年不耐烦地答复说不知道，自己只是按照死者吩咐办事，说完就离开了。

两三天之后的黄昏，又有另外一位土著青年从我家后门走了进来。这位青年板着脸站到我面前，令我大吃一惊的是，他也递过来一个里面装着鸡的椰叶篓。只说了一句是受玛库鲁普委托，就板着脸转过身，又从后门离开了。

紧接着转天又来了一个。这次来的是比前面两个人和气很多，年龄也更老成的男子。这次我已经不再吃惊了。"又是鸡，对吧？""是的，是鸡。""为什么要送给我这样的礼物呢？""因为老人说他生前受了先生很大的关照。"对于我的疑问"为什么要送三只，而且是委托三个不同的人送来？"，这位岛民的说明是：如果只委托一个人，有被私吞的风险，老人是为了万无一失，所以才向三个人委托了同样的事情吧。最后，这位岛民又补充了一句："因为在岛民当中有很多人是不守约定的。"

我深知在岛民的生活中，鸡被看作多么贵重的东西。面对这三只活母鸡，我不禁颇为感动。但又不禁困惑，死去的老人是为了报答我在院长面前斡旋的好意（如果那可以称为好意的话）吗？还是要为从前偷走我的怀表赎罪呢？不不，那么久以前的事情他不会记得吧。如果他记得并有意赎罪的话，为什么不归还怀表呢？那块沃尔瑟姆究竟到哪里去了呢？不，那块怀表已经不重要，关键在于怀表事件在我心里留下的他的奸诈印象，与眼前这鸡的礼物该如何放在一起看待呢？通常所说的"人之将死，其言也善"、"人的性情并非固定不变，而是善恶并存"这样的说明无法让我满足。这种无法满足的感觉，或许是只属于我一个人的感受，因为过于熟知那位老人的声音、风貌和动作，无论如何也无法将它们与眼前这意外的礼物联系在一起。也许我追求的并非关于"人是怎样的"之说明，而是想要探究"南洋人是怎样的"吧。而此刻我深深感到，关于"南洋人"，我还毫无了解。

我的西游记

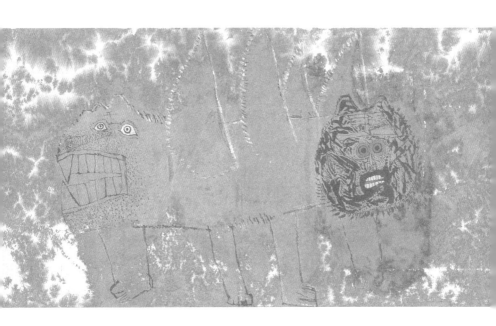

悟净出世

　　光阴迅速，历夏经秋，见了些寒蝉鸣败柳，大火向西流。三藏法师捺住悲秋之情，在二位弟子陪伴下跋山涉水，急急赶路。忽一日，前面现出一条大河。波翻浪涌，不知河面几许宽也。登岸张望，见一石碑，上有三个篆字，乃"流沙河"。碑腹刻着四行小楷：

　　　八百流沙界，三千弱水深。
　　　鹅毛漂不起，芦花定底沉。

　　　　　　　　　　　　　　　　——《西游记》

一

　　那时候，栖息在流沙河底的妖怪总数约达一万三千，但像他这般懦弱的却绝无仅有。据他讲，由于受到以前曾吃过九位僧人的责罚，那九人的骷髅始终环绕在自己脖子周围，须臾不离。但别的妖怪们没有一个能看到那些骷髅。"看不到啊。是你鬼迷心窍吧？"听到这样的话，他先是用难以置信的眼神看看四周，随即陷入一种

"唉，为什么自己和别人竟如此不同"的悲伤表情。其他妖怪们则交头接耳："别说僧人，他连人都没有吃过吧。从来没有看到过嘛。顶多看到他吃杂鱼烂虾。"妖怪们给他起了个绰号："自言自语的悟净"。他总是对自己感到不安，被后悔折磨身心。那些在心中不断反刍着的悲伤的自我苛责，一不小心就变成自言自语，流露出来。即使从远处看起来他只是微微口吐泡沫，实际上他是在用低沉的声音自言自语。比如："我是个笨蛋。""为什么我会是这个样子？""完了，我已经完了。"偶尔还会说："我是堕落天使。"

那时候，不仅妖怪，所有生物都被认为是某种东西的转世。在这片河底，没有一个妖怪不说悟净从前曾在天界凌霄殿担任卷帘大将。因此即使是颇为怀疑的悟净自己，也不得不装出一副相信的样子。然而事实上，在所有妖怪里面，唯独他对转世说抱持着怀疑："就算五百年前天界的卷帘大将变成了现在的自己，难道就能说从前的卷帘大将和现在的自己是同一个存在吗？首先，对于五百年前天界的事情，自己没有任何记忆。记忆之前的卷帘大将和现在的自己，究竟有哪里相同？身体吗，还是灵魂？话说回来，灵魂到底是什么呢……"

当他发出这样的疑问时，妖怪们纷纷嗤之以"又来了"。有的面带嘲弄，有的则面带怜悯地说："你这是病啊。这都是不好的疾病造成的。"

事实上，他的确是病了。

究竟从何时起，出于什么原因得了这样的病，悟净一概不知。

当他察觉到时，这令人厌恶的疾病已经牢牢地笼罩着他。他不想做任何事，耳闻目睹一切都感到压抑，动不动就讨厌自己，乃至无法再相信自己。一天又一天，他待在洞穴里面，也不去捕食，只是瞪着眼睛一味沉思。有时突然站起来四处走动自言自语，然后又突然坐下，而且丝毫意识不到自己的这些动作。

他甚至不知道，需要搞清楚什么问题，自己的不安才能消除。总之，迄今为止理所当然接受的一切，如今都显得那么可疑，不可理喻。迄今为止作为一个整体接受的事物，如今都四分五裂；当他围绕其中某一个裂片思考时，整体的意义变得愈发不可理解。

有一位身兼医生、占星师、祈祷师的老鱼怪某次遇到悟净，对他说了下面这番话。"哎呀，可怜呐。你这是患上因果病了。只要得上这个病，一百个里面有九十九个注定要度过悲惨的一生。本来，咱们中间并没有这个病。自从咱们开始吃人以后，咱们中间偶尔会罕见地出现这病的患者。患上这病的，对任何事物都无法朴素地接受。不管看到什么，遇到什么，第一反应就是思考'为什么'。也就是说试图思考唯有至高的真神才明白的'为什么'。思考着这种事，生物是无法生存下去的嘛。不去思考这种事，才是这个世上的生物之间的约定。尤其糟糕的是，这病的患者对'自己'也抱着怀疑。为什么我认为我是我呢？把别人当做我不也可以吗？我究竟是什么？一旦冒出这种想法，就是患上了这病的危险症状。怎么样，说中你了吧？可怜呐。这病既没有药物，也没有医生。除了靠自己治，别无他法。除非遇到难得的机缘，恐怕，你将很难康复了吧。"

二

文字的发明早已从人类世界传播开来，在妖怪们的世界也略有所知，不过整体上他们对文字抱着一种轻蔑的态度。活生生的智慧怎么可能被文字这样的死物记录下来呢？（如果是绘画，还有几分记录的可能。）他们相信那就像试图用手去捕捉烟的形状一样愚蠢。因此，读书识字被认为是生命力衰退的症状，遭到排斥。妖怪们普遍认为，悟净之所以日渐忧郁，根本原因就在于他认字。

虽然文字遭到轻蔑，但并不意味着思想受到轻视。在一万三千个妖怪里面，有不少哲学家。不过他们的词汇非常贫乏，只能用最单纯的语言来思考最复杂的问题。他们在流沙河底开设了各种各样的思想的店铺，以致于这条河底飘荡着一股哲学的忧郁。有一位贤明的老鱼，买下一座美丽的庭院，在明窗净几前，冥想着永恒无悔的幸福。另一位高贵的鱼族，在长着漂亮条纹的翠藻的凉荫里，弹奏着竖琴讴歌宇宙的大和谐。在这些富有教养的妖怪之间，丑陋迟钝、只认死理，并且不会隐瞒自己愚蠢的苦恼的悟净，成了最好的嘲弄对象。有一个看似聪明的怪物朝着悟净，一本正经地问："真理究竟为何物？"然后不等悟净回答，就面带讥讽地大步走开。还有一个妖怪——这是只鲐鱼精，听说了悟净的病，专程来拜访。它推测悟净的病因在于"对死亡的恐怖"，所以特意前来嘲笑。它的逻辑是："活着的时候不会死。等到死的时候，已经无我。所以，有何可惧？"悟净完全赞同它的论点。因为悟净自己并不怕死，其病因也不在此。特意前来嘲笑的鲐鱼精失望而归。

在妖怪的世界里，身体和心灵的分隔，不像在人类的世界里那么悬殊。内心的疾病随即转化为肉体上的剧烈痛苦，折磨着悟净。终于不堪忍受的他下了决心："不管要付出多少辛苦，不管会遭到多少愚弄和嘲笑，总之我要遍访栖息在这条河底的所有贤人、所有医者、所有占星师，直到找出能让自己信服的答案。"

他穿上简陋的僧衣，出发了。

妖怪为何是妖怪，而不是人？究其原因，他们是将自己的某一个属性加以极度发展，直到打破与其他要素的均衡，乃至到了丑陋、非人程度的残障者。有的妖怪极度贪食，口腹廓然巨大。有的妖怪极度淫荡，相应的器官高度发达。有的妖怪极度纯洁，除了头部之外身体其他部分彻底退化。他们全都绝对地执着于自身的秉性与世界观，全然不知通过与他人讨论，可以达到更高层次的结论。他们自身的特征过于伸展，以至于无法去溯寻其他人思考的路径。因此，在流沙河底，存在着数百个世界观和形而上学，彼此之间毫不融合，有的以安稳的绝望的欢喜，有的以无所顾忌的乐观，有的以有愿望却无希望的叹息，如同无数飘摇着的水草一般，优哉游哉地摇荡着。

三

悟净首先拜访的是黑卵道人，当时最负盛名的幻术大师。在一片并不太深的水底，层层岩石堆起洞窟，上面挂着"斜月三星洞"的匾额。据说庵主鱼面人身，善行幻术，存亡自在；冬能起雷，夏能造冰，能使飞鸟行地，走兽上天。[①]悟净在这位道人门下侍奉了三个月。悟净对幻术并无兴趣，但料想能行幻术者应是真人，若是真人应能通晓宇宙的大道，或许具备治愈自己疾病的智慧。然而，他不得不失望了。无论洞窟深处端坐在巨鳌背上的黑卵道人，还是环绕其身边的数十名弟子，嘴里谈的不外乎变化莫测的法术，以及如何运用法术欺骗敌人、将远近四方的宝藏弄到手的实用话题。对悟净探求的无用的思索，没有一个人感兴趣。饱受嘲笑之后，悟净被赶出了三星洞。

接下来悟净拜访的是沙虹隐士。这是位上了年纪的虾精，腰弯得像弓一样，半截身子已经埋进河底沙子里。悟净服侍了这位老隐士三个月，一面照料其饮食起居，一面也接触到其深奥的哲学。老虾精将弯曲的腰交给悟净按摩着，同时用深沉的表情说道："世上总归一场空。难道这世上有一点好处吗？要说有的话，那就是这世界总有一天会到尽头。不需要复杂的理论，看看我们身边就知道了。永不停息的变迁、不安、懊恼、恐怖、幻灭、斗争、倦怠。昏昏昧昧，纷纷扰扰，不知何处是归宿。我们全都踮着脚尖活在'现在'这个瞬间。我们脚下的'现在'，一眨眼就消失变成过去。下一个瞬间，再下一个瞬间，也都如此。就好像站在沙漠斜面上的旅人一样，每走一步脚下都在坍塌。我们要怎样才能安身呢？只要停下来，就

---

① 这段话出处为《列子·周穆王》："老成子归，用尹文先生之言，深思三月，遂能存亡自在，幡校四时；冬起雷，夏造冰，飞者走，走者飞。终身不箸其术，故世莫传焉。""黑卵"这一人名见于《列子·汤问》。——译注

会倒下。不得不一直走下去，这就是我们的生活。什么是幸福？那只是空想出来的概念罢了。那绝非对现实中某种状态的命名，不过是对虚幻的希望赋予的名字。"

看到悟净不安的表情，隐士又安慰地补充了几句。

"不过，年轻人呐，不必害怕。被波浪卷走的人溺水身亡，站在浪头上的人却能乘风破浪。要想超脱世间的有为流转，达到不毁不动的境地，并非不可能。不过正如古人早就说过的那样，如果你以为那种境地快活，可就大错特错了。那里既没有痛苦，也没有通常生活所享有的快乐。无色，无味。犹如嚼蜡，嚼沙。"

悟净谨慎地插了句话。大意是说，自己想受教的，并非关于个人的幸福或念心的确立，而是关于自己以及世界的终极意义。隐士眨了眨堆满眼屎的眼睛，答道："何谓自己？何谓世界？难道你以为在自身之外存在着一个客观世界吗？！所谓世界，不过是自己在时间和空间之间投射出来的幻影。自己如果死掉，世界也就消失了。即使自己死去，世界依然存在，不过是俗之又俗的谬见。相反，即使世界消失，这个莫名其妙、不可思议的名叫'自己'的家伙，还依然会存在下去……"

就在悟净服侍到第九十天的早上，经过接连几天剧烈的腹痛和腹泻之后，老隐士终于一命呜呼了——伴随着终于凭借自己的死，将带给自己如此丑陋的腹泻和痛苦的腹痛的客观世界一举抹杀掉的喜悦。

悟净尽心祭奠之后，带着泪水踏上了新的旅途。

坊间传言，坐忘①先生经常坐着禅入睡，五十天才醒来一次。据说他把睡梦中的世界信以为真，偶尔睁开眼时，把眼前的世界当作梦境。当悟净路远迢迢来拜访这位先生时，他果然正在入睡。这里是流沙河最深的一处谷底，上面的光线几乎照不进来，因此悟净一开始什么都看不到，直到眼睛渐渐适应，眼前才朦朦胧胧浮现出一个在幽暗台子上结跏趺坐睡着了的僧人的形状。外界的声音传不到这里，鱼类也很少前来，悟净无奈只得在坐忘先生面前坐下，闭目凝神，感到耳朵里似乎传来微微的耳鸣。

悟净到来的第四天，先生睁开了眼睛。面对匆忙起身行礼的悟净，似看非看，只眨了两三下眼睛。短暂的无言对坐之后，悟净小心翼翼地问道："先生，请恕我冒昧，在下有一个问题请教。请问'我'究竟是什么呢？""咄！秦时辘轳钻②！"随着一声厉喝，悟净头上挨了一棒。他趔趄了一下，回归原位。稍等了一会儿，高度戒备着又重复了一遍刚才的问题。这次棒子没有打下来。坐忘先生开启厚厚的嘴唇，让面部和身体都纹丝不动，用做梦一般的语言答道："一直没饭吃感到肚子饿的，就是你吧。到了冬天感到身上冷的，就是你吧。"说完后闭上厚厚的嘴唇，看了悟净片刻，又把眼睛闭上了。然后一连五十天，没有睁开。悟净坚忍不拔地等待着。到了第五十天，再次睁开眼睛的坐忘先生看到眼前的悟净，说道："你还在这里？"悟净恭恭敬敬地答复说等了五十天。"五十天？"先生还是

---

① "坐忘"一词，出自《庄子·大宗师》。

② 辘轳钻是传说中秦始皇修建阿房宫时制造的大吊车，因过于庞大不够灵活而被弃置不用。

用做梦般的眼神注视着悟净，默然不语良久，才开启了厚厚的嘴唇："计量时间的尺度只存在于感知时间者的感觉当中，不明白这一点的都是蠢货。听说人类的世界里发明出了计量时间长度的机器，这必将播下未来巨大误解的种子。大椿之寿，朝菌之夭，在长度上并无不同。所谓时间，不过是我们头脑中的一个装置罢了。"

说完，先生又闭上了眼睛。悟净知道除非到五十天之后，他的眼睛不会睁开，于是向着入睡中的先生毕恭毕敬地行礼后离去。

"恐惧吧！颤栗吧！从而迈向对神的信仰吧！"

一位年轻人站在流沙河最繁华的十字路口，大声疾呼着。

"想一想吧，我们短暂的一生，就淹没在从前、而后，延续无限的永劫之中。我们居住的狭小空间，就投掷在我们对它一无所知、它对我们也一无所知的无垠广袤之中。面对自己的渺小谁能不颤栗？我们都是被绑在铁索上的死刑囚犯。每一刻都有几个同伴在我们眼前被杀掉。我们毫无希望，等待着轮到自己那一刻。那一刻越逼越近了。你要在自我欺骗和酩酊大醉里度过那之前的短暂时光吗？被诅咒的卑怯者！你要凭借自己可怜的理性傲慢地度过这段时光吗？自大无知的井底之蛙！你那贫瘠的所谓理性和意志，连一个喷嚏都左右不了！"

白皙的青年面泛红潮，声音沙哑地叱咤着。在他那带点女性美的高贵风姿下面，竟然潜藏着这样的激昂。悟净不禁吃惊，呆呆地注视着青年犹如火焰燃烧一般的美丽瞳孔。他感到从青年的话语中，似乎有神圣的箭像火一样射进自己的灵魂。

"我们所能做的，唯有敬爱神，厌弃自己。'部分'不可以自诩为独立的本体。必须以全体的意志作为自己的意志，为全体的利益而活！唯有与神结合，才能成为一个灵的存在。"

这的确是圣洁优美的灵魂的声音，悟净想。不过，同时他也知道，自己如今所渴求的，并不是这样的神的声音：训诫虽是良药，但给得了疟疾的人送去治脓肿的药也无济于事……

在离十字路口不远的路旁，悟净看到一位丑陋的乞丐。极度佝偻的身躯，五脏都随着高耸的脊骨提溜上去，头顶低到肩膀以下，下巴几乎遮住肚脐。不仅如此，从肩膀到后背还长着一大片脓疮，已经赤红溃烂。悟净不由得停下脚步，叹了口气。谁知蹲在那里的乞丐，虽然脖子无法自由转动，却向上瞪圆了浑浊的红眼珠，露出唯一的一根长门牙，嘻嘻一笑。然后摆动着向上吊起的胳膊，摇摇晃晃地来到悟净脚下，仰望着他说道："太狂妄了，你是在怜悯我吗，年轻人！你以为我很可怜是吧？在我看来，你才真可怜！你大概以为我会因为自己被造成这副模样，而怨恨造物主吧？怎么会呢！我反而要赞美造物主，赐予我这副罕见的模样。想象一下今后还会变成什么有趣的样子，我就充满期待。如果我的左臂变成鸡，我就用它来报晓。如果我的右臂变成弹弓，我就用它打下猫头鹰烤着吃。如果我的屁股变成车轮，灵魂变成马匹，那岂不是第一流的交通工具，更要加以爱惜？怎么样，你吃惊了吗？我的名字叫子舆。我有三个莫逆之交，他们是子祀、子犁、子来。我们四人全是女偊氏的弟子，已经摆脱了外物束缚，进入不生不死之境。水莫能溺，火莫能烧。睡时无梦，醒时无忧。就在不久前我们还说笑来着：咱们真是以无为首，以生为背，以死为臀啊！哈哈哈……"[①]

悟净被他的怪笑声吓了一跳，同时心里却想，或许这位乞丐才是真人。他的这番话如果是真的，那可了不得。不过，在这个乞丐的言语态度中，令人感到某种夸耀，乃至令人怀疑他是否在强忍痛苦，故作豪言壮语。此外，乞丐的丑陋与脓臭也带给悟净生理上的反感。悟净虽然内心受到吸引，还是打消了留在乞丐身边侍奉的念头。不过乞丐话里提到的女偊氏，倒让他想要前往求教。

"啊，师父吗？自此向北二万八千里，这条流沙河与赤水、墨水汇合之处，就是师傅结庐隐居之所。只要你的道心足够坚定，师父定会多加教诲。你可要精进修行。我也会在师父面前帮你美言的。"乞丐尽量挺起佝偻的胸膛，大咧咧地说道。

四

朝着流沙河与赤水、墨水汇合之处，悟净一路北行。夜里就在芦苇间露宿，天亮后继续向着北方，在河底无边的沙地上跋涉。看着翻跰着银鳞快乐游玩的鱼儿们，他也惆怅为何只有自己这么闷闷不乐，但还是每天不断前行。对沿途遇到的著名道士和修行人，也悉数叩门拜访。

当他拜访以食量和膂力闻名的虬髯鲇子时，这位肤色漆黑、身

---

① 这段话出处为《庄子·大宗师》。

形魁梧的鲇鱼怪捋着长长的胡须，教导他："只顾远虑，必有近忧。高手不必通览全局。""例如这条鱼，"鲇子一把抓住从面前游过的一条鲤鱼，一边大口吞咽一边说，"这条鱼为什么正好从我眼前游过？它是否背负着必须被我吃掉的宿命？如果在捕捉鲤鱼前只顾思考这些问题，即使你看上去多么像一位哲人高士，结果只会让猎物逃掉。先把猎物捕到手里，吃到嘴里，然后再来思考这些问题也不迟。而你呢，天天思考着鲤鱼究竟是什么、鲤鱼和鲫鱼的区别究竟在哪里这些形而上学，结果沉浸在这些愚蠢而高尚的问题里，却连一条鱼都捕不到！对不对？你忧郁的眼神，已经讲述出这一切。"的确说得一点没错，悟净不由得低下了头。这时妖怪已经吃完了鲤鱼，把目光投向悟净低垂的脖子。突然，他的眼里闪过一道亮光，喉咙里咕噜噜响了几声。正好在这时抬起头来的悟净刹那间感到危险，将身子一闪。妖怪像刀刃一样锋利的爪子以惊人的速度掠过了悟净的脖子。一击未中的妖怪那愤怒而贪婪的巨脸逼近过来。悟净拼命踩水，掀起一股尘烟，仓皇逃出了洞穴。他一边颤抖一边想：从这个狰狞的妖怪这里，切身学到了什么是严峻的现实精神。

列席因提倡邻人之爱而闻名的无肠公子的讲坛时，悟净目睹这位圣僧在讲到一半时突然被饥饿驱使，饥不择食地把自己的亲生孩子吃掉了两三个（当然由于它是个螃蟹精，一次可以生出无数个孩子），而深受震惊。

这样一位满嘴提倡慈悲忍让的圣僧，竟然在众人环视当中，吃掉了自己的亲骨肉。而且吃完之后，就好像完全忘记了这一事实，继续开讲慈悲的学说。悟净对此作出了奇特的解释："也许，我应该学习的就在这种地方吧。在我的生活当中，可曾有过这样本能的、忘我的瞬间吗？"他认为得到了宝贵的教诲，向无肠公子顶礼致谢。"哦不，我的弱点不正在于对所有的事情，总要一一加以概念化的解释才能接受吗？"他转念又想，"不能把教诲装进罐头里，必须让它活生生地成为身体的一部分。对啊，对啊！"他再次顶礼致谢，然后满足地离去。

蒲衣子①的庵室则是风格迥异的道场。这里总共只有四五位弟子，对师父亦步亦趋，共同探求着大自然的奥妙。与其说他们是探求者，不如说是陶醉者更为贴切。他们每天的修行就是观赏大自然，尽量陶醉在那美的和谐当中。

"首先是感受。尽量磨炼自己的感受，让它到达最美好最敏锐的程度。那些脱离了对自然美的直接感受的思考，不过是场灰色的梦。"其中一位弟子这样说。他的语言，犹如诗人一般。"请潜下心来观赏自然吧。云朵、天空、微风、飘雪、翠绿的薄冰、摇曳的红藻、夜晚在水面下微微闪亮的硅藻的光、鹦鹉贝的螺旋、紫水晶的结晶、石榴石的润红、硅石的苍青……这些美好的事物，都在述说着大自然的奥秘。"

"虽然如此，就在距离解开大自然的神秘暗号只有一步之遥的时

---

① 蒲衣子这一人名见于《庄子·应帝王》。

候，幸福的预感却忽然消失，我们不得不面对大自然冰冷的容颜。"另一位弟子补充道，"这都是因为我们的感觉还未得到充分磨炼，我们的心灵还未做到彻底沉潜。还要继续修行，才有可能抵达师父所说的'凝视即热爱，热爱即创造'的瞬间。"

在弟子们交谈的时候，师父蒲衣子一言不发，掌心托着一块翠绿的孔雀石，用充满深切喜悦的平静目光，始终注视着它。

悟净在这座庵室里滞留了一月有余。在这期间，他试图让自己和其他弟子们一样成为自然诗人，讴歌宇宙的和谐，与宇宙深处的大生命同化。虽然感到这里并不适合自己，但他还是被这些人宁静的幸福所吸引。

在弟子当中，有一个异常美丽的少年。皮肤犹如白鱼一样透亮，黑色的瞳孔好像注视着梦境一样张开，额头上垂着的卷发如同鸽子的胸毛一样柔软。当他内心略有忧愁时，美丽的脸庞挂上一丝阴翳，就像一片薄云遮住了月亮。当他内心感到欢喜时，宁静清澈的瞳孔深处就像夜里的宝石一样闪闪发光。师父和同门都深爱这位少年。这位少年坦率、纯粹，对一切不加怀疑。不过正因为他过于美丽、过于纤细，简直好像是用某种高贵的气体做成的，因此又让众人感到某种不安。少年只要一有空闲，就在白色的石板上撒上淡糖色的蜂蜜，在上面画牵牛花。

就在悟净离开这间庵室前三四天，有一个早晨，少年出门后再没有回来。和他一起出门的弟子做了不可思议的汇报。这个弟子说自己一不留神，少年忽然融化在了水里。还说是自己亲眼所见，千真万确。其他弟子都嘲笑说怎么会有这种事。只有师父蒲衣子点头说也许确实如此，因为那个孩子太纯粹了，这种事有可能发生在他的身上。

悟净在思考中将想要吃掉自己的鲇鱼怪的凶猛和融化到水中的少年的美丽对比，向蒲衣子辞行上路。

辞别蒲衣子之后，他拜访了斑衣鳜婆。这是位已有五百余岁年纪的女妖，却依然肌肤柔嫩如处女，姿态婀娜多娇，即便面对铁石心肠也能将之荡漾。这位老女妖把肉欲的快乐作为唯一的生活信条，在后院建了数十个房间，让里面住满容貌端正的青年，纵情享乐。她息交绝游，日以继夜，每三个月才从后院出来一次。悟净的拜访正赶上这三个月一次的时候，因此有幸见到了这位女妖。听说悟净为求道而来，鳜婆特意开讲一番，在娇艳的容姿中带着一抹不易觉察的疲惫。

"唯有此道哟！唯有此道哟！无论是圣贤的教诲，还是神仙的修行，终究都是为了延长这样心醉神迷的瞬间。你想想看，能在世上获得生命，那可是百千万亿恒河沙劫无限时间中的难得一遇。更何况，死亡将那么迅速地捕捉我们。以千载难逢的生，等待须臾到来的死，我们除了此道外还有什么可想的呢？啊，那令人痴迷的欢喜！那永远新鲜的陶醉！"女妖眯缝着妖艳淫靡的眼睛，如痴如醉地叫道。

"很遗憾你的尊容太过丑陋，我无心挽留，因而可以告诉你实情。事实上在我的后院，每年都有百余名青年男子精疲力竭而死。不过，必须声明，他们全都怀着对自己人生的满足，欣然离世。在我这里的人，没有一个怀着怨恨死去的。顶多怀着对无法继续这一享乐的遗憾。"

鳜婆用怜悯的眼神看着丑陋的悟净，又补充了一句："真正的德行，其实是享受乐趣的能力哟。"

怀着对因丑陋而幸免于成为那一百人中一员的感谢，悟净继续着旅程。

贤人们的学说实在是五花八门，他已经不知道该相信什么。

"'我'究竟是什么？"面对他的问题，有一位贤者这么回答："你先吼吼看。如果发出'哼哼'的叫声，那你就是猪。如果发出'嘎嘎'的叫声，那你就是鹅。"另一位贤者这样告诉他："只要不试着勉强解释自己，就会比较容易了解自己。"以及，"眼睛可以看见一切，唯独看不见自己。所谓我，就是不了解我的存在。"

还有的贤者这样说："我永远是我。在我现在的意识之前那无限的时间里就有我。虽然谁也不记得那时的我。那个我成了现在的我。到现在的我的意识消失之后的无限时间里，还将有我。虽然谁也无法预见那个我，而且到了那时候，现在的我的意识也将被全部遗忘。"

也有贤者这样说道："一个持续的'我'是什么？就是记忆的影子的堆积。"他这样告诉悟净："我们每天在做的全部事情，就是丧失记忆。因为忘记了自己已经忘记了，所以才会对各种事情感到新鲜。其实那不过是因为我们把一切都忘记了。别说昨天的事，就连一瞬间之前的事，当时的感觉，当时的感情，到了下一个瞬间就忘得干干净净。能留下来的，只不过是当时的微鳞片爪的模糊复制罢了。所以哟，悟净，你要知道，'现在'的瞬间是多么宝贵！"

就这样，在将近五年的游历中，悟净就像在围绕同一个病开出无数不同药方的医生们中间反复兜圈子的愚蠢病人，最终发现自己丝毫没有变得更聪明。不仅没有变聪明，他还感到自己变成了一个轻飘飘的、莫名其妙的家伙。从前的自己虽然蠢笨，但至少比如今的自己更"实在"——那几乎是一种身体感觉，能够感到自己的分量。可如今的自己却失去了分量，简直好像来一阵风就会被刮跑。外表虽然涂满各种图案，里面却空无一物。"这样可不行！"悟净心想。他产生了一种预感，在对意义做思想上的探求之外，也许还有更直截了当的答案。"像做算术题一样寻求解答的自己是多么愚蠢啊！"就在悟净内心有所觉察的时候，前方河水变作黑红色的浊流，他终于抵达了女偊氏所在的地方。

女偊氏乍看之下是位平凡的仙人，甚至显得有些迂阔。对远道而来的悟净既不吩咐干活，也不进行传授。死之徒僵硬，生之徒柔弱，他似乎对那种死板生硬的"学吧，学吧"的态度颇为排斥。不过，偶尔他会不朝向任何人，在嘴里自言自语。这时悟净总是急忙竖起耳朵，但声音实在太小，几乎什么都听不到。一连三个月，悟净没有受到任何教诲，从女偊氏那里听到的唯一一句话是："贤者了解别人，愚者更了解自己，故而自己的病只能自己来治。"

三个月过去后，悟净终于死心了，去向老师辞行。这时，女偊氏罕见地对悟净做出了谆谆教诲——关于"为没有第三只眼睛而感到悲伤的愚蠢"，关于"试图用自己的意志去左右指甲和头发生长的人的不幸"，关于"醉酒的人跌下马车也不会受伤"，关于"思考并不全是坏事，而不懂思考的人的幸福，就好像不会晕船的猪；不过，只对思考这件事思考，则是大忌"等等。

女偊氏讲述了他的故交、一个拥有神智的魔怪的故事。这魔怪上至星辰运行，下至微生物的生死，无所不知，无所不晓。他擅长精深微妙的推演计算，不但可以溯观从前发生的所有事情，也能预见未来将要发生的任何事情。然而，这个魔怪的结局极为不幸。因为他有一天突然想道："我所推演出来的世界上发生的所有事情，为什么（不是说其过程如何，而是从根本的理由上）必须这样发生呢？"这根本的理由，即使凭借他精深微妙的推演计算，也无法解明。为什么向日葵是黄的？为什么草是绿的？为什么一切事物这样存在？神通广大的魔怪被这些问题折磨得痛苦不堪，最终悲惨地死去。

女偊氏又讲了另一个妖怪的故事。这是一个不起眼的小妖怪，他一直说自己来到这个世上是为了寻找一个小小的发着耀眼光芒的东西。没有人知道那个小小的发着光的东西究竟是什么，小妖怪一直充满热情地寻找着，为之生，并为之死。小妖怪到头来也没能找到那个小小的发着耀眼光芒的东西，却度过了极为幸福的一生。女偊氏讲了这些故事后，并没有对其意义做任何说明。

最后，老师这样说道："晓得神圣的疯狂的人，是幸运儿。因为他通过抹杀自己，救出了自己。不晓得神圣的疯狂的人，是不幸者。他既不能让自己死，也不能让自己生，只能缓缓地灭亡。爱，是更为高贵的理解的方式。行动，是更为明确的思考的方式。悟净哟，把任何事情都要浸泡到意识的毒汁里的可怜家伙！决定我们命运的所有的大变化，它们的发生与我们的意识毫不相关！想想看，当你出生的时候，你意识到了吗？"

悟净谦恭地回答说：老师的教诲令自己有切身之感。事实上在多年的游历当中，自己也感到一味思考只会越来越陷入泥沼之中，但苦于不知该如何突破如今的自己，获得新生。

听了这些话，女偊氏说道："溪流到达悬崖附近时，会先卷起漩涡，然后化作瀑布，奔腾而下。悟净哟，你如今只差一步就到漩涡了，不要再迟疑徘徊。一旦被卷入漩涡，落入谷底只是一瞬间的事。在这个过程中，没有思索、反省、徘徊的空闲。胆怯的悟净哟，你总是用害怕与怜悯的目光眺望着那些置身漩涡中的人，一边犹豫着自己是不是也要跳进去。虽然你明知道，自己迟早也必须进入奈落的谷底。你也明明知道，不被漩涡卷走绝不是件幸福的事。就算如此，你还是恋恋于旁观者的位置吗？愚蠢的悟净哟，你还不知道吗？那些在生命的激流漩涡中喘息着的人，并不像旁观者眼中那么不幸（至少，比充满怀疑的旁观者要幸福得多）！"

老师的教诲刻骨铭心。与此同时，仍带着某些无法释然的地方，悟净向老师辞别上路。

悟净决定不再向任何人求道。"每个人都摆出一副了不起的样子，实际上什么都没搞明白，"他自言自语着踏上了归途，"大家其实都活在这样的约定下面：'咱们都明白，这些事情是搞不明白的。

所以，就彼此装作已经明白了吧。'既然已经有了这样的约定，我还到处去'不明白，不明白'地纠缠不休，真是个不识时务的给大家找麻烦的笨蛋！真是的！"

五

原本迟钝愚笨的悟净，并未能灿然一新地大彻大悟、脱胎换骨，然而渐渐地，在他身上发生着某种眼睛看不见的变化。

最开始，那是一种犹如赌博的心情。当面对一个选择的时候，如果一条路是没有尽头的泥泞，另一条路虽然艰险但或许能得救，任何人都会选择后者。既然如此，为什么还要踌躇呢？悟净头一次意识到，在自己的想法中存在着某种卑下的、功利性的成分。万一选择了那条艰险的路，最后却没能得救呢——正是这种害怕白辛苦一场的心情，才使得自己犹豫不决。"为了避免白白辛苦一场，而停留在虽然不辛苦、但只会通向灭亡的路上，这就是懒惰、愚蠢、卑下的我的心情！"但是，待在女偊氏身边这段时间里，他的心情逐渐被逼向了另一个方向。最初是被逼，然后逐渐变成自己主动朝往那个方向。悟净渐渐明白，自己迄今以来认为不是在寻找自己的幸福，而是在寻求世界的意义，但这不过是可笑的误解。事实上，在这种特殊的形式下面，自己一直充满执念地寻找着自己的幸福。自己并非能够高谈阔论世界意义的了不起的存在，明白这一点后，悟净不但没有感到自卑，反而获得了某种安宁的满足。而且，涌出了一股勇气："在发表高谈阔论之前，先把这个连自己都不了解的'自己'好好展开来试试看吧。在踌躇之前，先试试看。不考虑成败，竭尽全力地尝试。即使彻底失败也不在乎。"一直以来总是由于害怕失败而放弃努力的悟净，终于升华到了再不担心白辛苦一场的境界。

六

悟净的身体已经疲惫到极点。

有一天，他一头栽倒在某处路旁，就那么深深地睡了过去。那是忘记了一切的昏睡。他昏昏沉沉接连睡了好几天。不觉得饥饿，也没有做梦。

当他睁开眼睛时，看到四周泛着青白色的亮光。是夜晚。明亮的月夜。春天又大又圆的满月从河面上空照射下来，浅浅的河底被宁静的白色亮光填满。悟净带着饱睡后的清爽精神站起身来，忽然感到肚子饿了。他抓起几条在附近游泳的鱼狼吞虎咽地吃掉，然后举起挂在腰上的酒葫芦仰头喝了起来。真香啊。他大口大口地喝着酒，直到葫芦见了底，然后神清气爽地向前走去。

四周明亮得连河底的每一粒沙都能看清楚。沿着水草，小小的水泡们的行列像水银球一样发着光，飘飘摇摇向上升。看到悟净身影的小鱼们纷纷逃散，它们白色的肚皮发着光，一下子就消失在绿水藻的阴影里。悟净逐渐有些陶陶然，竟然想唱起歌来。就在他差点儿唱出声的时候，从遥远的地方仿佛传来了歌声。他停下脚步，侧耳倾听。歌声既像来自河的外面，又像来自河底什么地方。低微但清澈的歌声传入耳中，隐约可以分辨出这样的句子①：

> 江国春风吹不起，
> 鹧鸪啼在深花里。
> 三级浪高鱼化龙，
> 痴人犹戽夜塘水。

悟净蹲下身子，听得入了神。在青白色月光浸透的水的透明世界里，单调的歌声犹如狩猎时即将消失在风中的角笛声一般，细细微微地始终持续着。

既没有睡去，也没有醒来。悟净的灵魂感受到一种甜美的疼痛。他兀自蹲在那里，不知何时进入了一个奇特的如梦似幻的世界。水草和鱼影忽然都从他的视野里消失了，飘来一股兰麝芬芳，抬起头，他看到两个从未见过的人物正朝这边走来。

走在前面的是位手持锡杖，身姿伟岸的男子。在他身后的那位，头缠宝珠璎珞、顶有肉髻、宝相庄严、项背圆光，一望可知并非寻常人物。前面的男子走近前来，说道："我乃托塔李天王的二太子、木叉惠岸。这位就是我的师父，南海观世音菩萨。上至天龙、夜叉、乾达婆，下至阿修罗、迦楼罗、紧那罗、摩睺罗伽、人、非人，我家师父全都赐予怜悯慈悲。师父看到悟净你深陷苦恼，特地降临此地，赐你得度。你要好生感谢。"

---

① 这首颂出自禅宗语录《碧岩录》。

悟净不由得低下头，听到一个美妙的有点女性化的声音——或曰妙音，或曰梵音，或曰海潮音，从头顶传来。

"悟净哟，你仔细听我说，认真思量着。不自量力的悟净哟，妄言未得之物已得、未证之物已证者，被释尊斥为增上慢，而欲证不可证之物如你者，岂非增上慢到了极点。你所欲求之物，即便阿罗汉、辟支佛尚未能求，且未敢求之。可怜的悟净哟，你的心魂因何陷入了肤浅的迷途。如能正观，即成净业。而你心性羸劣，陷入邪观，以致受此三途无量之苦。你已明白只靠观想无法得救，从今而后，切记放下一切思虑，只管勤身力行，方可自救。所谓'时'者，乃人之作用。'世界'在概观中并无意义，唯有直接对其细部发动作用时，才展现出无穷的意义。悟净哟，你须先让自己置身于适合的场所，投身于适合的任务，把不自量力的'为什么'彻底抛开。除此之外，你别无得救的可能。到今年秋天，将有三名僧人自东向西横渡这条流沙河。那乃是西方金蝉长老转世的玄奘法师，以及他的二位弟子。他们一行受唐朝太宗皇帝敕命，前往天竺国大雷音寺求取大乘三藏真经。悟净哟，你也跟随玄奘法师前往西天去吧。那才是你安身之所，是你天命所归。路途或许艰险，但切勿怀疑，只管努力。玄奘法师有位名叫悟空的弟子，虽然无知无学，却能信而不疑。尤其在他身上，值得你学习之处甚多。"

当悟净抬起头时，眼前已经空无一人。他茫然站在河底的月光之中，内心充满不可思议。从脑海的某个地方，断断续续地冒出这样的想法：

"……在应该发生某件事的人身上，才会发生那件事。当应该发生某件事的时候，就会发生那件事。如果是半年前的我，一定不会做这么奇怪的梦吧……刚才梦里的菩萨说的那番话，其实和女偊氏、虮髯鲇子他们说的并没有什么不同，然而今晚却异常地打动我，真奇怪呀……我并不相信自己能靠一场梦得救……不过，我怎么觉得梦里宣告的唐僧那些人真的会从这里经过呢……当应该发生某件事的时候，就会发生那件事吧……"

在他脸上，露出了久违的微笑。

七

那一年秋天，悟净果然遇到了来自大唐的玄奘法师，承蒙其助力脱离流沙河，化为人身。从此与勇敢无畏、天真烂漫的齐天大圣孙悟空，以及好吃懒做的乐天派、天蓬元帅猪八戒一起，踏上了新的旅途。不过，尚未彻底摆脱昔日病根的悟净在旅途中有时依然难免自言自语："真奇怪呀。心里还是有些不踏实。对不明白的事情不再问个究竟，难道就是明白了吗？太暧昧了。这算不上什么精彩的成长吧。嗯，嗯，实在想不通。不过至少，不再像以前那么痛苦了，谢天谢地……"

悟净叹异
——沙门悟净的笔记

午饭后，趁着师父在路旁松树下小憩，悟空把八戒带到附近草地上，让他练习变身术。

"试试看！"悟空说道，"你要真的想着自己要变成龙。明白吗？是'真的'！要用无比强烈的、迫切的心情，去这么想。把其他一切杂念都抛开。明白吗？要发自真心。发自无比强烈的、彻底的真心。"

"好！"八戒闭上眼睛，结了个手印。顿时八戒的身影消失不见，出现了一条长约五尺的大青蛇。在一旁观看的我忍不住笑了出来。

"呆子！你只会变成蛇吗！"悟空斥道。青蛇消失，八戒现出原形。"俺真是做不到呀。到底为啥呢？"八戒满脸羞臊地哼哼着。

"不行不行！你的意识根本就没有集中嘛。再来一次！明白吗，要认真地、毫不掺假认真地，想着'要变成龙，要变成龙'！只有'要变成龙'这一个念头，让多余的自己都消失掉。"

"好！"八戒又结了一个手印。这次跟上次不同，出现了一个奇怪的东西。看起来像是锦蛇，却长着小小的前肢，所以又像一只大蜥蜴，而肚子像八戒自己的那样鼓鼓囊囊。它用短短的前肢爬了两三步，样子说不出的滑稽。我又忍不住大笑起来。

"够了，够了！停下！"悟空怒喝道。八戒挠着脑袋，现出了原形。

悟空——你想要变成龙的心情根本不够迫切，所以才变不成。

八戒——没有那回事。我这么拼命地想着"要变成龙，要变成龙"，这么强烈，这么一心一意。

悟空——你没能做到这件事，就说明你还没有达到心情的统一。

八戒——这太过分了，这不成了结果论吗？

悟空——也有道理。只根据结果来对原因进行批评，的确不是最上乘的办法。但在这个世界上，这似乎是最实际也最可行的办法。因为如今你的情况，明明白白正是如此。

按照悟空的说法，变幻之术大抵如下：想要变成某种东西的心情如果无比纯粹、无比强烈，最终就能变成那个东西。如果变不成，那是因为心情还没有达到那个地步。法术的修行，就在于学习统合自己的心情、使之达到纯一无垢且足够强烈的方法。这一修行虽然困难，但一旦达到那种境界，就不再需要像之前那么艰苦的努力，只要随心转物，就能实现目的。其他诸艺，莫不如此。为什么狐狸可以做到人做不到的幻化，就因为人的心思牵挂太多，所以要想统一精神极其困难，而野兽没有劳心的琐事，所以精神统一更为容易。云云。

毫无疑问，悟空的确是天才。当我初次遇到这个猴子时，就直觉到了这一点。虽然第一眼看到他那红脸髭腮时，感觉相貌丑陋，但下一个瞬间就已经被他发自内在的东西彻底征服，完全忘掉了相貌这回事。到如今，我甚至经常感到这猴子的相貌相当美丽（至少也是相貌堂堂）。无论他的面庞，还是他的言谈，都生机勃勃地充满了对于自己的自信。这家伙是不会撒谎的。不光对别人，首先对自己绝不撒谎。在他身体里总是燃烧着一团火。丰饶的、激越的火。这团火马上就会延烧到周围的人身上。当听他讲话时，听的一方自然而然就会相信他的信念。仅仅待在他身边，就会感到自己也被某种丰饶的自信所充满。他是火种，世界是为他而准备的柴薪。世界为了被他燃烧而存在。

在我们眼里平淡无奇的事物，看在悟空眼里，全都成了展开精彩冒险的开端，或促成丰功伟业的机缘。与其说是外部世界本来具有的意义吸引了他的注意，不如说是他赋予了外部世界一个又一个的意义。在他内部燃烧的火焰，将外部世界里冰冷沉睡着的火药一一点燃。他并不是用侦探的眼睛去寻找，而是用诗人的心（虽然是一个粗犷的诗人）去温暖他接触到的一切（有时甚至不无将对方烤焦的危险），让那里开出种种意想不到的花朵，结出奇珍异果。所以，在悟空眼里，没有一件东西是平庸陈腐的。每天早晨起床后，他必然对着朝阳行礼，就像初次见到日出的人那样，为其美丽惊叹感动。那是发自内心的惊叹和感动，而且天天如此。就连看到松树的种子长出嫩芽，他都会睁大不可思议的眼睛。

就是如此天真无邪的悟空，你再看他与强敌格斗时的样子！那是多么精彩、完美的身姿！全身上下高度集中，找不到一丝空隙。

挥棒的方式，富有节奏，且恰到好处。不知疲倦的身体欢欣跳跃，发出汗水与咆哮，具有压倒一切的力量。洋溢着强韧的精神，对任何困难都欣然迎接。那是比耀眼的太阳、盛开的向日葵、放声鸣叫的夏蝉都更为投入、赤裸、强壮、忘我、灼热的美丽。这相貌丑陋的猴子战斗时的身姿！

　　大约一个月前，他在翠云山中大战牛魔王，当时的英姿至今还清晰地印刻在我眼底。感叹之余，我将当时的战斗经过详细记录了下来——

　　　　……牛魔王变作一只香獐，悠悠闲闲，在崖前吃草。悟空认得，遂变作一只饿虎，赶上来要拿香獐作食。牛魔王慌了手脚，又变作一只金钱花斑的大豹，要伤饿虎。悟空见了，变作一只金眼狻猊，复转身要食大豹。牛魔王一晃又变作一只黄狮，声如霹雳，要擒那狻猊。悟空就地一滚，变作一只巨象，鼻似长蛇，牙如竹笋，撒开鼻子，要去卷那黄狮。牛魔王无奈现出原身，原来是一只大白牛，头如峻岭，眼若电光，两只角似两座铁塔；连头至尾，有千余丈长短，自蹄至背，有八百丈高下。对悟空高叫道："泼猢狲！你如今将奈我何？"悟空也就现了原身，大喝一声，长得身高万丈，头如泰山，眼如日月，口似血池，牙似门扇。奋然挥动铁棒，照准牛魔王兜头便打。那牛魔王硬着头，使角来触。二人在半山中展开一场激战，真个是山崩海啸，地覆天翻！……

这是多么壮观的场景！在旁边观战的我，完全没有产生上前助阵的念头。倒不是因为完全不担心悟空会输，而是不愿在一幅完美的名画上再添加笨拙的画笔。

灾厄对于悟空这团火，正如同油。每当遇到困难时，他就会全身（从精神到肉体）熊熊燃烧起来。反过来，当太平无事的时候，他简直无精打采到可笑的程度。他就像陀螺一样，如果不总是全速旋转，就会倒下。对悟空来说，困难的现实就好像一张地图——用一条粗线清楚划出了通往目的地的最短路径的地图。当认识到眼前状况的同时，他也能明确看到其中已经有通向目的地的道路。或者应该说，除了这条道路之外，他什么都看不见。犹如黑暗中的发光文字，只有必要的部分清晰浮现出来，其他一切都看不到。当我们这些天性迟钝的人还在茫然不解的时候，悟空已经开始了行动。已经开始朝着最短的道路出发。人们感叹他武艺高强、膂力惊人，却很少了解他那惊人的天才般的智慧。在他身上，思考和判断与武勇行为浑然融合在一起。

我知道悟空是文盲。当年他在天宫担任弼马温时，因为不识字，对弼马温的官名和职务都一无所知。但是，我对于悟空（与其力量相协调的）智慧与判断的水准给予最高评价。甚至我认为悟空拥有极高的教养。至少他对于动物、植物、天文都拥有丰富的知识。对于大多数动物，他一眼就能分辨出其性质、强弱和主要的武器特征。对于杂草，他也很清楚哪些是药草，哪些是毒草。可对于这些动物和植物的名字（在世上通用的名字）却一概不知。他擅长通过星星分辨方位、时刻和季节，却不知道角宿、心宿这些名字。相比起来，像我这样熟记二十八星宿名称，却分辨不出实物的家伙，和他真是天壤之别！我从来没有像在这大字不识一个的猴子面前这样，痛切地感到来自文字的教养是多么可怜。

悟空身体的每一个部分——眼、耳、口、手、脚——不管什么时候好像都充满按捺不住的喜悦。总是活泼泼的，生机饱满。尤其是遇到战斗的时候，身体的每一个部分简直就像夏天冲到花蕊上的蜜蜂那样，禁不住要发出喜悦的叫喊。也许就是因为如此吧，悟空战斗时的样子虽然充满认真的气魄，但同时又总是带着一种近乎游戏的感觉。人们喜欢说"抱着必死的决心"这样的话，但悟空绝不会抱着必死的决心。不管陷入多么危险的状况，他只会在意自己眼下的任务（打退妖怪啦，救出三藏法师啦）是否能够完成，而关于自己的生命从来不想。无论是在太上老君的八卦炉中几乎被烤死的时候，还是中了银角大王的泰山压顶法，几乎被泰山、须弥山、峨眉山这三座大山压死的时候，他都没有为自己的生命发出一丝叹息。最辛苦的是在小雷音寺，被黄眉老佛困在金铙里面的时候。推也推不开，打也打不破，当悟空身体变大时金铙也跟着变大，悟空变小时金铙也随之变小。简直让人无计可施。悟空拔下毫毛变成锥子，想在金铙上钻一个洞，但不管怎么钻，金铙毫发无伤。而且这个法器具有将万物化作水的法力，在悟空想尽办法仍无法逃脱的过程中，他的臀部开始有点变软了。就连在这种时候，悟空也只是担心被妖怪掳走的师父的安危。对自己的命运，悟空拥有无限的自信（虽然他好像并没有意识到这种自信）。

不久，亢金龙从天界赶来搭救悟空，用自己的角使出浑身力气，从外面钻通了金铙。亢金龙的角插进了金铙里，然而金铙就像人身上的肉一样包在角上，没有一丝缝隙。哪怕有一丝风吹过的缝隙，悟空都可以变成微芥逃脱，然而金铙密不透风。臀部已经快融化了，悟空苦思冥想，最后把金箍棒变成钢钻，在亢金龙的角上钻出一个小洞，自己变成一颗芥子粒潜身其中，再让亢金龙把角拔出，才总算得救。刚一逃出生天，他马上就去解救师父，完全忘了自己臀部的事。事后，他也绝口不提当时有多么危险。譬如"危险"啦，"做不到"啦，这样的事，他可能从来就没有想过。这家伙肯定从来没有考虑过自己的寿命和生死。当他死时，一定是咯噔一下，连自己都不知道地死去吧。而在那之前的一个瞬间，他必定还在泼辣地四处战斗。看到这家伙的事迹，只会令人感到雄壮，却不会让人感到悲壮。

都说猴子爱模仿，可这只猴子是多么地绝不步人后尘！别说模仿，如果是别人强加给他的想法，即使那是几千年来千万人公认的想法，他也绝不会接受——除非他自己认可。

世上的名声也好，惯例也罢，在这个男人面前没有任何权威。

悟空的另一个特色是，绝不讲述过去。或者不如说，他把过去了的事情全都忘掉。至少，把每一件个别的事情都忘掉。与此同时，每一次经验所带来的教训，在当时就已经被他吸收进血液，化作精神与肉体的一部分。所以，对于个别的事情没有一一记住的必要。他对战术上犯过的错误绝不会重复第二次，这一点就足以证明。然而这教训是在什么时候，通过什么样艰苦的经验获得的，早已被他忘得一干二净。这只猴子拥有在无意识之中，将体验彻底吸收的神奇能力。

但即便对于悟空来说，也有一次恐怖的经验，让他难以忘怀。有一回，他感慨地向我讲述了当时的恐怖。那是他初次遇到释迦如来的时候。

那时候，悟空完全不知道自己力量的边界。他脚踏藕丝步云履，身披锁子黄金甲，挥舞着从东海龙王那里夺来的一万三千五百斤的如意金箍棒，天上地下，所向无敌。他大闹列仙群集的蟠桃盛会，被关进太上老君的八卦炉后，又打翻八卦炉，大闹天宫。包围上来的天兵天将被他横扫一片，接下来在凌霄殿前，他与率领三十六员雷将赶来讨伐的佑圣真君大战几个时辰。恰在此时，释迦牟尼如来带着伽叶、阿难两位尊者经过此地，挡在悟空面前制止了战斗。悟空犹自逞强不服，如来笑道："看你如此大逞威风，不知究竟修得何道？"悟空答道："我乃东胜神洲傲来国花果山上仙石所生，你竟不知我之法力，真乃蠢材。我已修得长生不老之法，能乘云御风，一去十万八千里。"如来说道："莫吐狂言。别说十万八千里，你连我的手掌都飞不出去。""什么！"悟空大怒，纵身跳入如来手掌，"我施展神通能飞八十万里，焉能飞不出你的手掌！"话音未落，悟空驾起一朵筋斗云，一口气飞出去足有二三十万里，直到看见五根肉红色柱子。他来到柱子前面，用墨笔在中间那根写下一行大字："齐天大圣到此一游"。然后再度驾上筋斗云，飞回如来的手掌，得意洋洋地说道："别说你的手掌了，我已飞到三十万里之外，还在撑天柱子上留下了标记。""你这蠢猴！"如来笑道，"你那点神通算得上什么？刚才你不过是在我的手掌里面来回了一趟。你若不信，看看这根手指。"悟空定睛看去，只见如来右手中指上面，墨痕未干，写着"齐天大圣到此一游"几个字，正是自己的笔迹。"这是？"悟空大吃一惊，抬头望向如来。如来脸上刚才的微笑都不见了，瞬间严肃起来的双眼紧紧盯住悟空，忽然间如来的脸大到几乎遮天蔽日，朝着悟空压了下来。悟空惧怕到全身的血液几乎冻结，急忙想要跳出手掌。就在这时，如来反掌将悟空按住，五根手指化作五行山，将悟空压在了下面。如来用金粉写下"唵嘛呢叭咪吽"六字真言的帖子，贴于山上。

　　在世界彻底反转、自己不再是自己的昏迷中，悟空颤抖了一些日子。事实上从那天起，世界对于他彻底改变了模样。他只能以铁丸充饥，以铜汁解渴，困在岩窟之中，等待自己赎罪期满。悟空从迄今为止的极度自大，一下子跌进了极度的不自信。他变得精神脆弱，当过于痛苦时，甚至不顾羞耻地哇哇放声大哭。过了五百年，当前往天竺的三藏法师经过此地，揭掉五行山顶的咒符，把悟空解放出来时，悟空又哇哇地大哭起来。这次是喜悦的泪水。悟空追随三藏法师，路途迢迢前往天竺，实在是因为这份喜悦与感激。这是最为纯粹、强烈的感谢。

　　如今回想起来，被释迦牟尼按住时的恐怖，也许是给迄今为止的悟空那广大无边的（处于善与恶之外的）存在，加上了一个人世的制约。不仅如此，要使这个长着猴子形状的巨大存在凝结收缩，以致能为人世的生活发挥作用，还需要让他经受五行山的重量五百年之久。然而，经过凝结收缩之后的现在的悟空，在我们看来，又是多么精彩，多么强大！

　　三藏法师是个不可思议的存在。他极其柔弱。柔弱到令人吃惊的程度。对变身术固然一窍不通；遇到妖怪时，轻而易举就被掳走。与其说柔弱，倒不如说他似乎完全没有自我防卫的本能。可就是这么没出息的三藏法师，为什么牢牢地吸引住我们三个呢？（也只有我会考虑这种事，悟空和八戒都只是不由自主地敬爱着师父。）我想，大概我们是受到在师父的柔弱中所包含的悲剧性之吸引吧。三藏法师明确地领悟到处于更广大的存在中的自己（或人类，或生物）的位置——领悟到其中的可怜与高贵。即便如此，他依然承受着其中的悲剧性，去勇敢地追求正义与美好。的确，这就是师父所拥有、而我们所不具备的东西。我们比师父更有膂力，多少也会些法术。但是，一旦领悟到自身所处位置的悲剧性时，我们必定不能如师父那样认真地继续坚持正义美好的生活。在柔弱的师父身上拥有这样高贵的强韧，实在令人惊叹不已。我认为，正是由于内在的高贵被包裹在外在的柔弱之中，才形成了师父独特的魅力。不过生性粗野的八戒的解释却是，在我们——至少在悟空对师父的敬爱之中，不无男色的成分。

　　比起悟空在实际行动上发挥的天才，三藏法师对于实务性的事情简直无比迟钝。然而，这是由于他们二人的生命目的原本就各不相同。当碰到外界的困难时，师父不是向外寻求解决的途径，而是求诸内心，也就是让自己的内心做好承受的准备。就算当时难免有些慌张，平日里他早已修炼得自己的内心可以不被外界发生的事情所左右。师父已经修炼出无论何时何地，哪怕处于穷途末路都依然幸福的内心。所以，没有必要向外界寻求出路。他那肉体上的毫无防备，在我们眼里看来极其危险，但对于师父的精神来说无关紧要。相比之下，悟空虽然出类拔萃，这个世界上也许还有凭借悟空的天才也无法打开的局面。但对于师父来说就不会有。因为对于师父来说，根本没有打开的必要。

在悟空身上，有愤怒，却没有苦恼；有欢喜，却没有忧愁。他对于生命抱着单纯明了的肯定态度。而三藏法师呢？虽然抱着那多病的身体，柔弱得无法自卫，过着随时遭到妖怪欺负的每一天，却依然能怡然肯定生命。这是多么了不起！

可笑的是，对于师父其实比自己更高明这一点，悟空并不理解。他以为自己只是不知出于什么原因无法离开师父罢了。当他心情不好的时候，会认为自己之所以追随师父，只是因为紧箍咒（嵌在悟空头上的金环，当他不听三藏法师的话时就会越收越紧，令他头痛难当）。他总是一边嘟囔着"真是个给人添麻烦的老先生！"，一边去解救被妖怪掳走的师父。当他说"师父为什么总是这样！危险得让人看不下去！"这样的话时，内心带着一种自以为同情弱小的自我陶醉；却不知道在自己对于师父的情感中，其实包含着所有生物对于比自己更优秀的存在所抱有的本能的敬畏以及对于美好与高贵的憧憬。

而且更为可笑的是，师父也并不明白自己其实高于悟空。每当从妖怪手里获救，师父总会流着眼泪感谢悟空："多亏有你在，我才保住了性命。"可事实上，不管被什么妖怪吃掉，师父的生命都不会终结。

这两个人都不知道彼此之间真正的关系，而互相敬爱着（当然偶尔也有小小的不合），这真是有趣的风景。不过我发现，在这互相对照的两个人之间，也有一个共通点。那就是他们二人对于自己的人生，都把"所与"看作"必然"，而把"必然"看作"圆满"。甚至可以说，他们把"必然"看作"自由"。据说金刚石和煤炭是由同一种物质形成，差异比金刚石和煤炭还要大的这两个人，其生活方式都立足于对于现实的这同一种接受方式上，这的确是有趣的事。然而这种"将必然与自由相等同"，不正是他们之所以是天才的证明吗？

悟空、八戒和我，我们三人截然不同到可笑的程度。比如，当天色已晚无处借宿，最终决定睡到路旁古寺里的时候，我们三人是以截然不同的想法取得一致。悟空看准古寺正是除魔降妖的最佳场所，所以主动选择这里。八戒则是懒得再去找其他地方，只想赶快住下，吃饭睡觉。而我的想法则是："反正这一带都是不怀好意的妖精吧。既然不论去哪里都会遇到灾难，那么不如就选择这里作为灾难的场所吧。"三个生物聚到一起，就会如此不同吗？世上没有比生物的生存方式更有趣的了。

虽然跟孙行者的精彩相比，显得不太起眼，猪悟能八戒无疑也是极有特色的人物。他无比热爱这个生命，热爱这个人世。他以全部嗅觉、味觉、触觉，执着于人世。有一次，八戒对我说："咱们究竟是为了什么去天竺呢？是为了修成善果，往生极乐世界吗？可极乐世界到底是什么样的地方呢？如果只是坐在莲叶上摇摇荡荡，那不是太无聊了吗？在极乐世界里，也有一边吹着热气，一边喝羹汤的乐趣吗？也有大口吞咽焦香烤肉的乐趣吗？如果只是像传说中的仙人那样吸风饮露，啊，那可太讨厌了！那样的极乐世界，我可不想去！还是人世最好！就算有难过的事情，但也有能让你忘掉难过的无限快乐。至少对我是这样！"接着八戒列举了一个又一个在这人世上令他感到快乐的事情。夏日树荫下的午睡、溪流中的沐浴。月夜下吹笛、春晓时赖床、冬夜在炉边欢谈……他是多么愉悦地列举了那么多项！尤其当说到年轻女人的肉体之美和四季当令食物的味道时，他的话简直滔滔不绝。我几乎惊呆了。我从不知道这世上有这么多欢乐，而且竟然有人遍尝过这些欢乐。我终于意识到享受欢乐也是一种才能，自那以后，才不再轻视这个猪精了。

但是，随着与八戒交谈的增多，最近我有一个奇特的发现。在八戒那享乐主义的表面下，有时会感到一丝阴影。他嘴上总是说"要不是尊敬师父，害怕孙行者，我早就放弃这辛苦的旅程了"，然而在他那享乐主义者的外貌下面，其实隐藏着战战兢兢如履薄冰的意识。那就是，对于这头猪精（对于我也一样）来说，朝向天竺的这趟旅程，其实是在幻灭与绝望之后抓住的最后一根救命绳索。

不过，现在不是对八戒的享乐主义详细考察的时候。不管怎样，现在我必须从孙行者身上学习所有东西，无暇他顾。不管是三藏法师的智慧，还是八戒的生活方式，都要等到从孙行者那里毕业之后。我几乎还没能从悟空那里学到任何东西。自从出了流沙河之后，我究竟有多少进步呢？是否还是旧日吴下阿蒙？就连在这趟旅程中的自己的作用也是如此。太平无事的时候，劝阻悟空的过激，告诫八戒的懒惰，我所做的不就是这些吗？都算不上什么积极的作用。像我这样的家伙，不管在什么时候什么地方，最终都只是一个调解者、忠告者、观察者吗？难道我永远无法成为行动者吗？

　　每当看到孙行者的行动，我就会不由得这么想："熊熊燃烧的火，不会知道自己正在燃烧。当思考着自己在燃烧这回事的时候，说明还并没有真正地燃烧吧。"看到悟空豁达无碍的举止，我就会想："真正自由的行为，其实就是非做某件事不可的理由在自己内部充分成熟之后，自然而然地表现到外部的行为吧。"然而我只是这么想而已，并未曾向悟空靠近一步。虽然心里想着"要学，要学"，但是对悟空那非同一般的气魄的宏大和肌理的粗糙心存畏惧，不敢靠近。说实在话，悟空算不上好的同伴。不会顾及别人心情，总是劈头怒喝。因为他是以自己的能力作为标准来要求别人，如果别人达不到就会发怒。可以说，他对于自己的才能超凡脱俗这一点缺少自觉。我也知道悟空并无恶意。只是他不懂得弱者的能力有限，因而对弱者的怀疑、踌躇、不安毫无同情，当过于不耐烦时就会忍不住发怒。在我们没有因为无能而惹恼他的时候，其实他像一个孩子一样善良天真。八戒总是因为贪睡、偷懒或变身失败而遭到悟空怒喝。

我至今为止没怎么惹他生气，是因为总是跟他保持着一定的距离，没有露出马脚。可如果就这样下去，不管到什么时候也学不会。应该更靠近他，再怎么挨吵挨骂也要耐得住，反过来甚至跟他对着吵，要豁出整个身体去从他身上学习一切。只从远处眺望感叹的话，无济于事。

　　夜里，我独自醒着。

　　今天夜里没有找到客栈，我们就在山阴溪谷边的大树下铺上草垫，和衣露宿。和我中间隔着一个人的悟空发出的鼾声在山谷里形成回声，震得我头顶树叶上的露水不停地往下滴落。虽说是夏天，山里的夜晚还是颇有寒意。时辰肯定已经过了夜半子时。我一直仰面躺着，透过树叶的缝隙眺望着星星。很寂寞。说不出的寂寞。我感到自己就像是独自站在那颗星球上，眺望着黑暗、冰冷、一无所有的世界的夜晚。星星总是让我想起永远啦无限啦这些事情，所以一直以来我总避免看它们。可因为是仰面躺着，不看也不行。在一颗硕大的青白色的星星旁边，有颗小小的红星。在它遥远的下方，有一颗浅黄色的带着暖意的星，随着风吹叶摇，时隐时现。流星拖曳着尾巴，一掠而过。不知为何，这一刻我忽然想起了三藏法师那清澈的、有些寂寞的眼睛。那双眼睛似乎总是眺望着远方，总是充盈着不知对于什么的怜惜。那是对于什么的怜惜呢，平时我总是不得而知。而这一刻，似乎突然明白了。师父总是在注视着永恒，同时，注视着跟永恒相对峙的世上一切存在的命运。在终将到来的灭亡面前，依然竭力想要绽放的睿智、爱情等一切美好事物——师父就是对于它们，始终倾注着怜惜的眼神吧。在眺望星空中，我产生了这种感想。我站起身，注视躺在旁边的师父的脸庞。就在看着那安详的睡容，听着那安静的呼吸的时候，感到自己内心深处似乎有某个东西被温暖地点燃了。

弟
子

一

鲁国卞邑有位游侠，名仲由，字子路，一日立意要将近时颇有贤者之名的博学之士、陬邑人孔丘羞辱一番。

"且看冒牌贤者有甚高明！"他蓬头突鬓，头戴垂冠，身着短后衣，左手提雄鸡，右手牵公猪，气势汹汹地朝孔丘家冲去。手中禽畜被他奋力摇晃发出嗷嗷唇吻之音，意在扰乱儒家弦歌讲诵之声。

伴着嘈杂的动物叫声跳进室内的怒目圆睁的青年，与圜冠勾履、腰佩玉玦、凭几而坐、容颜温和的孔子之间，开始了问答。

"汝何所好？"孔子问道。

"我好长剑！"青年昂然放言。

孔子不禁莞尔一笑。只因从青年的声音和态度里，他看到了一股稚气满满的自负。青年气色健康，眉浓目清，一眼看去十分精悍，可不知什么地方又自然浮现出一种招人喜爱的坦率。

孔子再问："学则如何？"

"学岂有益哉！"原本就是为说这句话才来的，子路使出力气像怒吼一样答道。

137

在学的权威遭到说三道四时只靠微笑可不行，孔子谆谆讲起了学之必要。人君没有谏臣就会失正，士没有诤友就会失听。树不也是受绳后才长直的吗？正如马需要策、弓需要檠一样，人也需要靠学习来矫正原本放恣的性情。只有经过匡正琢磨，寻常之物才能成为有用之材。

只从流传后世的语录的字面无论如何想象不出，孔子拥有怎样极具说服力的辩才。不光话语的内容，在那沉稳而又抑扬顿挫的声调和确信不移的态度中，都具有一种令听者不得不信服的力量。青年脸上反抗的神情逐渐消失了，代之以谨听的样子。

"可是，"虽然如此，子路还没有失去反击的勇气，"南山竹不揉自直，斩断后用它可以穿透厚厚的犀牛皮。由此看来，天性优秀的人岂不是没有学的必要吗？"

没有比打破如此幼稚的比喻对孔子来说更容易的事了。"你所说的南山竹如果安上箭镞羽毛，再加以磨砺的话，何止能穿透犀牛皮呢？"被这么一说，单纯得可爱的青年顿时无言以对。他红着脸兀立在孔子面前，似乎思索了一会儿之后，突然扔掉手里的鸡和猪，低头认输道："谨请受教。"

事实上，从刚进房间看到孔子第一眼，听到孔子第一句话起，他就已经感到鸡和猪与这个地方不相称，被远远凌驾于自己之上的对方的宏大气势压倒了。

即日起，子路执弟子礼进入了孔子门下。

二

这样的人，子路从来不曾见过。他看到过力举千斤之鼎的勇士，也听说过明察千里之外的智者；可孔子身上有的绝不是那种近乎怪物似的异常之能，而不过是最常识性的达成。那是从知情意各个方面到身体诸项能力都平凡地、却又无比舒展地获得发达后生出的精彩。不是单独哪一项能力特别优秀、引人注目，而是无过无不及的整体均衡中包含的丰富。这些对于子路完全是第一次见到。

令子路吃惊的是孔子之阔达自在，竟全然没有一丝道学家的腐气。子路立刻直觉到这是一个吃过苦的人。可笑的是，就连子路引以为豪的武艺和膂力，也是孔子更为高强一些，只不过从来不用而已。游侠子路首先被这一点镇住了胆魄。简直令人怀疑孔子是不是连放荡无赖的生活也经历过，这个人竟然对所有人的心理都具有敏锐的洞察。从这样一些侧面，再一直到那极为高远、不容玷污的理想主义，想到其间的宽阔，子路不由从心底发出了感叹。

总之，这是个不论放在哪里都"没问题"的人。从有洁癖的伦理角度来看没问题，用最世俗的标准衡量也没问题。子路从前碰到的人们，其伟大之处都在于其利用价值。因为对这个或那个地方有用，所以是伟大的。然而孔子的情况截然不同。只要这里有孔子这个人，那么一切就都完美了。至少子路是这么想的。他完全心醉了。入门不到一月，就已感觉自己再也离不开这个精神支柱。

后来，在孔子漫长艰苦的流浪生涯中，没有人像子路那样欣然跟从。既不是想作为孔门弟子求取仕途，甚至，有些滑稽的是，他也不是为了在老师身旁磨炼自己的才德。是至死未渝的、纯粹而一无所求的敬爱之情，把他留在了老师身边。就像以前手不离长剑一样，如今的子路无论如何也无法离开这个人。

那时，孔子尚未到四十不惑之年，比子路只不过年长九岁。然而，子路从这年龄的差距中感受到近乎无限的距离。

孔子这一边，也在为这个弟子与众不同的难驯感到吃惊。单是喜好武勇、厌弃文弱的话，倒也有不少例子，可像这个弟子一样轻蔑形式的却着实少见。不错，终极归于精神，但所谓"礼"必须从形式进入，然而子路轻易不肯接受这条从形式进入的道路。"礼云礼云，玉帛云乎哉！乐云乐云，钟鼓云乎哉！"当孔子这么讲时，他欣欣然听得很起劲，可一到讲礼乐细则时，他马上就露出一脸无聊。一边同这种对形式主义的本能反感作斗争，一边传授他礼乐，即使对孔子来说也是不同寻常地困难。

但与这种困难相比，学习礼乐对子路来说是更为艰难。子路所依赖的只是孔子这个人的厚度。但他无法相信，那厚度竟然是靠日常生活中的区区细行积累而成。他主张说有本才有末，却不去考虑本是如何形成的，为这个总是受到孔子训斥。他佩服孔子是一回事，但他是否立刻接受了孔子的教化又是另一回事。

在说唯上智与下愚难移时，孔子并没有把子路考虑在内。虽然子路身上满是缺点，孔子也并不以他为下愚。孔子比谁都更欣赏这个剽悍的弟子身上无双的优点，那就是纯粹的无利害心。此种优点在这个国家的人们当中过于稀缺，以致子路身上的这一倾向除了孔子以外，不被任何人当作美德，或者不如说被看成一种不可理解的愚蠢才更准确。但是，唯有孔子知道，子路的英勇也好，政治才干也好，若与这种珍贵的愚蠢比起来，都还是微不足道的。

只有在对待双亲的态度上，子路听从了师言，好歹抑制自己、迁就形式。亲戚们都说，自从进入孔门以后，从前那个忤逆不孝的子路突然变成了孝子。听到这些称赞，子路本人心情复杂。"什么孝子！还不如说尽是在扯谎来得恰当。"怎么想也是以前言行任性、常常令父母束手无策的时候更诚实。如今被自己的虚伪哄得高兴不已的双亲想起来甚至有点可怜……

子路不是精细的心理分析学家，但由于极端正直的性格，所以感觉到了这些。只是在多年之后有一天，他无意间发现父母都已经垂垂老去，想起自己小时候两人年轻健康的样子，顿时涌出了眼泪。从那以后，子路的孝顺变成了一种世所罕见的献身式行为。但在那之前，总之他的孝行不过是刚才所讲的那样。

三

有一天，子路走在街上，遇到两三个从前的朋友。不说是无赖，至少也都是些放纵不羁的游侠之徒。

子路站住和他们聊了会儿天。谈话当中，其中一人上下打量着子路的衣服，说道："咳，这就是儒服吗？可真够寒碜的嘛。"接着又问："不留恋长剑吗？"

子路先是不理他，这下又说出让子路没法不理的话来了："怎么样啊？听说那位叫孔丘的先生可是个了不起的骗子哩。装出一脸正经说些心里没影儿的事，就能吃香喝辣的。"

说话的人并无恶意，只是当着不见外的朋友一贯喜欢毒口恶舌而已。但子路顿时勃然大怒。他一把揪住对方胸口，挥起右拳朝那人脸上砸去。几拳过后把手松开看时，对方已经像摊烂泥似的倒在了地上。

子路冲着其他几个吓呆的家伙也投去了挑战的眼神，但一向知道子路刚勇的他们没有一个敢过来的，从左右两边扶起挨打的人，一句话也没有说，灰溜溜地走开了。

这事不知何时似乎传进了孔子耳朵里。子路被叫到老师面前时，虽然没有被直接问起这件事，却不得不听了下面一番训诫。

"古代的君子以忠为质，以仁为卫。遇不善时以忠化之，遇侵暴时以仁固之。可见腕力并没有必要。总之，小人容易将不逊看作勇武，但君子之勇在于立义。"子路不知所以地听了一通。

几天后，子路又走在街上，听到路旁树荫里有一帮闲人正争论得热闹。听起来像是关于孔子的谣言。——"从前，从前，不管什么事都抬出从前来贬低现在。谁都没见过，所以随便他怎么说啦。可惜啊，要是把从前的道当成尺子、圆规，天下就能治理好的话，谁也用不着费劲了。对咱们来说，比起死了的周公，活着的阳虎大人才伟大呢。"

当时是下克上的社会。政治实权先是从国君鲁侯旁落到大夫季孙氏手中，如今又落入了季孙氏的家臣、名叫阳虎的野心家手里。说话的人没准就是阳虎的手下。

——"阳虎大人最近想起用孔丘，几次派出了使者，结果孔丘不是都没敢见吗？嘴上吹着牛皮，可对活生生的政治完全没有自信。就凭那个家伙！"

子路从后面分开人群，大步走到了说话的人面前。人们立刻认出他是孔门弟子。刚才还满脸得意、喋喋不休的老人忽然变得面色苍白，不知为何竟然对子路鞠了个躬，随即挤出人墙去了。决眦欲裂的子路的模样大概是过于骇人了吧。

随后一段时间，许多地方发生了同样的事。渐渐地，只要远远望见紧攥双拳、圆睁怒目的子路的身影，人们就自动闭上了诋毁孔子的嘴巴。

子路为这事几次被老师训斥，但是他自己也毫无办法。在他心里也不是没有自己的辩解："所谓君子如果感到和我同样强烈的愤怒还能抑制的话，那真是了不起。可事实上，一定没有像我这么强烈。至少，他只感到了在自己可以控制的范围内的愤怒。肯定的……"

一年以后，孔子苦笑着叹息了："自仲由入门以来，恶言绝于耳矣。"

四

一次，子路独自在室内鼓瑟。

孔子在别室倾听有顷后，对侍立身旁的冉有说道："听听那瑟的声音吧。充满暴戾之气不是吗？君子之音讲究的是温柔中正，涵育生机。当年舜帝奏五弦琴，作《南风颂》，歌曰：'南风之薰兮，可以解吾民之愠兮。南风之时兮，可以阜吾民之财兮。'如今听仲由的乐音，杀伐激越，非南音而类北声啊。弹者心境的荒芜暴躁，再没有像这样暴露无遗了。"

冉有退下后，找到子路转告了夫子的话。

子路一向知道自己缺少乐才，并将其归之于手指和耳朵的缘故。可如今，当听说那其实来自更深层的精神存在方式时，他愕然惊恐了。重要的原来不是手法的修炼。必须更深刻思考。他将自己关入一间静室，沉思不食，直至形销骨立。

几天后，自信思有所得时，才再次执瑟，不胜惶恐地弹奏了一曲。孔子虽然听到了瑟声，但这次什么也没有说，脸上没有显出责备的样子。子贡到子路那里告知了一切。得知老师没有责怪后，子路高兴地笑了起来。

看到好兄弟兴奋的笑容，年轻的子贡忍不住笑了。聪明的子贡完全知道，子路弹出的乐音仍然充满北声的杀伐之气；而夫子之所以不加责备，只是出于对苦思到人都瘦了的直性子子路的怜悯罢了。

五

弟子当中，再没有人像子路那么经常遭到孔子训斥，也没有人会像他那么无所顾忌地对老师发问。

"请问，抛弃古道，按由的心意行事，可以吗？"这种注定会遭到训斥的问题，他也问得出来。当着孔子的面，他会不客气地说：

"有这样的吗？像夫子这么迂阔！"

但是与此同时，弟子中也没有人像子路那样全身心地依靠在孔子身上。毫无顾忌地问个不停，是因为天性使然，对心里想不通的事情做不到表面上唯唯诺诺；也是因为不像其他弟子那样，步步留心以免遭到斥责或嘲笑。

子路生平独立不羁，以甘居人下为不洁，是位一诺千金的好男儿。正因为这样，他以一介平凡弟子的模样碌碌侍奉在孔子身边的情景，给人一种奇异的感觉。其实在他身上，不是没有一种滑稽的倾向。只要是待在孔子身边，就把复杂的思考和重要的判断全部托付老师，自己则尽享无忧无虑。就好像幼童在母亲身边时，即使自己会做的事也非要母亲代劳一样。有时退下后他自己回想起来，也不禁感到好笑。

但是，即使对如此敬爱的老师也有一个不容触摸的心底的秘密。唯有这里，是寸步不能轻让的最后防线。

对于子路，有一件世上顶要紧的东西。在它面前，死生尚不足论，更不用说区区利害。"侠"这个字眼略嫌轻率，"信"呀"义"呀的，又过分道学气而缺少自由灵动之感。总之，名字无关紧要。对子路来说，那近乎一种快感。能感到它的就是善，不具备它的就是恶。

非常清楚明了，至今还从未对这一点产生过怀疑。它和孔子所讲的"仁"大相径庭，但子路从老师的教诲里面，只选择能巩固这个单纯伦理观的东西来吸取。比如，"巧言令色足恭，匿怨而友其人，丘耻之。"或者，"无求生以害仁，有杀身以成仁。"又如，"狂者进取，狷者有所不为也。"诸如这些就是。

孔子最初不是没有想要矫正他这个犄角，可后来就放弃了。不管怎样，眼下这无疑还不失为一头出色的牛。有需要鞭子的弟子，也有需要缰绳的弟子。用普通缰绳无法驾驭的子路，其性格上的缺点，同时却也是大有可为的优点。由于深知这一点，所以孔子认为只要指给子路大体上的方向就够了。

"敬而不中礼，谓之野。勇而不中礼，谓之逆。""好直不好学，其蔽也绞；好勇不好学，其蔽也乱。"这些话，与其说是讲给作为个人的子路听的，还不如说是讲给作为学生头的子路听的。因为在子路这个特殊的个体身上是魅力的东西，若到了其他门生身上，则往往是有害的。

六

传说晋国魏榆之地的石头开口说话了。据某位贤人的解释，是民众的怨嗟之声借石头发了出来。业已式微的周王室如今又一分为二，相争不下。十几个大国彼此或结盟友，或为敌国，干戈没有宁日。齐侯和臣下的妻子私通，在每晚潜入其宅的过程中终于被做丈夫的杀死。楚国某位王族趁国君卧病之时将其缢死，篡夺了王位。在吴国，被砍断脚的囚犯们袭击了国君。在晋国，两位大臣互相交换了妻子。这就是当时的世道。

鲁昭公曾经试图讨伐上卿季平子，结果反遭放逐国外，亡命七年后在别国潦倒死去了。流亡中也有过回国的机会，但跟随昭公的大臣们由于担心自己的身家性命，硬是拦着昭公没有让他回去。鲁国先是成为季孙、叔孙、孟孙三氏的天下，接着更落入了季氏之宰阳虎恣意妄为的手中。

但是，权谋家阳虎最终因自己的权谋而倒台后，这个国家政界的风向忽然为之一变了。孔子出乎意料地被起用为中都之宰。在几乎找不到公平无私的官吏和不事横征暴敛的政客的时代里，孔子公正的方针和周到的计划在短短时间内取得了令人难以置信的政绩。

惊叹不已的定公不由问道："以你治理中都的方法治理鲁国，将会怎样呢？"孔子回答："何止鲁国，即便天下也可依此而治。"从来不说大话的孔子用恭敬的语调和冷静的态度说出这等豪言，令定公更加惊叹了。他立即推举孔子为司空，不久又擢升为大司寇，并使兼摄宰相之事。同时经孔子保荐，子路担任了相当于鲁国内阁秘书长一职的季氏之宰，作为孔子内政改革方案的直接执行人活跃在第一线上。

孔子的首要政策是加强中央集权，也就是强化鲁侯的权力。为此必须削弱如今比鲁侯更有权势的季孙、叔孙、孟孙三桓的力量。三氏的私城中，超过百雉（长三丈、高一丈者为一雉）的共有郈、费、成三处，孔子决定首先将它们毁掉。负责直接执行的是子路。

自己工作的结果能立刻清晰地展现眼前，并且是以未尝经验过的宏大规模展现出来，这对子路这样的人来说的确是愉快的。特别是在把既成势力的政客们四处布下的邪恶的机构与习惯一个个相继击破时，子路感到了一种前所未知的人生意义。

此外，看到多年抱负即将实现的孔子那忙碌而充满生机的样子，也着实令人兴奋。在孔子眼里，子路也不再只是一名弟子，而是作为一位值得信赖的、富于实干才能的政治家映现出来。

着手拆毁费城时，聚众反抗的公山不狃率领费人袭击了鲁国都城。最危急的时候，叛军羽箭几乎射到避难武子台上的定公身旁。但是靠着孔子准确的判断和指挥，局面终于化险为夷。

子路又一次对老师作为实干家的本领心悦诚服。子路当然早就知晓孔子作为政治家的才能，也深知他武艺高强，但是却没有想到，在实际战斗中可以发挥出如此精彩的指挥水平。不用说，子路自己也身先士卒投入了战斗。久违的长剑的滋味，还真是令人难舍。总之，比起穷究经书、修习古礼来，和粗糙的现实直接搏斗的生活方式，更符合他的性情。

某次，为了与齐国之间屈辱的媾和，定公携孔子与齐景公会于夹谷之地。会上，孔子一一指出齐国失礼之处，对景公及其手下的群卿诸大夫迎头痛斥，使战胜国齐国的君臣上下抖作一团。

这是件足以令子路从心底大呼"快哉"的事，然而从那以后，强齐对邻国宰相孔子的存在，以及在孔子施政下日益充实的鲁国国力开始警惕起来。苦思之下，极具古代中国特色的苦肉计被采纳了。齐国挑选了一群能歌善舞的美女，送到鲁国，试图以此纵荡鲁侯之心，离间定公和孔子的关系。更具古代中国特色的是，这条幼稚的计策与鲁国国内反孔子派的力量相结合，竟然立刻奏了效。鲁侯耽于女乐，不再上朝。季桓子以下的高官们也竞相模仿。

子路第一个愤怒难捺，一场冲突后辞了官。孔子没有子路那样早早死心，还在想尽一切可能的办法。子路则一心只想让孔子早些辞官不做。倒不是担心老师会玷污臣节，而是实在不堪忍受看到老师置身于那种淫乱的气氛中。

当孔子的坚忍也终于不得不放弃时，子路长出了一口气。并且，欣然跟随老师离开了鲁国。

既是作曲家也是作词家的孔子，回望渐行渐远的都城，唱道——

> 彼妇人之口，可以出走；
> 彼妇人之请，可以死败……

就这样，孔子开始了漫长的周游。

七

有一个大疑问。从孩提时就为这个疑问感到困惑，而到了长大成人，甚至渐入老境后依然找不到答案。那是关于一种谁也不感到奇怪的现象，关于邪荣正凋这种处处可见的事实的疑问。

每当碰到这种事情，子路就不由得从内心感到悲愤。为什么？为什么会这样？人们总说恶即使称快一时最终总会遭到报应。也许的确有那样的例子吧。但是，那难道不是人最终总会衰亡这种普遍性现象中的一个例子吗？善人得到最后胜利这种事，不知从前怎样，至少在当今世上几乎连听都没有听说过。为什么？为什么？对大孩子子路来说，唯有这个疑问怎么愤慨都嫌不够。

他怀着捶胸顿足的心情，思考天是什么，天都看到了什么。如果是天制造了这种命运的话，自己只能反抗天了。就像在人和兽之间不设区别那样，天在善和恶之间也不设区别的吗？所谓正或邪，难道不过是人们之间暂时的约定吗？子路每次拿这个问题去问孔子，结果总是一样，被教育一通对人来说什么才是真正的幸福。

可要是那样的话，对于为善的报答，除了为善这件事本身的满足感之外再没别的了吗？当着老师的面，他似乎感到自己被说服了，可一旦退下思考起来，还是残留着无论如何不能释然的地方。那种经过勉强解释之后的幸福无法令人满意。如果义士不能得到清清楚楚看得见的、谁看了都无法说个"不"字的善报的话，一切就太没有意思了。

对上天的这种不满，他在老师的命运上感受得最为强烈。几乎不能相信是凡人的这位大才大德，为什么必须忍受这样的失意呢？家庭也不美满，年老之后还不得不四处漂泊。这种厄运为什么非要落到这样的人身上呢？

有一晚，当听到孔子在自言自语"凤鸟不至，河不出图，吾已矣夫"时，子路忍不住热泪盈眶。孔子的慨叹，是为了天下苍生；子路的哭泣不为天下，只为孔子一人。

从为斯人、斯世洒泪的那天起，子路就下定了决心。要做一面在浊世的所有侵害中保护斯人的盾牌。作为精神上获得指引和守护的回报，要用自己的身躯承担所有世俗的污辱和烦劳。就算是自不量力也罢，总之这是自己的使命。论才学，自己也许比不上后学的诸位才子，但是一旦有事，能为了夫子抛却性命在所不惜的却首先是自己。

他深深地相信着这一点。

八

"有美玉于斯，韫椟而藏诸？求善贾而沽诸？"当子贡这么问时，孔子立刻答道："沽之哉！沽之哉！我待贾者也。"

孔子是抱着这种心情踏上周游列国的旅途的。不用问，跟随的弟子们大部分也都在待价而沽。

但是子路却不这么想。通过上次的经验，他已经体会到了在有实权的位置上断然推行自己信念的快感，可这里有一个特殊的前提条件，那就是一定得是在孔子手下。如果做不到那样的话，自己宁可选择"衣褐怀瑾"的活法。即便终身做孔子的门下犬，也不会感到丝毫悔恨。世俗的虚荣心虽然并非没有，但勉强做官只会损害自己独有的磊落阔达。

有各式各样的人追随着孔子的旅途。果断利落的实务家冉有。温柔敦厚的长者闵子骞。性喜穿凿的掌故家子夏。带点诡辩色彩的享乐主义者宰予。气骨棱棱的壮士公良儒。五短身材，只到传说中身高九尺六寸的大高个孔子腰间的老实人子羔。无论从年龄，还是从威望来说，子路无疑都具备当他们领队的资格。

比子路年轻二十二岁的子贡是位引人注目的才子。比起孔子总是赞不绝口的颜回，子路不如说更推许子贡。

颜回就像是从孔子身上抽掉了强韧的生活力和政治性之后的又一个孔子，但子路并不太喜欢他。这不是出于嫉妒（虽然子贡、子张之辈看到老师对颜回那种不同寻常的热衷，似乎怎么也抑制不住这种感情）。子路和他们的年龄都相差太远，并且天生是对这些事不在意的个性。他只是完全搞不懂颜回那种被动型的柔软才能究竟好在哪里。

首先，光是缺少活力这一点就看不下去。要说这个，虽然有些轻浮，但总是充满才气与活力的子贡更对子路的脾气。这个年轻人头脑之敏锐，不光是让子路一个人感到吃惊。虽然很明显，和头脑相比，人格还远未成熟，但那是年龄的问题。有时子路也会因对方过于轻浮而忍不住给他当头棒喝，但大体上，对这个年轻人抱着一种后生可畏的感情。

某次，子贡对二三朋辈发表了这样的意见。——夫子虽然说忌讳巧辩，但夫子自己的辩才就过于巧妙。这是需要警惕的。和宰予的巧妙完全不同。宰予的辩才因为技巧过于醒目，所以会给听者带来享受，却不会带来信赖。因此反而安全。但夫子完全不一样。他的辩才不流畅，但有着绝不令人生疑的厚重；不谐谑，但拥有含蓄深刻的譬喻，因此无论任何人都无法抵挡。当然，夫子的话，至少九分九厘都是准确的真理；夫子的行为，也至少九分九厘都值得我们作为楷范。但尽管如此，剩下的一厘——让人绝对信赖的夫子辩才中的仅仅百分之一——有时不免会被用来作对夫子性格（他的性格中，与普遍绝对的真理不尽一致的极微小部分）的辩护。需要警惕的正是这里。这么说，也许是因为与夫子过于亲密、过于狎熟而产生的求全责备。其实，即使后世的人把夫子崇奉为圣人，那也是理所当然的。自己还从没有见过像夫子这样近乎完美的人，并且将来也未必会再出现这样的人。只不过，自己想说的是，即使是这样的夫子，身上也还留有虽然细微但需要警惕的地方。像颜回那样和夫子肌理相近的人，肯定感觉不到我所感到的这种不满。夫子屡屡称赞颜回，结果还不是因为这种肌理的相近吗？……

"黄口小儿竟狂妄地对老师说三道四！"在旁听到的子路不由得有些恼怒。同时他也知道，子贡说这些话最终还是出于对颜回的嫉妒。但虽然如此，他还是感到这些话里有不可小瞧的地方。因为对肌理相近相远这一点，子路自己也曾经有所觉察。他看出在这个自以为是的小子身上有一种奇妙的才能，能够把自己这些人只能模模糊糊感觉到的事给清清楚楚地表达出来，对此感到既佩服又轻蔑。

子贡曾经向孔子提出过奇特的问题："死者有知乎？无知乎？"这是关于死后是否有知觉，或者灵魂是否不灭的问题。

孔子的回答也很奇特："吾欲言有知，将恐孝子贤孙妨生以送死；吾欲言无知，将恐不孝之子弃其亲而不葬。"答案和问题风马牛不相及，子贡心里很是不满。孔子当然清楚子贡提问的意图，但始终是现实主义者、日常生活中心论者的他试图用这样的回答，扭转这位优秀的弟子所关注的方向。

子贡由于不满，把这件事讲给了子路。子路对这种问题虽然并没有什么兴趣，但比起死本身来，多少有点想要知道老师的生死观，于是趁某次询问问了死的问题。

孔子的回答是："未知生，焉知死。"

正是这样！子路彻底心服了。但是子贡却感到自己又被巧妙地闪了个空。"那是不错，可我说的并不是那回事。"子贡脸上的表情明显这么写着不满。

九

卫国的灵公是位意志薄弱的君主。虽然并没有愚蠢到分辨不出贤与不贤的地步，但比起苦涩的谏言，他还是会被甘甜的谄媚所迷惑。左右卫国国政的是他的后宫。

夫人南子夙有淫奔之名。还是宋国公主的时候，就和异母兄长、名叫朝的美男子私通，成了卫侯夫人后又把宋朝招到卫国委以大夫，继续保持着不堪的关系。

她还是个才气外露的女人，在政治方面也常插嘴干预，灵公对这位夫人可谓言听计从。想得到灵公赏识，先要取悦南子，这已经成了惯例。

孔子由鲁入卫时，虽然受召拜谒了灵公，但并没有特别到夫人那里请安。南子十分不快，立刻派人向孔子提醒："四方君子，欲与寡君为兄弟者，必先参见寡小君（夫人）。有请一见。"

不得已，孔子前往问候。南子在帷帐后接见孔子。当孔子行北面稽首之礼，南子再拜还礼时，夫人身上的环佩珰珰作响。

孔子从王宫回来后，子路显出一脸露骨的不快神情。他原希望孔子会对南子卖弄风情的要求置之不理的。当然他决不认为孔子会上妖妇的圈套，但本该绝对洁净的夫子哪怕在污秽的淫女面前低一下头，也令人不快。就好像珍藏着美玉的人，连对美玉的表面被映上什么不洁之物的影子都会避之唯恐不及一样。

孔子又一次在子路身上看到，和精明能干的实干家比邻而居的那个大孩子，不管到什么时候也不会变得老成，不由得又是好笑，又是为难。

一天，灵公向孔子派来一名使者，说是想要一同登车巡城，同时就各种问题请教。孔子欣然换好衣服，立刻出发了。

这位个子高大、一本正经的老爷子，虽然灵公把他看成贤者，对之毕恭毕敬，南子心里却觉得十分无趣。两人抛下自己去同车巡游，则更是岂有此理。

孔子谒见过灵公后，来到外面，正要一同登车，却见浓妆艳抹的南子已经坐在了车内。没有孔子的座位。南子带着不怀好意的微笑注视着灵公。

孔子也满心不快，冷眼旁观着灵公的举动。灵公羞愧地垂下了眼睛，但是对南子什么也没敢说，只默默地把第二辆车指给了孔子。

两辆车行走在卫国都城。前面那辆豪华的四轮马车里，和灵公并肩而坐的南子夫人好像牡丹花一样娇妍夺目。后面那辆寒酸的二轮牛车里，神情寂寥的孔子面朝前方，端然正坐。沿途的民众里有人低声叹息，有人暗皱眉头。

人群里的子路也看到了这幅情景。回想刚才接到灵公使者时夫子欣喜的表情，他心如刀绞。

这时，故弄娇声的南子正好从眼前经过。子路不由得大怒，握紧拳头分开人群就要冲出去，不料却被人从背后拽住了。他瞪着眼回头想要将对方甩开，原来却是子若和子正二人。拼命拽住子路衣袖的两个人的眼睛里，都噙满了泪水。看到这样，子路才慢慢放下了挥起的拳头。

第二天，孔子一行离开了卫国。"吾未见好德如好色者也。"这是孔子此时发出的感叹。

十

叶公子高很喜欢龙。他在居室里刻上龙，在帷帐上绣着龙，每天生活在龙的中间。天上的真龙听说此事大喜过望，一日飞降到叶公家里，要一睹自己的崇拜者。真龙体格雄伟，龙头钻出窗口，龙尾还拖在堂前。叶公见后周身战栗，落荒而走，失魂落魄，六神无主。

诸侯好孔子的贤名，却不好他的内实，结果无一不是好龙的叶公之流。真实的孔子对于他们来说过于高大了。有愿意将孔子奉为国宾的国家，也有起用了孔子几名弟子的国家。但是，愿意实行孔子政策的国家，却连一个也没有。在匡地险受暴民凌辱，在宋国遭到奸臣迫害，在蒲地又遇上歹徒袭击。诸侯的敬而远之、御用学者的妒忌、政客的排挤，这些就是等待着孔子的一切。

即便这样，孔子也和弟子们讲诵不止，切磋不怠，不知疲倦地从一个国家漂泊到另一个国家。"良禽择木而栖，木岂能择禽乎？"孔子这句话气节高远，但绝不是恨世之言，始终还是寻求为世所用。并且，寻求为世所用不是为了自己，而是为了天下，为了道——师生一行认真地这么想，其认真程度简直令人愕然。困穷时依然明快，艰苦时也不舍希望。这真是不可思议的一行人。

孔子一行受到邀请，准备前往楚昭王那里时，陈国和蔡国的大夫们秘密召集暴徒，将孔子他们围困在途中。这是因为担心孔子为楚所用，所以故意设计陷害。

遭到暴徒袭击并不是第一次，但这次陷入了最深的困顿。粮道被切断，接连七天炊烟不起。饥饿、疲惫、生病的人层出不穷。但是在弟子们的困惫和惶恐中，唯独孔子仍然精神饱满，像往常一样弦歌不辍。

子路看不过众人疲惫的样子，稍带怒容地走到正在弦歌的孔子身边，问道："夫子此时弦歌，算是礼吗？"

孔子没有回答，操弦的手也没有停下。一曲终了，他开口说道："由啊，让我来告诉你。君子爱音乐是为了不骄傲；小人爱音乐是为了无所顾忌。那不了解我却跟随我的，是谁家的孩子啊？"

子路险些不敢相信自己的耳朵。置身这样的困境中，竟然还为了不骄傲而奏乐？但他马上体会了夫子的心意，顿时大喜，不觉手执干戚舞了起来。孔子鼓琴与之相和，乐曲重复了三遍。一旁的众人也暂时忘掉了饥饿和疲惫，陶醉在这粗豪的即兴之舞中。

同样是在陈蔡之厄时，看到轻易无法解围，子路问过这样的话："君子也有穷时吗？"因为如果按老师平日的主张，君子应该是没有穷时的。

孔子立刻答道："'穷'难道不是穷于道之谓吗？如今丘怀仁义

之道，遭乱世之患，这哪能算是穷呢？如果以衣食不周为'穷'的话，那么君子固穷。而小人穷斯滥也。"

子路不由得脸红了。他感到自己身上的小人被指了出来。以困穷为命运，临大难而不动声色，看到这样的孔子，他不得不感叹"大哉勇也"。相形之下，以前自己所引以为豪的白刃加睫而目不转睛的勇，实在是渺小得可怜。

十一

从许国前往楚国叶邑的路上，子路落到了队伍后面。当他独自走在田埂小路上时，遇到一位背着竹筐的老丈。

子路轻快地行了一礼，问道："请问，可曾见到夫子吗？"

老人停下脚步，不客气地说："夫子夫子，俺怎么知道什么是你的夫子。"接着，他仔细打量了子路一番，又轻蔑地笑道："看起来你是个四体不勤、五谷不分、整天泡在空理空论里的人呐。"说完，走到旁边的田里，再也不朝这边看上一眼，开始一心拔起草来。

子路想："这肯定是位隐者了。"于是深深一揖，站在路边等待他接下来的话。

老人默然工作了一会儿后，又来到路上，把子路带回了自己家里。已经是日暮西山的时候了。老人杀鸡炊黍款待子路，并把两个儿子叫出来和他相见。饭后，被几杯浊酒带来少许醉意的老人取过身旁的琴弹奏了起来，两个儿子应声唱和道——

湛湛露斯，匪阳不晞。

厌厌夜饮，不醉无归。

虽然一望可知，这是贫寒的生活，但是家里洋溢着一种富足的融融之乐。父子三人和谐满足的表情中，不时闪过一丝智慧的光芒，令人无法忽视。

弹罢一曲，老人向子路说道："陆路行车，水路行船，这是自古以来的规矩。如果硬要旱地行舟，会怎样呢？在当今世上，想要推行周代的古法，正像是旱地行舟一样。就算给猴子穿上周公的衣服，猴子不大吃一惊撕个粉碎才怪呢。"很显然，老人知道子路是孔门之徒才说的这番话。

老人接着又道："保全快乐才称得上得志。得志可不只是轩冕之谓啊。"

看来，澹然无极才是这位老人的理想吧。这种遁世哲学，子路并不是第一次听到。以前他遇到过长沮、桀溺两位隐士，在楚国也曾遇到名叫接舆的佯狂的男子。但是像这样进入他们的生活中共度一夜还是头一次。在老人平和的话语和怡然的容态面前，子路不禁感到这无疑也是一种美好的生活方式，甚至生出了几分羡慕。

但是，对于对方的话他并没有只是唯唯诺诺："与世隔绝固然快乐。但是人之所以为人，并不在于保全一己之快乐。为了区区一身的洁白，而紊乱大伦，不是作为人的正道。我们早就知道，当今世上大道难行，甚至也知道在当今世上讲'道'的危险。但正因为是无道之世，不才更需要冒着危险去讲'道'吗？"

翌晨，子路辞别老人家后急忙赶路。在路上，他在心里反复比较着孔子和昨夜那位老人。孔子的明察不劣于那位老人。孔子的欲望也不多于那位老人。虽然如此，孔子还是放弃全身之途，而是为了道周游天下。想到这里，他忽然对那位老人感到一种昨天未曾感到的厌恶。

将近午时，他终于在前方远处碧绿的麦田的小路上看到了一群人影。当认出在里面显得尤其高大的孔子的身影时，子路突然感到一种胸口被紧紧揪住的痛苦。

十二

从宋国去陈国的渡船上，子贡和宰予有过一场辩论。

争论焦点是老师的一句话："十室之邑，必有忠信如丘者焉。不如丘之好学也。"子贡认为虽然有这句话，但孔子伟大的成就还是来源于他先天的非凡素质。宰予则曰不然，认为孔子朝着自我完成付出的后天努力发挥了更大作用。

按宰予的说法，孔子和弟子们之间能力的差异是量的差异，而绝不是质的那种差异。孔子所具有的东西，为万人所共有，只不过由于不断的刻苦，孔子把它们每一种都发展到了今天这样伟大的程度。子贡则主张说，量的差异积累到绝对大的时候，就是质的差异。况且，能朝着自我的完成，像那样不断付出努力，这本身就是先天性的非凡素质的最大证据。但是，比起其他一切，要问孔子的天才的核心是什么的话，"那就是，"子贡说道，"对中庸的杰出本能。

不论何时何地，都使夫子的进退举措充满美感的对于中庸的优秀本能。"

"什么话！"子路在一旁满脸不快。"只会在嘴上夸夸其谈的家伙们！如果现在这艘船翻了的话，不知道他们会吓成什么草包样子。不管怎样，一旦有事的时候，真正能为夫子立功的只有我。"

在高谈阔论的两位后生小子面前，他回忆着夫子"巧言乱德"的话，暗暗自矜于胸中一片冰心。

但是，子路也并非完全没有对老师的不满。

陈灵公与臣下之妻私通，并穿着那名妇人的内衣在朝堂上向众臣炫耀；名叫泄冶的大臣因上谏而遭到杀害。围绕百年前的这个事件，有个弟子曾经向孔子询问："泄冶因正谏而被杀，几乎像古代名臣比干的死谏一样。应该可以称为仁了吧？"

孔子答道："非也。比干与纣王是近亲，官职又高居少师之位，所以舍身上谏，期待自己死后纣王能有所悔悟。这可以称之为仁。但泄冶与灵公既非骨肉之亲，官职又不过一大夫，知道君不正、国不正，就该洁身自退才对。自不量力地试图以区区一身正一国之淫风，结果白白送了性命。哪能说得上是仁呢？"

那名弟子听后点头退下了，可待在一旁的子路却无法点头，立刻插嘴说道："仁不仁暂且不说。但不顾自身安危地去匡正一国之淫乱，难道不是件了不起的事吗？不管结果怎样，怎么可以用智或不智衡量，说他是白白送了性命呢？"

"由啊，你只看得到这些小的忠义，却看不到比它更深远的事情。古代的仁人，看到国家有道则尽忠辅佐，国家无道则退身避乱。看来你还不明白这种出处进退的好处。诗云：民之多辟，无自立辟。泄冶的情况正是这样啊。"

"那么，"思考许久后子路说道，"在这个世上，最要紧的是计较自身的安危，而不是舍生取义吗？一个人出处进退的合适不合适，比天下苍生的安危还更重要吗？如果泄冶对眼前的乱伦只是皱皱眉头、全身而退的话，不错，对他个人的结局也许是好的，但对陈国的百姓又算什么呢？明知无用而舍身谏死，即使从对民风的影响来说，不也是有意义得多吗？"

"我并没有说保全自身才是最重要的。如果那样的话，也就不称赞比干是仁人了。但是，即使为道舍弃生命，也要分舍弃的时间和场合。用智慧去判断它，可不是为了私利。并不是只有速求一死才算本事啊。"

这话听起来像是不错，可终归是无法释然。一边讲应该杀身成仁，可另一边，老师的教诲里又不时会流露出一种将明哲保身视为最上智的倾向，这一点令子路十分在意。别的弟子感觉不到这一点，也许是因为明哲保身主义对他们来说是和本能一样自然的东西。如果不是在此基础之上的仁、义的话，他们一定会害怕的。

子路带着难以信服的表情离去时，目送着他的背影，孔子愀然说道："国家有道的时候直如矢。国家无道的时候也直如矢。这个人也是卫国史鱼那样的人啊。恐怕不会平平常常地死去吧。"

楚国攻打吴国时，有位名叫商阳的工尹追赶吴师。

同车的王子弃疾催促他说："如今为王事，子可执弓。"他才拿起弓箭。又催促他："子可射之。"他才射死了一人。随后马上将弓收回弓囊。经过再次催促，他才又拿出弓来，射死了两人。每射死一人都以袖掩面。射死三人后，他说道："按自己如今的身份，这样足以复命了。"于是就掉转了车头。

此事传到了孔子耳朵里，孔子钦佩地说道："在杀人时也不忘礼啊。"然而要让子路说，没有比这更荒唐的事了。特别是"作为自己杀三个人也就足够了"这样的话里，露骨地表现出一种将个人的行动置于国家休戚之上的想法。这一向是他最为讨厌的。

他怫然顶撞孔子道："人臣之节，遇到国君的大事时，应该竭尽全力，死而后已。夫子为何以他为善呢？"

孔子也被驳得哑口无言，笑着答道："不错。你说得很对。我只是取其不忍杀人之心罢了。"

十三

进出卫国凡四次，滞留陈国共三年，到过曹、宋、蔡、叶、楚等国……子路始终追随在孔子左右。

到了现在，已经不再期盼会有哪个诸侯将孔子的道用于实践了，但奇怪的是，子路反而不再急躁。世道的混浊、诸侯的无能、孔子的不遇，最初几年里他曾经为这些不断感到愤懑和焦躁，可现在，他逐渐明白了孔子以及追随孔子的自己这些人命运的意义。

但是，那和消极放弃的"此乃命也"截然不同。同样是"此乃命也"，这是一种"不限于一个小国，不限于一个时代，为天下万代作木铎"的使命感，一种积极向上的"此乃命也"。在匡地被暴民围困时，孔子曾经昂然说过："天之未丧斯文也，匡人其如予何？"这句话的含意，如今子路才真正明白。

在任何情况下都不绝望，任何时候绝不轻蔑现实，在给定的范围内总是做到最好。——现在他终于懂得了老师智慧的伟大之处，也开始明白并首肯孔子在一言一行中总是意识到后人视线的意义。也许是被不必要的俗才所妨碍，聪敏的子贡似乎并不理解孔子这种超时代的使命。而纯朴的子路由于对老师单纯至极的热爱，反而抓住了孔子的存在的意义。

在漂泊岁月的流逝中，子路也已经年届五十了。棱角虽然尚未磨平，但人格的厚重的确在增加。后世所谓"万钟与我有何加焉"的气骨，还有那炯炯的目光，都早已摆脱了穷游侠的区区自负，具备了堂堂一家的风骨。

十四

孔子第四次访问卫国时，应年轻的卫侯和正卿孔叔圉的请求，推举子路为这个国家效力。孔子时隔十余年之久被召回故国时，子路告辞并留在了卫国。

十年来，卫国国内围绕南子夫人的乱行，纷争此起彼伏。先是公叔戍企图排挤南子，结果反遭她谗言中伤而逃亡鲁国。接着是太子蒯聩试图刺杀南子，失败后亡命晋国。在没有太子的情况下灵公去世，不得已将亡命太子年幼的儿子辄扶上了王位，这就是出公。

随后，亡命的前太子蒯聩借助晋国力量潜入了卫国西部，虎视眈眈地窥伺着卫侯的位子。警戒防备的一方是儿子，一心夺位的一方是父亲。子路效力的卫国就处于这样一种状态。

子路的工作是作为孔氏之宰治理蒲地。卫国的孔氏是像鲁国季孙氏那样的名门，族长孔叔圉是有名的大夫，多年来很有声望。蒲地原先是遭南子进谗而亡命的公叔戍的领地，对驱逐了主人的现政府动辄反抗。这里自古以来民风凶悍，子路自己就曾经跟随孔子在这里遭受过暴民的袭击。

前往任地之前，子路来到孔子那里，求教该如何治理被称为"邑多壮士，极难治也"的蒲地。孔子说道："恭而敬，可以摄勇。宽而正，可以怀强。温而断，可以抑奸。"子路感激地拜了两拜，欣然赴任去了。

到达蒲地后，子路首先将当地的豪强和叛民召到一起，开诚布公地谈了一次。不是出于怀柔的手段，而是因为常听孔子说"不可无教而用刑"，所以首先让对方明确知道自己的意图。子路毫不做作的坦率似乎和当地粗豪的民风十分投合。壮士们都对子路的明快阔达感到心悦诚服。

另外，这时子路作为孔门首屈一指的好男儿的名声已经响彻天下。"片言可以折狱者，其由也与？"孔子对子路的这一称赞，也经过不少的添枝加叶在各地广为流传。使蒲地壮士心悦诚服的理由里无疑也有这些评价的影响。

三年后，孔子偶然经过蒲地。刚进入领地，就说道："善哉，由！恭敬有信。"接着走进城邑，又道："善哉，由！忠信有宽。"等最后来到子路的宅邸前，他又说道："善哉，由！明察有断。"

执辔的子贡向孔子请教还未见到子路就称赞他的理由，孔子答道："进入他的领地，看到阡陌纵横，广开荒地，深挖沟渠。因为治者恭敬有信，所以人民各尽其力。进入他的城邑，看到民宅整齐，树木繁茂。因为治者忠信有宽，所以百姓安居乐业。等来到他的庭前，看到景象清闲，从者仆童没有一人违背命令。因为治者明察有断，所以政事有条不紊。虽然还没有见到由，我怎能不知道他的政绩呢？"

十五

鲁哀公在西方的大野狩猎、捕获了麒麟的时候，子路回了一趟鲁国。当时小邾的大夫射叛逃自己的国家，亡命到了鲁国。

按当时的惯例，亡命到别国的人需要得到所在国家的盟誓，才能安心在那里居住。但这位小邾的大夫却说："只要子路肯替我担保，不需要鲁国的盟誓。"所谓"子路无宿诺"，这时他的信与直已经誉满天下了。

但是，子路冷淡地回绝了这个请求。有人问他："这个人不相信千乘之国的盟誓，唯独相信你一人。男儿夙愿，大概也不过如此了。为何你不以为荣，反以为耻呢？"

子路答道："如果鲁国与小邾发生战事，即使叫我死于城下，我也会欣然答应。可是射这个卖国的奸臣，如果我替他担保，就等于我自己认可了卖国奴。能做还是不能做，难道还需要考虑吗？"

认识子路的人听说了这些话，都不由得微笑了。因为这实在太像他所说的话、所做的事了。

同一年，齐国陈桓弑君。孔子斋戒三日后，来到哀公面前，请求伐齐以正大义。奏请凡三次。畏惧强齐的哀公不愿理会，只说："请与季孙商量。"季康子当然也不可能赞成。

孔子从君前退下后，告诉别人道："我忝居大夫之列，故此不敢不言。"意思是说由于自己的地位，明知没用也要姑且说上一说。（当时孔子享受着国老的待遇。）

子路听说后沉下了脸。"夫子所做的，难道只是为了履行形式吗？他的义愤难道是只要履行了形式，即使不实行也可以心平气和那种程度的东西吗？"

受教将近四十年，这中间的鸿沟，还是无法可想。

十六

子路回鲁国的那段日子，卫国政界的支柱孔叔圉去世了。他的未亡人、亡命太子蒯聩的姐姐伯姬趁机开始在政界崭露头角。

孔叔圉的儿子悝虽然继承了父亲的地位，但不过是摆设而已。对女政客伯姬来说，当今卫侯是侄儿，窥伺王位的前太子是弟弟，从亲缘上来讲应该不分彼此；但是中间夹杂着种种爱憎、利欲的纠葛，结果她只顾替弟弟谋划。丈夫死后，一个名叫浑良夫的出身贫贱的美男子得到她的宠爱。她频繁令此人出使，与弟弟蒯聩之间互通消息，秘密策划放逐如今的卫侯。

子路再次回到卫国时，卫侯父子间的争夺更加激化，到处弥漫着一股即将发生政变的味道。

周昭王四十年闰十二月某日，将近黄昏时，子路家里冲进来一位慌慌张张的使者。

使者是孔家的家老栾宁派来的，带来了大意如下的口信。"今天，前太子蒯聩潜入了都城。如今已经进入孔氏宅邸，正与伯姬、浑良夫一起胁迫孔悝拥戴自己为卫侯。大势已难挽回，自己（栾宁）现在就侍奉当今卫侯出奔鲁国。后事请多费心。"

"该来的还是来了。"子路想道。不管怎样，自己直属的主人孔悝被捕并遭到胁迫，听到这些总不能置之不理。他一把抓起剑，冲向了王宫。

刚来到外门，迎面碰上一个从里面跑出来的小个子，是子羔。这是孔门的后辈，经子路保荐当上了这个国家的大夫，是个正直而略嫌胸襟狭窄的男人。子羔说道："内门已经关上了。"子路道："不管怎样，我要去看一看。"子羔道："但是，已经没用了呀。没准还会遭难。"子路厉声说道："不是食孔家之禄的吗？干什么避难？"

甩开子羔，来到内门一看，果然已经从里面关上了。子路咚咚地猛烈叩门。从里面传出叫声："不可以进来！"子路冲着那个声音怒吼道："说话的那个，是公孙敢吧？为了避难而变节，我可不是那样的人。食君之禄，就得救君之难。开门！开门！"

刚好有使者从里面出来，子路趁机冲了进去。

放眼看去，院子里挤满了人。全是听说要以孔悝的名义，发布拥戴新卫侯即位的宣言，被紧急召集来的群臣。众人脸上露着惊愕和困惑的表情，正不知如何选择向背。面对院子的露台上，年轻的孔悝被母亲伯姬和舅舅蒯聩扣押着，看起来正被胁迫着要向众人发布政变的宣言和说明。

子路从众人背后朝露台大声喊道："为什么抓住孔悝？放开他。杀了孔悝一人，正义派也不会死绝的。"

作为子路，是想先救出自己的主人。看到院子里的嘈杂一下子静了下来，众人纷纷回头看自己，他开始面向众人，发起煽动："太子是有名的懦夫。只要从底下放火烧台子，他肯定会害怕得释放了孔叔（悝）的。放火呀！放火！"

已经是薄暮时分，院子四角都点着篝火。子路指着那些火堆，大叫着："火！火！记得先代孔叔文子（圉）恩义的人，大家赶快放火烧台，救出孔叔！"

台上的篡位者大为惊恐，命令石乞、盂黡两名剑客去杀掉子路。

子路与两人激烈地砍杀在一起。当年的壮士子路，终于敌不过岁月，渐渐感到体力不支，呼吸也有些乱了。

看到子路形势不妙的众人，这时纷纷亮明了旗帜。骂声冲着子路飞去，无数石头棍棒打在他身上。突然，敌人长戟的锋芒擦过了子路的脸颊。系冠的缨带断了，冠朝下掉去。正想用左手扶住它时，另一个敌人的长剑刺入了肩头。血花迸溅，子路倒在地上，冠掉了下来。

子路一边躺在地上，一边伸手拾起冠，把它端正地戴在头上，并迅速系上了缨带。在敌人的白刃下，遍身是血的子路用尽最后的力气叫道："看吧，君子是正冠而死的。"

全身被切得如同肉脍，子路死去了。

在遥远的鲁国听说卫国政变的孔子立刻说道："柴（子羔）啊，会回来吧。由啊，会死去吗？"当知道自己的话果真应验时，老圣人伫立着瞑目良久，须臾潸然泪下。

子路的尸体被做成肉酱的消息传来后，他立刻命令把家里所有的盐渍类食物扔掉。此后，再也不许把肉酱端上食案。

李
陵

一

　汉武帝天汉二年秋九月，骑都尉李陵率领步卒五千，从边塞遮
虏鄣发兵北上。

　沿阿尔泰山脉东南麓即将没入戈壁沙漠处峥嵘的丘陵地带行军，
凡三十日。朔风吹打戎衣，寒气逼人，令人生出孤军万里来征的无
限感慨。行至漠北浚稽山麓时，队伍停下扎营，这里已深入敌方匈
奴的势力范围之内了。

　时令尚在秋天，北地已是一片肃杀景象。苜蓿枯零，榆树和杞
柳的叶子凋落殆尽。不光树叶，除宿营地附近外根本连树木都难以
见到。四面唯有黄沙、岩石、瓦砾、干涸的河床。极目远望，不见
人烟，偶尔的访客就是旷野中求水的羚羊。远处突兀插入蓝天的山
巅上空高处，一行急急南归的秋雁飞过。然而将卒中没有一个人被
这情景诱发甜美的思乡之情——此刻他们正处在危险至极的位置上。

　面对以骑兵为主力的匈奴，连一支骑旅也不带（跨在马背上的
不过李陵及幕僚数人而已），全靠步兵深入敌人腹地，这不能不说是
无谋至极。更何况步兵人数不过五千，绝无后援，而此处的浚稽山，

即令最近的汉塞居延关也遥在一千五百里之外。如果没有对统军者李陵绝对的信赖与追从，这样的行军到底难于进行下去。

每年秋风一起，汉朝北疆就会出现大队鞭打着胡马的剽悍的入侵者。边吏被杀，人民被掠，牲畜被夺。五原、朔方、云中、上谷、雁门等处历年是受害之地。除了元狩至元鼎的数年间，大将军卫青和骠骑将军霍去病的武略一时间创造出了所谓"漠南无王庭"的局面之外，近三十年来北地的灾害一直持续不断。如今霍去病逝去已有十八年，卫青逝去七年。浞野侯赵破奴率领全军降虏，光禄勋徐自为在朔北筑起的城障须臾被破之后，足以凝聚全军信赖的将帅，只剩下前几年远征大宛声威大振的贰师将军李广利了。

这一年——天汉二年夏五月——在匈奴发动侵略之前，贰师将军率领三万骑兵西出酒泉，意在截击频繁窥边的匈奴右贤王于天山。汉武帝想让李陵负责该军旅的辎重事宜。谁料被召到未央宫武台殿上的李陵极力陈请免去此项差役。李陵本是名将飞将军李广之孙，精于骑射，人谓夙有乃祖之风。曾于数年前作为骑都尉驻守西疆的酒泉、张掖，教射练兵。他这时年近四十，正值血气方刚，辎重的差役无疑是过于无情了。

"臣在边境所养之兵，皆是荆楚之地一骑当千的勇士。唯愿率彼等一队人马讨敌出征，从侧面牵制匈奴兵力。"李陵的恳请中有着令武帝亦为之颔首的地方。然而，由于接连向各方派兵，此时已没有多余的马匹可以分给李陵的部队。

对此李陵回答道："无妨。"事情的确并非可行，但和接受辎重的差役相比，他宁可选择同为了自己不惜性命的五千部下共赴危难。

一句"臣愿以少击众"使好大喜功的武帝大悦，准可了奏请。

李陵向西回到张掖，整军后随即发兵北上。当时驻守居延的强弩都尉路博德收到诏书，赴中途迎接。至此一切都很顺利，然而此后却多謇起来。

这位路博德原是一名老将，早年随霍去病从军，最高曾被封为邳离侯，十二年前更作为伏波将军率领十万大军灭掉了南越。后来他坐法失掉侯位，降至现在的地位镇守西疆。年龄相当于李陵的父辈，以前又曾封侯的这员老将，在李陵这样的年轻晚辈面前俯首下风，感到无论如何不是滋味。

他在迎接李陵军队的同时，派使者向京中送去了奏章。说是如今匈奴秋高马肥，以孤寡之师恐难抵挡擅长骑战的敌人的锐旅；不如让李陵一行在此过冬，等来春从酒泉、张掖各调五千骑兵协同出击才是上策。当然，李陵对这件事毫不知情。

武帝见奏章后震怒，以为是李陵与路博德商议之下的上书。"当初在我面前夸下那般海口，可一入边地即生怯意，此乃何事乎！"立刻有使者飞马赶赴路博德与李陵的所在。颁给博德的诏书中写道："李陵在御前夸言将以少击众，故汝无与之协力之必要。今匈奴入侵西河，汝当留下李陵速往西河，以断敌人进路。"给李陵的诏书则道："速至漠北，侦察东起浚稽山南至龙勒水一带。如无异状，则循涅野侯之故道至受降城修整。"诏书中还严词责问了伙同路博德上书一事，自不用说。

即使不算以寡兵徘徊敌地的危险，光是指定的这几千里行程，对没有骑兵的军队就是天大难事：仅靠徒步的行军速度、依仗人力的车辆牵引、渐渐入冬的胡地气候——只要考虑一下各项因素，事情对谁都是清楚不过的。

汉武帝绝不是庸君，但却有着与同样并非庸君的隋炀帝、秦始皇相通的长处与短处。即使是三千宠爱在一身的李夫人的兄长贰师将军，在因兵力不足想从大宛暂时回师时，也触到武帝逆鳞而被关在了玉门关外。而远征大宛的起因，不过是皇上忽然想要得到良马而已。武帝的话一旦出口，无论多么荒唐都必须执行，何况李陵这次又是自己主动请命的呢。没有任何可以踌躇的理由，即使这命令在季节和距离上是多么不合实际。李陵就是这样，踏上了"无骑兵之北征"。

在浚稽山中停留十日有余。其间每天派出斥候①到远方刺探敌情自不必说，附近的山川地形也必须全部制成图形向京中报告。图形交由麾下的陈步乐贴身携带，单骑送往京城。被选派的这员使者向李陵一揖之后，跨上不足十匹的坐骑中的一匹，挥起一鞭驰下了山岗。全军将士以凄凉的心情目送着那身影，在干燥得呈灰色的苍茫天地中越去越小。

十天中，在浚稽山东西三十里内没有见到一个胡兵。

夏天时先于他们向天山出击的贰师将军一度击破了右贤王，但在归途中被别的匈奴大军包围，遭到惨败。汉兵十有六七被歼，连将军本人也险些遭遇不测。这些消息传到了他们耳边。击破李广利的敌军主力如今何在呢？因杅将军公孙敖在西河、朔方方面（与李

---

① 指侦察敌情的士兵。

陵分手后的路博德就是赶去支援那里的）正在抵御的敌军，以距离和时间计算，应该不是那支传说中的敌人主力。从天山到东边四千里的河南（鄂尔多斯）绝不可能那么快到达。无论怎么推算，匈奴主力现在都应该正屯扎在陵军宿营地至北边郅居水之间。

李陵每天亲自站在前山顶上向四方眺望。从东到南只见一片漠漠平沙，从西向北只有草木贫瘠的丘陵相连。秋云间偶尔能看到像是鹰或隼的飞鸟的影子，然而地面上连一骑胡兵也看不到。

队伍在山谷里疏林的边沿排列成圆阵，帐营在中间帷幕相连。一到夜间，气温急剧下降，士兵们折断本就不多的树枝点火取暖。十天的滞留里，月亮由圆变亏；也许是空气干燥的缘故，星星极为美丽。每天夜里，擦着黑黝黝的山影，天狼星斜斜地撒下淡青色的光芒，摇曳闪烁。十几天平安无事地过去了，明天就要离开此地，沿着指定的路线向东南方向行进。

就在做出这个决定的当晚，一个步哨正无意识地仰望着那颗灿烂的天狼星时，忽然看到在它的正下方出现了一颗硕大的赤黄色星星。正在诧异，那颗从没见过的巨星拖着粗大的红色尾巴动了起来。紧接着，两颗、三颗、四颗、五颗，同样的亮光浮现在周围并一同摆动起来。步哨正要叫出声来，远远地，那些亮光噗地一下同时灭掉了。简直就像做了场梦一样。

接到步哨的报告，李陵传令全军，命令做好明晨天亮立即进入战斗的准备。在外面将各处部署一一检查完毕，再回到帐营时，他打着如雷鼾声进入了熟睡。

翌晨李陵走出帐营，看到全军已经按昨晚的命令摆好阵形，正在静候敌人。所有人站在排列整齐的兵车的外侧，持戟和盾者在前排，持弓弩者在后排。挟着这片山谷的两座山峰在拂晓的夜色中森然仁立，这里那里的岩石阴影下面仿佛隐藏着些什么。

当朝阳的光线射进山谷时（匈奴要等单于拜过日出后才举事），迄今一无所见的两座山上，从山顶到山坡霎时间涌现出无数人影。伴着震天撼地的喊声，胡兵冲到了山下。等胡兵先锋逼近到只剩二十步距离时，一直没有动静的汉军阵营响起了第一阵鼓声。刹那间千弩齐发，数百名胡兵应弦而倒。间不容发，汉军前排持戟的士兵朝立足未稳的残余胡兵冲了上去。匈奴的军队完全溃败，逃回了山上。汉军乘胜追击再获虏首数千余。

这一仗胜得可谓精彩，然而顽固的敌人绝不会就这样退走。光是今天的敌军就不止三万人，而从山上挥舞的旗号来看，无疑正是单于的亲卫军。如果单于就在这里，当然还会有八万、十万的后继部队跟补上来。李陵立刻决定撤离此地向南移动，并且改变至昨天为止的向东南方二千里处的受降城行军的计划，沿着半个月前来时的旧路向南，争取早一天进入原先的居延塞——即便那里也相距着一千数百里的路程。

南行第三天正午，在汉军身后北方遥远的地平线上，望见了如同云团一样卷起的黄尘。是匈奴骑兵在追赶。一天后已经有八万胡兵凭借马快之利，将汉军前后左右密密麻麻地包围了起来。看来是对前几天的战败心有余悸，并不靠近到跟前来。匈奴军只是从远处包围着南行的汉军，不断从马鞍上射箭。李陵刚命令全军停下，摆开作战队形，敌人就拨马退后，避免直接搏战。而一旦继续行军，则又凑近来继续放箭。行军速度大大减慢不说，死伤者也一天天在增加。如同旷野上的狼群尾随在疲惫的旅人身后一般，匈奴兵依靠这种战法执拗地追逐前来，在一点点挫伤敌人后，窥探着发起最后一击的机会。

且战且退，又向南走了几天后，汉军在某个山谷里休整了一天。负伤者已达到相当多的人数了。李陵检点全军，调查受伤情况后，命令负伤一处者照样持兵器作战，负伤两处者协助推军车，负伤达三处者才能躺在车上被推着行军。由于缺少搬抬的人力，尸体只得全部丢弃在旷野中。

当晚阵中视察时，李陵偶然在某辆辎重车里发现了一名身穿男子衣服的女人。一一检查全军车辆后，搜出以同样方式躲藏着的女子共十几人。当年关东群盗同时遭戮时，他们的妻女大都被驱逐到西地居住。这批寡妇中有不少人由于缺衣少食，或嫁给边境的守兵，或沦落成以他们为主顾的娼妇。藏在兵车中迢迢跟到漠北来的，就是这样一些人。李陵简短地下令军吏将女人们处死，对于将她们携来此地的士卒则一言未发。被拖到谷间低地上的女人们传出尖利的号哭声。军帐中的将士们肃然倾听着那声音；哭声持续了短暂一会儿之后，忽然像是被黑夜的沉默吞没似的消失了。

翌晨，面对敌人久违的迫近来袭，汉军全军尽情快战了一场，令敌人留下尸体三千余具。连日来被执拗的游击战挫伤已久的士气顿然振作。

第二天起，沿着龙城古道，继续向南方退军。匈奴再次恢复了远包围战术。第五天，汉军陷入一片在平沙中时有遇到的沼泽地中。水半已冻结，泥泞深可没胫，干枯的苇原连绵不断就像永远走不到头一样。匈奴派出一队人马，绕到上风处点起火来。朔风煽起火势，在正午的天空下，苍白得失去了颜色的火焰以异常的速度向汉军逼去。李陵立刻命令在附近的苇丛迎着放火，才侥幸逃过一劫。

虽然躲过了火难，但沼泽地里行车的困难无法用语言形容。在没有一处地方可以休息的情况下跋涉了一夜泥泞，翌晨总算到达丘陵地带时，汉军遭到了抄近路埋伏在此的敌军主力的袭击。一场人乱马嘶的白刃战开始了。为避开敌军骑旅的猛攻，李陵放弃兵车，把战场转移进山麓的稀树林里。

从林子里向外猛射这一招奏了奇效。在朝着刚好来到阵前的单于及其亲卫队急发连弩、一阵乱射时，只见单于的白马忽地一下高抬前蹄直立起来，把身穿青袍的胡王抛在了地上。亲卫队中立刻冲出两骑，并不下马，一左一右将单于从地上捞起，其他人将他们围在当中，转眼之间退走了。虽说一场混战后终于击退了敌人，但这的确是迄今为止所未有的苦战。敌人又留下数千具尸体，汉军也付出了近千名战死者。

从当天俘获的胡虏口中，得知了敌军情况之一斑。据说单于惊叹汉军竟如此强韧，面对相当于自己二十倍的大军不露畏惧，每天南下，似乎其意在于诱敌，或许在附近埋有伏兵，以此为恃也未可知。昨晚单于曾吐露这一疑虑，并向诸将问计，结果主战派的意见——这些疑虑的确有可能，但是单于亲率数万骑兵而不能歼灭汉军寡旅，事关我等面目——占了上风。最后他们决定，在此去向南四五十里山谷相连的地带力战猛攻，等出到平地后再倾力一战，如果还不能破敌，那时就回师北还。听说这些后，校尉韩延年以下汉军幕僚的脑海里，轻轻闪过了一丝"或许还能生还"的希望。

第二天起胡军的攻击极尽猛烈之能事。或许正如俘虏所言，开始了最后的猛攻吧。一天中攻击多达十余次。汉军一面严加反攻，一面徐徐向南移动。三天后来到了平地上。借着一到平地威力倍增的骑兵的优势，匈奴军以排山倒海之势向汉军扑来，但结果又是留下两千具尸体退了回去。如果俘虏所言不假，胡军应该是就此停止追击了。对一名小卒的话当然无法太过相信，但不管怎样，一帮幕僚还是稍微松了口气。

当晚，汉军一个名叫管敢的军候脱阵降了匈奴。此人原是长安都下恶少，前一晚曾因为斥候上的过失被校尉成安侯韩延年在众人面前鞭打、责骂，因而怀恨作出此举。也有人说，几天前在谷地被斩的女子中有一人是他的妻子。

管敢听说过匈奴俘虏的供词，因此当亡命胡阵被带到单于面前时，极言没有必要因畏惧伏兵而撤军。他说道：汉军并无后援，而且箭矢殆尽。负伤者层出不穷令行军非常艰难。汉军核心由李将军与成安侯韩延年各自率领的八百人构成，分别以黄、白旗帜为标记；明天只需以胡骑精锐集中攻破彼处，则其余轻易溃灭无疑，等等。单于闻言大喜，厚赐管敢，并立即取消了北撤的命令。

翌日，胡军最精锐的部队一面高呼"李陵韩延年速降"，一面以黄白旗帜为目标扑来。猛烈的攻势令汉军从平地渐渐退到西边的山地，并最终被驱赶进远离主路的山谷之间。敌人从四面山上放箭如同雨注。即使想应战，到如今箭已经一根不剩了。当初出遮虏鄣时每人各带百支、共计五十万支箭已经悉数射尽。不光是箭，全军刀枪矛戟之类也已折损过半。这真是名副其实的刀折矢尽了。虽然如此，断了戟的人把车轴砍下来拿在手中，军吏们挥动着尺刀，还在继续抵抗。山谷越向里去越狭窄。胡兵从各处山崖上开始向下投掷巨石，这比射箭更显著地增加了汉军死伤。死尸和累石堆积在一起，已经不可能再向前。

当晚，李陵换上窄袖短身的便装，吩咐任何人不得跟随后，独自一人出了帐营。月亮从山峡探进头来照着谷地上堆积的死尸。撤离浚稽山时的夜晚是黑暗的，如今月亮又明亮起来了。月光和满地白霜使孤崖的斜面看起来如同被水浸湿一般。留在帐营中的将士们从李陵的装束猜测，他应该是夜探敌阵、伺机刺杀单于去了。

李陵迟迟没有回来。众人屏住呼吸倾听着外面的动静。从远处山上的敌垒中传来胡笳的悲声。

许久之后，门帷被无声地掀起，李陵回到了帐中。"罢了，"吐出两个字后在矮凳上坐下。"看来除了全军战死，没有第二条路了。"又过了一会儿，他不看任何人，说道。

满座无人张口。片刻后，一名军吏提起了从前浞野侯赵破奴被胡军生擒，几年后逃回汉朝时武帝未加责罚的事。言下之意，从这个例子看来，何况是单凭寡兵如此震慑匈奴的李陵，即便逃回京师，天子也必定待之有方。

李陵拦住他的话头说道："陵一己之身暂且不谈。不管怎样，如今但凡有几十支箭，还可以勉力脱围。可照眼下一支箭也没有的情况，到明日天明后全军唯有坐以待缚。除非趁今夜闯出重围，各自作鸟兽散，其中或许有人能抵达边塞，向天子报告军情。算起来如今的位置应该在鞮汗山北部的山地，距离居延还有几天路程，成功与否实难预料。然而既已如此，哪还有第二条路呢？"

众幕僚点头称是。于是向全军将士每人发下二升干粮与一片冰，下达了只管朝着遮虏鄣方向快跑的命令。同时把汉阵的旌旗全部砍倒埋入地下，会被敌人利用的武器兵车也悉数击毁。夜半时分，鸣鼓起兵。军鼓的声音也惨伤不振。李陵与韩延年跨在马上，带领十余名壮士率先冲出。打算冲破今天被敌军赶入的峡谷的东口，从那里上平地向南方疾走。

早升的月亮已经落下。由于冲胡虏之不备，全军有三分之二按预定计划冲出了峡谷东口。但敌军骑兵立刻追击上来，徒步奔跑的汉兵大都被杀死或被俘虏了。然而其中也有数十人趁混战夺得敌人马匹，鞭打着胡马向南方跑去了。

李陵立马计算着摆脱敌人追击，在夜色中微白的平沙上疾驰而去的部下的数目。确信已超过百人后，他重又回到了峡谷入口处的修罗场。他身受数创，自己的血和敌人的血将戎衣浸得又湿又重；和他并肩作战的韩延年已经战死了。既失部下，且失全军，已无面目再见天子。他手握长戟，再次冲进了乱军中。在几乎难辨敌友的暗夜混战中，李陵的坐骑似乎中了流矢，呼的一下向前栽去。几乎与此同时，正挥戈砍向面前敌人的李陵在后脑上挨了重重一击，顿时失去了意识。

跌落在马下的他的身上，争相生擒立功的胡兵重重叠叠地压了上来。

二

　　九月北上的五千汉军，进入十一月后，化作伤病疲惫、彷徨无主的四百残兵回到了边塞。败讯立刻通过驿马飞报到了长安。

　　武帝出人意料并没有发怒。连主力部队李广利的大军都遭到惨败，对不过一支分队的李陵寡师原本就没有寄予太大的期待。此外武帝也以为，李陵必定是战死无疑了。只是早先李陵派回的使者，从漠北带回"前线无异状，士气颇为旺盛"捷讯的陈步乐——他作为捷报使受到嘉赏，封郎并留在了京中——照目前的情况只能自杀了。虽然可哀，但只得如此。

　　到了第二年，天汉三年春，李陵并未战死，而是被俘降敌的确报传回，武帝始作雷霆之怒。

　　在位四十余年的武帝如今已年近六十，然而气象之猛烈比起壮时有增无减。由于好神仙之说，信方士巫觋之言，迄今为止他已经被自己深信不疑的方士们欺骗了数次。这位值汉朝国威绝顶之际君临天下达五十余年的大皇帝，从中年以后，逐渐被一种对灵魂世界不安的好奇牢牢纠缠住了。正因为此，这方面的失望对他形成了巨大的打击。原本生性阔达的他在这些打击之下，内心中逐年滋生着对群臣阴湿的猜疑。李蔡、庄青翟、赵周等几位丞相接连被赐死罪。如今担任丞相的公孙贺，在拜受帝命时因为担忧自己的命运竟然在皇帝面前哭了出来。硬骨汉汲黯去朝之后，环绕在武帝身边的，非佞臣则为酷吏了。

武帝召集诸重臣商议对李陵的处置。李陵人虽然不在京城，但衡量罪情之后，他的妻子眷属家财等将依律受到处分。某廷尉素有酷吏之名，极擅长窥伺武帝脸色，通过合法的方式枉法以迎合帝意。曾经有人用法律的权威诘问他。这位廷尉回答："前主所是著为律，后主所是疏为令。除了当朝君主的好恶，哪里还有法呢？"群臣也都是这位廷尉的同类。自丞相公孙贺、御史大夫杜周、太常赵弟起，没有一人甘愿冒武帝盛怒为李陵辩护。他们极口痛骂李陵的卖国行为，争相表示曾与李陵这样的变节汉同朝为臣如今想起就觉得惭愧，一致同意李陵平时一言一行尽多可疑之处。就连李陵的堂弟李敢[①]依仗太子宠幸骄恣无行等事，这时也成了诽谤李陵的种子。缄口不发表意见，就是对李陵最大的好意了，然而就连这样的人也是屈指可数。

唯独一个男子，在一旁表情苦涩地看着这一切。如今极口诬陷李陵的，不正是几个月前李陵辞京时举盏为他壮行的人们吗？当来自漠北的使者传回陵军健在的消息时，不正是这些人竞相称赞李陵孤军奋战、不愧为名将李广之孙的吗？在这个男子眼里，恬然貌似不记得过去这一切的显官们，还有聪明得足以看破他们的谄谀却仍然厌听真话的君主，都显得是那么不可思议。不，并非不可思议。人本来就是这样，对此自己早就了解到了腻烦的程度。可虽然如此，这种不快感却依然无法改变。

作为一名下大夫列朝的这位男子也被征询了意见。这时，他毫

---

① 原文有误，李敢是李陵叔父；此处应是李敢之子李禹。——译注

不踌躇地称赞了李陵，说道："试观李陵平生，事亲孝，与士交有信，常奋不顾身以殉国家之急，诚有国士之风。今不幸事败，唯念全躯保妻子之君侧佞人借李陵此一失，夸大歪曲，欲蒙蔽圣主明鉴，遗憾莫过于此。且陵此次率区区五千士卒，深入敌地，令匈奴数万之师疲于奔命。转战千里，矢尽道穷，犹张空弩、冒白刃与敌死斗。能使部下归心，尽其死力，虽古之名将莫及。虽然军败，然其善战之功正足以彰显天下。念之，陵之不死降虏，岂非潜于彼地，欲期有以报汉者乎？……"

列座的群臣都惊讶了，世上竟然有敢于说出这种话的男子。他们小心翼翼地抬眼观望武帝抽搐着嘴角的面孔，想象着竟敢称自己为"全躯保妻子之臣"的此人今后的命运，暗自微笑了。

这名不知瞻前顾后的男子——太史令司马迁从御前退下后，立刻有一名"全躯保妻子之臣"向武帝汇报了司马迁和李陵的亲密关系。接着又有人进言，指出太史令因故与贰师将军有隙，之所以盛赞李陵，无非是想借此机会陷先于李陵出塞但无功而返的贰师将军于不利。总之，众人一致认为，作为区区一名以掌管星历卜祝为职的太史令，其态度过于不逊。

离奇的是，比起李陵的家族，司马迁先被问罪了。第二天他就被廷尉拘捕，判处宫刑。

在中国，自古以来沿用的肉体刑罚主要有黥、劓、刖、宫四种。武帝的祖父文帝在位时，废除了四种刑罚中的三种，唯独保留了宫刑。所谓宫刑，不消说就是把男人变得不是男人的古怪刑法。它又称腐刑，有人说是缘自创口发出腐臭的缘故，也有人说是缘于腐木不生果实的比喻。受过此刑的人俗称阉人，宫廷中的宦官大多由此而来。

司马迁受到的偏偏就是这种刑罚。对后世的我们来说，《史记》的作者司马迁是一个无比响亮的名字，然而在当时，太史令司马迁不过是一个地位卑微的文笔吏罢了。在周围人眼里，他只是个不善与人交往，就算头脑明晰也对其头脑过于自信，并且在辩论时绝不肯输给任何人的我行我素的怪人。没有人会因为他受了宫刑而觉得特别意外。

司马氏原本是周朝的史官。周亡后入晋、仕秦，至汉代时，第四代司马谈在武帝治下于建元年间出任太史令。谈就是迁的父亲。他除律、历、易等专攻外，精研道家教义，博采儒、墨、法、名诸家学说，并将它们融会贯通，自成一家之见。司马谈对自己的头脑和精神力量有着高度自矜，这一点也被儿子司马迁原封不动地继承了。他对儿子最大的教育，是在传授完诸家学说后，让迁在海内纵横旅行。这在当时称得上罕见的教育方法，但无疑对后来的历史学家司马迁所资甚厚。

元丰元年，武帝东临泰山举行祭天大典时，热血汉司马谈不巧正卧病在周南（洛阳）。他由于慨叹在天子始建汉家之封这样的盛事时，唯独自己不能追随其侧，竟愤而死去。司马谈一生的愿望是编述古今一贯的通史，结果只来得及搜集到大部分资料。临终的光景通过儿子司马迁的笔致详细描写在《史记》最后一章。据该处记载，谈在知道自己大限将至后把迁唤至面前，拉着他的手恳言修史的必要，并慨叹自己身为太史未能完成此事，徒令贤君忠臣的事迹空埋地下，以至于泣下。司马谈道："余死，汝必为太史。为太史，无忘吾所欲论著矣。"并再三叮咛此乃孝之大者，不可或忘。司马迁俯首流涕，发誓不违父命。

父亲死后两年，司马迁果然继承了太史令一职。他本想利用父亲搜集的资料与宫廷收藏的秘册，立即投入到修史这一父子相传的天职中，但就任后他首先被委派了修订历法的重任。埋头这项工作整整四年。太初元年，历法终于完成，他立刻开始了《史记》的编纂。司马迁时年四十二岁。

腹稿早已经有了。腹稿中构思的史书和以往任何一本史书的形式都不相同。在展示道义批评的准则方面，他首推《春秋》，但在传达事实方面，每本史书都令他觉得不尽如人意。需要更多的事实。比起教义来，更需要事实。不错，《左传》和《国语》中的确有事实，尤其是《左传》巧妙的叙事令人叹服。但是，在那里看不到对创造事实的个人的探究。人们在事件中的身姿虽然被描绘得很鲜明，但是对导致做出那些事情的他们每一个人自我的诠索却不够，这一点最令司马迁感到不满。此外，过去的史书似乎全都过于注重向当代人告知从前，以致忽略了让将来的人了解当代。一言以蔽之，司马迁所想要的，在既往的史书中未能找到。

究竟是在哪一点对以前的史书不满，连他自己也只有到把想写的东西写出来之后才会知道。在他胸中，郁积着一团模糊的东西，在要求获得表现。这是在批判过去的史书之前就已经产生的。或者更准确地说，他的批判只有通过主动创造新的东西才能表达。长期以来在自己脑海中描画的构想到底能不能称为"史"，他自己也没有信心。但不管能不能称为"史"，总之这样的东西最应该被写出来（对世人，对后代，尤其对自己），这一点他是有自信的。他效仿孔子，采取"述而不作"的方针。但是他的述而不作在内容上与孔子大相径庭。对司马迁来说，用编年体方式单纯地列举事件尚未进入"述"的领域，而作那些妨碍后人了解事实的过于道义性的断言，又毋宁属于"作"的范畴。

汉朝平定天下已有五代百年，曾经在秦始皇的反文化政策下或湮灭或藏匿的书籍逐渐重行问世，一股文运将兴的气运郁勃可感。不仅汉朝的朝廷，时代也正是要求史书出现的时代。从司马迁个人来讲，父亲遗嘱留下的感动，以及日益充实的学养、眼光和笔力相辅相成，酝酿着一个即将诞生的浑然之物。他的工作顺利地进行着。有时甚至会因为过于顺利而使他感到困惑。这么说是因为，从最初的《五帝本纪》到夏殷周秦《本纪》的部分为止，他不过是一位精心安排材料、叙述务期准确严密的技师；而当经过《始皇帝本纪》，进入《项羽本纪》后，那份技术家的冷静逐渐动摇起来。稍不留神，项羽就会附向他，或者他自己会附向项羽身上。

> 项王则夜起，饮帐中。有美人名虞，常幸从；骏马名骓，常骑之。于是项王乃悲歌忼慨，自为诗曰："力拔山兮气盖世，时不利兮骓不逝。骓不逝兮可奈何，虞兮虞兮奈若何！"歌数阕，美人和之。项王泣数行下，左右皆泣，莫能仰视。……

这样写也可以吗？司马迁暗自疑惑。如此热切的写法是否没有问题？他一直高度警惕着"作"的侵入。自己的工作应该止于"述"之一事。事实上，他的确只是在"述"。但这是怎样生机焕发的叙述方式！不具备超乎寻常的视觉性想象的人绝不可能有这样的叙述。

有时，他会因过于担心"作"而重读写好的部分，将那些使历史人物如同现实中的人物一样呼之欲出的字句删掉。这样一来，人物的确停住了热辣辣的呼吸，应该没有沦为"作"的担心了。但是——司马迁自问：这样的项羽还是项羽吗？项羽也好，秦始皇或楚庄王也好，全成了同样的人。把不同的人叙述成同一个样子就是"述"吗？所谓"述"，难道不是把原本不同的人按照原本不同的样子来叙述吗？想到这里，他只得让删掉的词句重新复活。恢复原来的样子，重读一遍，他这才放下心来。不光是他，写在纸上的那些历史人物，项羽啦，樊哙啦，范增啦，也这才各得其所，全都放下心来了。

武帝在心情好的时候诚然是英迈阔达、富于理解的文教保护者。同时太史令这一职务因为需要朴素的特殊技能，也得以免去官场中各种朋党比周、排挤诬陷所引起的地位（乃至生命）的不稳定。

几年里，司马迁度过了充实幸福的时光。（当时的人所考虑的幸福，和现代人相比，在内容上虽然大不相同，但在追求幸福这一点上完全一样。）在司马迁身上找不到妥协之处，从头到脚都充满阳刚，率性议论，大怒大笑，而尤以将论敌驳得体无完肤最为快事。

这样过了几年之后，突然天降此祸。

昏暗的蚕室里——由于刚受腐刑后不能见风，所以盖起这种密闭的暗室，室内生火保持一定温度，令受刑者在这里待上几天，休养身体。因为在温暖昏暗这一点上很像养蚕的房间，所以称为蚕室。——被极度混乱夺去了所有言语的他，茫然靠在墙上。

在感到激愤之前，他甚至先感到了某种惊奇。如果是斩刑或者赐死，他早就有心理准备。他可以想象出被斩首的自己的样子；在逆武帝之意替李陵辩护时，也想过弄不好有可能会被赐死。然而在这么多刑罚中，偏偏遭受了这个最丑陋的宫刑！说是迂阔也罢（既然能预见到死刑，当然也应该预见到其他任何刑罚），他虽然想过在自己的命运中，或许潜伏着不测之死，但从来没想过会突然出现这样丑恶的东西。

他常常抱有一种确信，那就是每个人身上只会发生和他本人相符的事件。这是在长期接触史实的过程中自然形成的一种想法。同样是逆境，慷慨之士承受激烈悲壮的痛苦，软弱之徒则忍受阴湿丑陋的痛苦。即使一开始看上去不相称，但是从后来应对命运的方式中，也可以看出此命运与该人是相一致的。司马迁自信是大丈夫，虽然身为文笔之吏，却比当今任何一员武将都更是大丈夫。不只他自己这么想，这一点似乎连再不喜欢他的人都不得不承认。哪怕是因自己的主张被判车裂之刑，他也能想象出自己的样子。

然而以年近五十之身，遭此奇耻大辱！他似乎觉得自己置身蚕室这一事实是在做梦。真希望是在做梦。然而靠在墙上，睁开紧闭的双眼，看到一片昏暗中，三四个毫无生气、似乎魂魄都已出窍的男子如同烂泥一般或躺或坐，想到这也就是自己现在的样子时，分不清是呜咽还是怒号的喊声冲破了他的喉咙。

痛恨与烦闷交织不断的几天里，有时，作为学者已成为习惯的思索——反省——会涌上心来。在这次的事情中，到底是什么、是谁、是谁的哪一点错了呢？虽然在他的国家里君臣之道和日本大相径庭，但自然，他首先怨恨的是武帝。事实上，有一段时间里由于满腔的怨恨，他几乎失去了顾及其他一切的余地。

但是，经过短暂的狂乱之后，作为历史学家的他醒了过来。和儒者不同，对所谓先王之道他懂得做历史学家的衡量；同样，在对后王武帝的评价上，他也不会因为私怨混淆标准。无论如何，武帝都是一位大帝。即便有这样那样的缺点，但只要这位帝王还在，汉朝的天下就会稳如泰山。高祖暂且不论，就连仁君文帝和名君景帝，与这位帝王比起来也还有些相形见绌。只是作为大器，相应地缺点也大，这也是无可奈何之事。司马迁即使在极度的愤懑中，也没有忘记这一点。看来，这次的事只能当作是被上天的疾风暴雨雷霆霹雳给作弄了。这想法既把他推向更深的绝望与愤怒，可同时也令他转向达观的方向。

怨恨在无法长期集中于君主身上之后，又一气转向了君侧的奸臣。他们是恶的，的确不假。然而他们的恶，是非常次要的恶。并且对高度自矜的他来说，那些小人连作为怨恨的对象都不够。

至今为止，他从没有像这次对所谓的老好人感到愤怒。这些人比奸臣酷吏更糟糕，至少从旁看来令人恼火。廉价地安于自己的良心，并只求令周围人放心，因此更不像话。既不辩护也不反驳，在内心既无反省也无自责。丞相公孙贺那样的，是其中的典型。同是阿谀迎合，杜周（最近此人靠陷害前任王卿遂了当御史大夫的愿）

之流无疑知道自己在做什么。而这位老好人的丞相，恐怕连这点自觉都没有。即使被自己称作"全躯保妻子之臣"，这种人大概连生气都不会吧。这种人连作为仇恨的对象也都不值得。

司马迁最后试图在自己身上寻找愤懑的归宿。事实上，无论对什么东西感到愤怒，最终都不过是对自己的愤怒而已。但是自己究竟哪一点错了呢？为李陵辩护，这无论怎么想、怎么看都是不错的。使用的方法也不能说特别笨拙。只要不甘心沦为阿谀，那件事也只能按那样做了。那么如果自问心中无愧，这种无愧的行为无论招致怎样的后果，作为士不都应该甘心承受吗？的确，是这样，所以自己早就打算好无论肢解还是腰斩，全都挺身甘受。

但是，唯独宫刑——还有作为其结果变成了这副样子的自己——又另当别论。同是残疾，这与砍脚刖鼻截然不同。这不是应该加给士的刑罚。唯独这个，唯独身体的这种状态，从任何角度看都是恶的，没有丝毫饰言的余地。并且内心的伤口随着时间流逝或许还能愈合，而自己身体的这一丑恶现实一直到死都将持续。无论动机如何，招致这样的结果也只能说是"错了"。但是，究竟哪里错了呢？我的哪里？哪里都没有错。我只做了正确的事。勉强要说的话，只有"我在"这一事实本身错了。

茫然在虚脱状态中坐了许久后，司马迁突然跳起，好像受伤的野兽一样一边呻吟，一边在阴暗温暖的室内四处徘徊。在无意识地重复着这一举动的同时，他的思考也一直在同一个地方团团打转，找不到出口。

除了有几次神志不清时，曾经把头在墙上撞得鲜血直流以外，他没有尝试自杀。真想死去。如果能死去的话该有多好。在比死还要可怕几倍的耻辱的追逼之下，他对死没有任何恐惧。为什么没有死呢？也许是因为狱舍中没有用于自杀的工具。但除此以外，似乎还有什么发自内心的东西阻止了他。最初他没有觉察出那是什么。只是在狂乱与愤懑中，在间歇性发作似的感到死的诱惑的同时，朦胧中觉得有什么东西在阻止自己的心情滑向自杀的方向。正好像虽然想不起忘了什么，可就是觉得忘了东西时的情形。

获释回到家中，开始闭门思过之后，他才发觉，自己在这一个月的狂乱中竟然把修史这一毕生事业忘了个干干净净。可同时，他又感到，虽然表面上像是忘了，但事实上正是对这项工作的下意识的关心在冥冥中起到了阻止自己自杀的作用。

父亲十年前在临终的病榻上，拉着自己的手哭着留下遗命时凄恻的话语至今还回响在耳边。但是使他在伤痛惨淡至极的心情中还对修史念念不忘的，却不光是父亲的遗言。比起其他一切，理由首先在于这项工作本身。不是工作的魅力或者对工作的热情那些令人舒畅的东西。不错，是对修史的使命感，但却并非是昂然的自矜。一向自信得出奇的这个男人，通过这次的事，从心底里知道了自己是多么微不足道。再怎么高谈理想，高谈抱负，自己也不过是路旁被牛踏扁的虫豸罢了。但是，"我"虽然被可怜地踏扁了，修史这项事业本身的意义却无可怀疑。沦落成现在这副惨状，丧失掉所有自信和自恃之后，再苟延残喘在世上从事这项工作，无论如何不可能是舒畅的。他感到，那几乎已经成了两个生物之间再怎么厌恶也无法互相摆脱的宿命般的因缘。不管怎样，有一点是清楚的。为了这项工作，他无法放弃自己的生命。不是出于责任感，而是由于与这项工作之间更多肉体性的关联。

最初那种盲目的野兽般的痛苦消失后，更为清醒的人的痛苦开始了。困难的是，随着不能自杀这一点逐渐清晰，除了自杀之外，没有另一条路可以逃离苦恼和耻辱这一点也逐渐清晰起来。伟丈夫太史令司马迁于天汉三年春死去了，在他身后，继续写着他未完的史书的是一个既无知觉也无意识的书写机器——他唯有强迫自己这样想。修史的工作必须继续下去，这是绝对的。为了修史的工作能够继续，不管多么不堪都必须活下去。而为了活下去，他必须一心相信自己的肉体已经消亡了。

五月之后，司马迁再度执笔。没有喜悦或兴奋，只有完成工作的意志在鞭打。如同拖着受伤的脚走向目的地的旅人一样，他一点点写着稿子。太史令的官职早已被罢免，有些后悔的武帝在稍后任命他作了中书令。但官职的升迁与否，对他已经没有任何意义。从前的论客司马迁，如今变得绝不开口。如同有什么恶鬼附身一样，人们从他缄默的风貌中甚至感到了一种凄厉。他废寝忘食地工作着。在家人眼里，那似乎是为了尽快完成工作，以便早一天获得自杀的自由似的。

凄惨的努力持续了大约一年之后，他终于发现，生的快乐彻底失去之后，唯有表现的快乐还可以残留下来。即便如此，他那彻底的沉默并没有打破，风貌中的凄厉也没有丝毫缓和。在写稿的时候，每当不得不写下宦者或者阉奴之类字眼时，他就会不由得发出呻吟。独自在居室中，或者夜晚躺在床上时，屈辱的感情时而在无意中萌发。如同被烧红的烙铁炙烤一样，一种炙热的疼痛片刻间传遍全身。这时他会大叫一声跳起，一面呻吟，一面快步徘徊，然后再咬紧牙关尽力使自己平静下来。

三

在乱军中失去意识的李陵，当在单于以兽油作灯、焚兽粪取暖的大帐中醒来后，当即在内心做了决定。或者自刎以免受辱，或者暂时降敌再见机逃走——带着足以抵偿败军之责的功劳作献礼——除两者外没有第三条路；李陵在心里决定选择后者。

单于亲自为李陵松开了绑绳，随后的各项待遇也极尽郑重。且鞮侯单于是上一代呴犁湖单于的弟弟，是位骨骼魁梧、巨眼赭髯的中年伟丈夫。他坦率地说自己跟随几代单于与汉交战，还从未遇到过李陵这样的强敌，并提到了陵的祖父李广，以称赞陵的善战。空手格杀猛虎、飞箭射入岩石的飞将军李广的骁名至今还在胡地广为流传。李陵之所以受到厚遇，是因为他既是强者的子孙，自己也是强者。按匈奴的风气，就连分配食物时也是强壮者取走美味，老弱者得到剩余。在这里强者绝不会受到凌辱。降将李陵得到了一顶穹庐和数十名侍者，并被待以宾客之礼。

对于李陵，奇异的生活开始了。住的是绒帐穹庐，吃的是牛羊腥膻，喝的是酪浆、兽乳和乳醋酒，服装则是用狼、羊、熊等兽皮合缀而成的裘衣。畜牧、狩猎、寇掠，除此之外他们没有别的生活。在这一望无涯的高原上，也有依河湖山岭划定的边界。除单于直辖领地之外的土地被分成左贤王、右贤王、左谷蠡王、右谷蠡王等诸位王侯的领地，牧民们的移动只限于各自的边界之中。这是既无城郭也无田壤的国家。虽然有村落，但那也随着季节变化逐水草而变换土地。

李陵没有分到土地，而是和单于麾下诸将一起跟随着单于。他一直想伺机拿下单于首级，但机会迟迟不来。即使刺杀单于成功，但要想带着其首级逃出胡地，除非有天赐良机，否则是不可能的。如果只是在胡地与单于火拼，匈奴一定会看成己方的耻辱而百般遮掩，消息也许压根传不到汉朝。李陵耐心地等待着那几乎是不可能的机会的到来。

在单于帐下，除李陵外还有几名投降的汉人。其中有个叫卫律的，虽然不是武将，但位封丁灵王，最受单于重用。卫律的父亲是胡人，他本人在汉都出生长大。原先曾效力于武帝，几年前协律都尉李延年事发时因害怕受株连，逃亡到了胡地。毕竟血浓于水，他很快就融入胡风，并显示出相当的才干，经常出入且鞮侯单于的帷幄之中，参与各项谋划。李陵对卫律以及其他投降匈奴的汉人几乎从不开口。他认为其中没有可以和他共商胸中大计的人。这么说来，其他的汉人似乎也都彼此感到一种莫名的困窘，看不出什么亲密来往的迹象。

某次，单于找来李陵，请教军略上的问题。因为是对东胡作战，李陵痛快地陈述了己见。第二次单于又拿类似问题请教时，是针对汉军的作战计划。李陵明显露出不快的表情，连口都不愿张开。单于也没有强要他作答。又过了很久之后，单于请李陵为将率领劫掠代郡、上郡的部队南行，这次李陵明确表示自己决不会与汉朝作战，一口回绝掉了。自那以后，单于再未向李陵提出过类似要求。待遇则依然未变。没有为我所用的目的，只是单纯地礼贤下士。李陵感到这位单于称得上是个大丈夫。

单于的长子左贤王不知为何开始对李陵表示好感，或者不如说是尊敬。这是个二十刚刚出头，粗野中洋溢着勇气的认真的青年，对强者的赞美纯粹而强烈。他找到李陵，要求传授自己骑射。但说是骑射，事实上他骑马的技巧毫不逊于李陵，特别是骑裸马的技术甚至还高出一筹。李陵决定只教他箭法。左贤王成了热心的弟子。当李陵谈起祖父李广出神入化的箭法时，蕃族的青年睁大眼睛听得入了神。两人经常一同出去狩猎，只带几名随从，在旷野上纵横驰驱，射杀着狐狸、豺狼、羚羊、鹰鹫和雉鸡。

一天黄昏，箭已射完的两人被狼群包围了起来——随从都远远地落在后面。在鞭打着坐骑全速冲出狼群包围时，一匹狼跳上了李陵的马臀，被紧跟其后的左贤王用弯刀利落地砍成了两段。事后看时，两人坐骑的马腿都被狼群咬得血肉模糊了。这天晚上，坐在帐篷里把猎物丢进热汤呼呼地边吹边吃时，李陵从被火苗映红面庞的蕃王的年青儿子身上，竟不由感到了一股友情。

天汉三年秋，匈奴再犯雁门。为了还以颜色，翌年，汉朝以贰师将军李广利率领六万骑兵和七万步兵的大军出朔方，派强弩都尉路博德率领一万步卒支援。与此同时，因杆将军公孙敖率一万骑兵和三万步兵出雁门，游击将军韩说率三万步兵出五原，各自分头进发。这是近年来所未有的大北伐。

单于接报后，立刻将妇女老幼、畜群资财等全部转移到余吾水以北，自己亲率十万精兵，在余吾水以南的大草原迎击李广利、路博德的大军。连战十余日后，汉军终于被迫撤退。李陵的年轻弟子左贤王另率一队，在东面迎击因杅将军，并将其击溃。担任汉军左翼的韩说的部队也一无所获地收了兵。北征以彻底失败告终。

　　李陵像以往一样，在对汉交战时不愿现身阵前，退到了水北。但他惊愕地发现，自己竟然在暗中挂念左贤王的战绩。当然在整体上，他盼望着汉军的成功和匈奴的战败，但似乎唯独有些不希望左贤王战败似的。发现这一点后，李陵激烈地谴责了自己。

　　为左贤王所败的公孙敖回到京城后，由于损兵折将、寸功未立而被下狱时，做了奇怪的辩解。他声称，根据敌军俘虏的供词，匈奴军之所以强大是由于汉朝降将李将军经常练兵布阵、传授军略以备汉军的结果。当然这也不能成为败兵的理由，所以因杅将军的罪名并未豁免，但武帝听了这些话后对李陵大为震怒。一度被赦免的李陵一族再次下狱，这一次从李陵的老母到妻子、孩子、兄弟统统被杀掉了。冷暖炎凉是世人常态，据记载，当时陇西（李陵家原籍在陇西）士大夫都深以出了李家为耻。

　　这消息传到李陵耳朵里，是在大约半年之后，得自一名边境上被绑架过来的汉卒。当听说这些时，李陵跳起来一把抓住那人胸口，一面猛烈地摇晃着他，一面确认事情的真伪。当知道确实无疑时，他不由得咬紧牙关，攥紧了双手。那人拼命挣扎着，发出了痛苦的呻吟。原来李陵的双手在无意识中紧紧扼住了他的咽喉。李陵松开手，那人啪嗒一下倒在了地上。看也没看上一眼，李陵就冲出了营帐。

他在野外不顾一切地走着，激烈的愤怒在脑海中卷起狂涛。想起老母和幼儿，他内心如同被灼烧一般，可是一滴眼泪也流不出来，过于强烈的愤怒把眼泪都烤干了。

不只是这一次。至今为止，我们一家都从汉朝受到了哪些对待？他想起了祖父李广的死。李陵是遗腹子，父亲当户在他出生前几个月就去世了。一直到少年时代，都是这位有名的祖父在培养教育他。名将李广虽然数次在北伐中立下大功，但由于君侧的奸佞作梗，始终没有受到任何封赏。手下的将领们封侯封爵，可唯独廉洁的老将军不要说封侯，甚至始终不得不甘于清贫。最后他和大将军卫青发生了冲突。卫青本人倒是有体恤这员老将的心意，可其帐下一员军吏狐假虎威地羞辱了李广。愤慨的老将军当场就在阵营中自刎了。李陵现在还清楚地记得，听到祖父死讯放声痛哭的少年时的自己……

李陵的叔父（李广的次子①）李敢的结局又怎样呢？他为报父亲惨死之仇，跑到大将军府羞辱了卫青一番。大将军的外甥骠骑将军霍去病抱不平，在甘泉宫狩猎时故意将李敢射杀。武帝明知实情，但为了庇护骠骑将军，对外只说李敢是被鹿角顶死的……

与司马迁不同，事情对李陵更简单一些——愤怒就是全部了。（除了对未能早一点实行自己的计划——带着单于首级逃离胡地——的悔恨之外。）问题只在于如何把这愤怒表达出来。他想起了刚才那

---

① 据《史记·李将军列传》记载，李敢为李广之第三子。——译注

人"听说李将军在胡地练兵以备汉军，陛下大怒"的话。好容易他才想起是怎么回事。虽然他自己从没有做过那种事，但同是汉军降将中，有一个名叫李绪的，当初作为塞外都尉镇守奚侯城，投降匈奴后经常向胡军传授军略、协助练兵。就在半年前的战事中，他还跟随单于和汉军（但并非公孙敖的军队）交过战。是了，李陵心想，两人都叫李将军，一定是把李绪当作自己了。

当晚他单身来到李绪的帐营。一句话也没有说，一句话也不让说，手起剑落将李绪刺死了[1]。

第二天，李陵来到单于面前讲明了一切。单于告诉他不用担心，只是母亲大阏氏那里也许会有些麻烦——单于的母亲虽然已届老龄，但和李绪之间似乎有些丑闻。对此单于也有所听说。按照匈奴风俗，父亲死后长子可以把亡父的妻妾全部收为己有，但唯独生母不在此列。即使是极度男尊女卑的他们，对亲生母亲也还是有着尊敬——因此请到北方暂避一时，等事情平息后自会派人迎接。听了单于的话，李陵带着随从，暂时避到了西北兜衔山（额林达班领）的山麓一带。

不久大阏氏病死，李陵重新被召回单于帐下时，看起来就像变了个人。从前他坚决不肯参与针对汉朝的军略，可如今却主动提出愿出谋划策。单于看到这一变化大喜，封李陵为右校王，并把自己的一个女儿嫁给了他。许配女儿这件事以前就曾提过，但李陵一直没有同意，而这次毫不犹豫就迎娶了回来。

---

① 据《汉书》卷五十四记载："陵痛其家以李绪而诛，使人刺杀绪。"——译注

刚好这时有一支部队要南下酒泉、张掖边境劫掠，李陵主动请命加入了这支队伍。但是，当朝着西南方向的行军偶然经过浚稽山麓时，李陵心头罩上了一层浓重的阴影。想到当年在这里跟随自己死战的部下，走在埋有他们的白骨、染有他们的鲜血的沙地上，再想到如今的自己，他早已失去了南下与汉兵作战的勇气。佯称有病，他单骑回到了北方。

太始元年，且鞮侯单于去世，和李陵交好的左贤王继位，这就是狐鹿姑单于。

匈奴右校王李陵的内心至今还是无法释然。母亲妻儿全族被戮的怨仇虽然痛彻骨髓，但上次的经验告诉他，自己还是无法领军与汉朝作战。他已经发誓再不踏上汉土半步，但究竟能否归化匈奴，终生在此安居，即使有新单于的友情也还是没有自信。

生性不喜思考的他每当焦躁起来时，总是独自跨上骏马，到旷野驰骋。秋空一碧之下，蹄声嘎嘎，不分草原、丘陵，只管像发狂似的纵马狂奔。一口气骑了几十里地，人和马都疲倦起来时，找到一条高原中的小河，下到河畔饮马。然后自己向草地上一躺，在舒适的疲劳感中出神地眺望洁净、高远和广阔的碧落。"啊，我原不过天地间一颗微粒，又何必管什么胡汉呢？"休息一会儿后，他重新跨上马背，又不顾一切地狂奔起来。这样骑马一整天，筋疲力尽之后，待到云彩被余晖映得昏黄时才回转帐营。只有疲劳是他唯一的救星。

司马迁为李陵辩护而获罪的消息也传到了这里。李陵并没有觉得特别感谢或愧惜。和司马迁之间虽说有点头之交，并没有结下什么特别的交谊。甚至不如说，只记得那是一个整天尽知道辩论的聒噪家伙而已。另外，对现在的李陵来说，光是和自己的痛苦搏斗就已经用尽了全身力气，再没有余力去体会他人的痛苦了。即使没感到司马迁多此一举，至少没怎么内疚是真的。

当初只觉得野蛮滑稽的胡地风俗，如果放在这片土地实际的风土气候下考虑的话，则既非野蛮也非不合理，这一点李陵渐渐地明白了。不是粗厚皮革做成的胡服就无法抵御朔北的严冬，不是肉食就无法积累足以抵抗寒冷的体力。不盖固定房屋也是由他们的生活方式产生的必然结果，不能上来就贬斥为野蛮。如果一定要保持汉人风俗的话，在胡地的大自然中连一天也活不下去。

李陵记得上一代的且鞮侯单于说过这样的话。"汉人一开口就说自己国家是礼义之邦，把匈奴的行事看得如同禽兽。可汉人所谓的礼义到底是什么？难道不是虚饰的代名词吗？把丑陋的东西只在表面上装饰得漂漂亮亮的。见利忘义，嫉妒中伤，这方面到底汉人与胡人哪个更甚？贪财好色，又是哪个更甚？剥去表面后其实都一样。只不过汉人知道伪装掩饰，我们不知道罢了。"单于列举汉初以来各种骨肉相残、诛杀功臣的事例说出的这番话，令李陵当时几乎无言以对。

事实上，身为武人的他，以前也不止一次对为礼而礼的繁琐礼教感到过疑问。的确，粗野正直的胡地风俗在很多时候比起藏在美名之下的汉人的阴险要好得多。李陵渐渐觉得，上来就断定华夏的风俗高尚，批评胡地的风俗卑下，其实不过是汉人独有的偏见。比如说自己以前相信人除了名还必须有字，可仔细想想的话，从哪里也找不出必须有字的理由。

他的妻子是个非常老实的女子，直到现在，在丈夫面前还是畏畏缩缩，很少说话。可是他们之间生下的儿子却一点也不害怕父亲，动不动就爬到李陵膝盖上来。注视着这孩子的脸庞，李陵眼前会忽然浮现出几年前留在长安——结果和母亲、祖母一同被杀——的孩子的面容，而黯然神伤。

在李陵投降匈奴大约一年之前，汉朝的中郎将苏武被扣留在了胡地。

苏武原本是作为和平时期的使节出使匈奴、互换俘虏的，但由于某个副使卷入了匈奴的内乱，致使使节团全员遭到囚禁。单于无意杀害他们，就以死胁迫他们投降。唯独苏武一人，不但不肯投降，还为避免受辱用剑刺透了胸膛。

对昏迷中的苏武，胡医采取了颇为古怪的疗法。据《汉书》记载，他们在地上挖了个坑，里面埋进炭火，然后把伤者平放在上面，通过踩他的后背让淤血流出。靠着这种野蛮疗法，苏武不幸在昏迷半天后又醒了过来。且鞮侯单于对他着了迷，几周后苏武的身体刚一恢复，就派那位近臣卫律前去热心地劝降。卫律遭到苏武铁和火一般的痛骂，含羞忍辱地作罢了。

在那之后，苏武被幽闭在地窖里，只能用毛皮合雪充饥；然后又被迁到北海（贝加尔湖）无人之地，被告知等到公羊出奶才可归还的故事，和持节十九年的佳话一起，早已经家喻户晓，在此就不重复了。总之，在李陵逐渐决心把阿闷余生埋葬在胡地时，苏武已经独自在北海边上牧羊许久了。

苏武是李陵相交二十余年的好友，以前还曾经一同担任过侍中。在李陵眼里，苏武虽然有些顽固和不开通，但却是条难得一见的硬汉。天汉元年苏武北上不久后，他的老母病死，当时李陵一直送葬到阳陵。在李陵北征出发前，苏武的妻子看到良人回归无望改嫁了他人，当时李陵还为了朋友在心里痛责过他妻子的轻薄。

但是，万没料到自己竟会投降匈奴，这时他已经不再想同苏武见面了。他甚至感到苏武被迁徙到遥远的北方，使两人不必碰面是一种幸运。特别是当全族被戮，自己已经彻底失去再回汉朝的想法后，就更想避开这位"手执汉节的牧羊人"了。

狐鹿姑单于继承父位几年后，忽然传出了苏武生死不明的流言。狐鹿姑单于想起父亲最终也未能使之降服的这位汉使，便命李陵前往确认苏武的生死，如果人还健在的话，就再一次劝其投降。对李陵是苏武友人这一点，单于似乎也有所耳闻。李陵无奈，只得北行。

一路沿姑且水北上，来到和郅居水合流的地方后，再向西北穿越森林地带。在留有残雪的河岸上行走数日，当终于从森林和原野的尽头望见北海碧绿的水波时，当地居民丁零族的向导把李陵一行带到了一间可怜巴巴的小木屋前面。

小屋里的人被久违的人声惊动，手拿弓弩走了出来。从这个全身披着毛皮、须发丛生、像熊一样的山男①脸上，李陵好容易才找到当年的栘中厩监苏子卿的面影，而在那之后，对方还花了些时间，

---

① 山男，指居住在山里的男子。——译注

才认出眼前这位胡服大员就是从前的骑都尉李少卿。苏武完全没有听说李陵投降匈奴的事。

感动在霎那间压倒了李陵心中一直令他躲避和苏武见面的东西。两人最初都几乎说不出话来。

李陵的随从在附近搭起几顶帐篷，无人之境顿时热闹起来。事先备好的酒食马上被运进小屋，到了夜里，罕见的欢笑声惊动了森林里的鸟兽。滞留达几天之久。

讲述自己穿上胡服的经过是痛苦的。李陵用不带任何辩解的语调，只把事实叙述了一遍。苏武若无其事叙说的他自己这些年的生活则听起来惨淡至极。几年前匈奴的於靬王狩猎时偶然经过此地，由于同情苏武，曾连续三年供给他衣服食物。但於靬王死后，他就不得不从冻硬的大地里挖出野鼠充饥了。有关他生死不明的谣言，大概是对他牧养的畜群被群盗一匹不剩全部抢走一事的讹传。李陵告诉了苏武他的老母去世的消息，但他的妻子抛下孩子改嫁的事终于没能说出口[①]。

李陵不禁奇怪，这个人到底是靠什么指望在活着。难道现在还指望能回到汉朝吗？从苏武的话里来看，事到如今，他对此已经完全不抱希望了。那么到底为什么还忍受如此惨淡的日子呢？当然，只要投降单于就会受到重用，但李陵从一开始就知道，苏武不是那样的人。李陵感到奇怪的是，为什么他还没有早早自杀呢？

李陵自己做不到亲手斩断眼下没有希望的生活，是因为不知不

---

① 据《汉书》卷五十四记载，李陵告诉了苏武其妻改嫁的事。——译注

觉中已经在这片土地扎下根的种种恩爱和情义，另外也因为现在就算自杀也算不上是为汉朝尽忠。但苏武的情况不一样。他在这片土地上没有任何牵挂。从对汉朝的忠义来讲，手持节杖常年在旷野上挨饿和马上烧掉节杖自刎之间并没有什么区别。当初被捕时能一下子刺穿胸膛的苏武不可能到现在又忽然变得怕死起来。

李陵想起了苏武年轻时的顽固——那种近乎滑稽的倔强和不服输。单于以荣华富贵作诱饵想让困穷潦倒的苏武上钩，吞掉诱饵当然是输；就算耐不住苦难自杀也等于输给了单于或由他象征的命运。苏武难道不是这样想的吗？但是在李陵眼里，和命运比拼顽固的苏武并不显得滑稽或可笑。能若无其事地嘲笑超乎人们想象的困苦、贫乏、酷寒、孤独（并且是从现在到死去的漫长岁月），如果这是顽固，那么这个顽固必须说是宏伟壮大的。

看到苏武从前多少有些孩子气的顽固竟成长为如此壮大的顽固，李陵不由得惊叹了。而且这个人根本没有期待自己的行为能被汉朝知道。不要说被再次迎回汉朝了，他甚至根本不期待有人能把自己在这无人之地与苦难所作的搏斗传回汉朝，或至少传给匈奴的单于。毫无疑问，他将在不被任何人知道而独自死去的那一天，回顾一生，知道自己直到最后都做到了将命运付之一笑而满足地死去。即使没有一个人知道自己做了些什么，也无足挂怀。

李陵以前曾经想斩获上一代单于的首级，但由于担心即便目的达成，如果不能带着首级逃离匈奴土地的话，空有壮举无法传回汉朝，因而拖延不下，最终也未能找到动手的时机。在不惧怕为人所不知的苏武面前，他不由得出了一身冷汗。

最初的感动过后，随着时间流逝，李陵心中还是不由自主地产生了一个心结。不管谈论什么，自己的过去和苏武的过去之间的对比都会一一涌上心头。苏武是义人、自己是卖国奴，这么鲜明的想法倒是没有，但是面对着在森林、原野和湖水的静默中多年锻造而成的苏武的威严，他不能不感到对自己行为唯一的辩解，也就是自己的痛苦，被不堪一击地压倒了。

此外，不知是不是错觉，随着时间一天天过去，他从苏武对待自己的态度中开始感到一种富人对穷人似的态度——一种明知自己优越而尽量对对方宽大的态度。说不清到底是在什么地方，但在某些不经意的时刻，他会忽然感到那种东西。满身褴褛的苏武眼睛里时而流露的怜悯之色，令身裹豪华貂裘的右校王李陵比什么都感到害怕。

滞留十余天后，李陵告别旧友，悄然南归了。在小木屋里留下了充足的粮食和衣物。

单于嘱托的劝降到底没有说出口来。苏武的回答不用问就已经清清楚楚了。事到如今，再作那种劝告，只能是对苏武和对自己的羞辱。

回到南边后，苏武的存在一天也没有离开过他的脑海。分开后再回想起来，苏武的身影反而越发严厉地耸立在他面前。

李陵自己虽然不认为投降匈奴的行为是善，但他相信在自己对故国的尽忠和故国对自己的回报面前，再无情的批判者都会承认他的"无可奈何"。但是在这里却有一人，无论面对再怎么"无可奈何"的境况，都断然不允许自己朝"无可奈何"的方向去想。

饥寒交迫也好，孤独寂寞也好，故国的冷淡也好，自己的苦节最终不会被任何人知道这一近乎确定的事实也好，对于这个人，都不足以成为令他改变平生节义的"无可奈何"。

苏武的存在对他既是崇高的训诫，也是令人不安的噩梦。他时常遣人看望苏武安否，送去食品、牛羊和绒毡。想见到苏武的心情和怕见到苏武的心情时常在他内心交战不已。

几年后，李陵又一次访问了北海边上的小木屋。途中遇到戍守云中北部的卫兵，从他们口中得知，近来在汉朝边境上从太守到平民人人身着白衣。人民服色皆白，则必是天子之丧无疑。李陵知道，是武帝驾崩了。

来到北海之滨告知此事后，苏武面朝南方号哭了起来。恸哭数日，竟至于呕血。看到这幅情景，李陵的心情逐渐暗淡下来。他当然不怀疑苏武的恸哭是真诚的，也不能不被那纯粹热烈的悲伤打动。但是，自己如今连一滴眼泪也流不出来。苏武虽然不像李陵那样全族被诛，但他的兄长因为在天子巡幸时出了点差错、弟弟因为没能抓住某个罪犯都被责令引咎自杀，无论如何也不能说是被汉朝厚待过的。深知这些的李陵，看着眼前苏武纯粹的恸哭，第一次发现：他以前只看成是苏武的顽固的地方，事实上在更深处，是一股对汉朝国土难以形容的清冽纯粹的热爱之情（不是"节"、"义"之类从外部规定的东西，而是最自然、最切身、无法遏制地喷涌而出的热爱）在涓涓流淌。

李陵头一次撞上了拦在自己和故友之间最根本的隔阂，不由得陷入了对自己阴暗的怀疑中。

从苏武那里南归后，正好赶上汉朝派来了使者。这次是为了报告武帝驾崩和昭帝即位的消息，并顺便缔结友好关系——通常持续不到一年——的和平使节。来的不料竟是李陵的旧友陇西任立政等三人。

这一年二月武帝驾崩，年仅八岁的太子弗陵继位，根据遗诏，侍中、奉车都尉霍光担任了大司马、大将军，辅佐朝政。霍光与李陵本是好友，此次当上左将军的上官桀也是李陵的故人。这两人商量着要将李陵召回，因此特意选派了李陵的故人作使者。

在单于面前履行了使者表面上的任务后，摆开了盛大的酒宴。平时每逢这种场合总是由卫律接待，这次因为来的是李陵的朋友，所以他也被拉到了酒宴上。任立政虽然看到了李陵，但在匈奴高官环坐之下，无法说出要陵归汉的事。他隔着座位屡次对李陵递眼色，并一再抚摸自己的刀环暗中示意。李陵看到了这些，也略有察觉对方的意思，但是却不知该如何应对。

正式宴会结束后，只留下李陵、卫律等人接着用牛酒和博戏款待汉使。这时任立政对李陵说道："如今汉朝降下大赦，万民共享太平仁政。新帝尚年幼，君之故旧霍子孟、上官少叔辅佐圣上治理天下。"任立政看出卫律已彻底成了胡人——事实也的确如此——因此在他面前没有明确劝说李陵，只略举霍光和上官桀的名字以动李陵之心。

李陵默不作答，注视了立政一会儿后，伸手抚摸了一下自己的头发。那里束发的椎结已经不是汉风的了。片刻后卫律离席更衣，立政这才用谙熟的语调叫了李陵的字，道："少卿啊，这么多年辛苦了。霍子孟与上官少叔向你问好呢。"李陵回问二人安否的语调极其冷淡。

立政紧接着又说："少卿啊，回来吧。富贵安足道？什么也不要说了，回来吧。"刚从苏武那里回来的李陵不是没有被友人恳切的话语打动，但是，不用想，那已经是不可能的事了。"回去不难。可还不是徒然受辱吗？如何？"话到一半，卫律已经归座了。两人都止住了口。

宴终人散时，任立政不动声色地走到李陵身旁，再次低声询问是否真的没有归意。李陵摇了摇头，答道："丈夫受辱不可再。"声音低微无力，那应该不只是为了怕卫律听见的缘故。

五年后，昭帝始元六年夏，原以为会就此默默无闻困死在北方的苏武意外得了回归汉朝的机会。汉天子在上林苑中猎得大雁、雁足上系有苏武锦书的有名故事，当然不过是为了驳斥谎称苏武已死的单于而编出来的计策。十九年前随苏武来到胡地的常惠某次见到了汉使，告知了苏武尚在的消息，并教会了用这个谎话救出苏武的办法。马上有使者飞抵北海，苏武被带到了单于廷前。

李陵的心被深深震动了。当然，无论能否回到汉朝，苏武的伟大都是不变的，同样李陵内心的鞭笞也是不变的；但是这一次，上天还是在看着的想法深刻打动了他。似乎什么都没看见的上天，事实上还是在看着的。这不禁令他肃然生畏。至今他也不以自己的过去为非，但是在这里有一个叫苏武的男儿，堂堂做到了令自己本来无可非议的过去都变成是一种耻辱的事，并且如今其行迹正得以彰显天下。这一事实比什么都震动了李陵。自己这种心乱如麻的女人似的情绪难道不是羡慕吗？李陵感到了极度的恐惧。

临别之际，李陵为旧友摆下宴席。想说的话堆积如山，但不外乎自己降胡时所抱的志向，以及志向实现之前故国的全族先已被戮，令自己欲归无由的过往而已。这些话如果说出来也就只是牢骚罢了。他终于对这些一字未提。只在宴酣时按捺不住地站起，且舞且唱道——

> 径万里兮度沙幕，
> 为君将兮奋匈奴。
> 路穷绝兮矢刃摧，
> 士众灭兮名已隤。
> 老母已死，虽欲报恩将安归！

一边唱，一边声音颤抖，泪流满面。他极力斥责自己不要作女儿态，可是毫无办法。

苏武时隔十九年回到了祖国。

司马迁一直在孜孜不倦地写着。

放弃了在这个世上的生之后的他只是作为书中人物才活着。他在现实生活中再没有张开过的嘴，唯有借着鲁仲连的舌端才喷出熊熊烈火。他时而化作伍子胥抉去自己双目，时而化作蔺相如痛斥秦王，时而化作太子丹含泪送别荆轲。在记叙楚大夫屈原的忧愤，长长地引用他投身汨罗时所作的《怀沙赋》时，司马迁无可遏制地感到那篇赋正像是自己的作品。

起稿后十四年，距腐刑之祸八年。京城兴起巫蛊之狱并发生戾太子的惨剧时，这部父子相传的大作按当初所构想的通史大体成书了。在增补删改和推敲中又经过数年。《史记》一百三十卷、五十二万六千五百字全部完成时，已经接近武帝驾崩的时候了。

写下列传第七十《太史公自序》的最后一笔，司马迁凭几惘然。从心底传来一声深深的叹息。眼睛虽然注视着庭前槐树的绿荫，但他什么都没有看到。空洞的耳朵似乎在捕捉从院子里某个角落传来的一只蝉的鸣声。按说应该感到欢乐，可他却首先感到了丧失了全部力气似的朦胧的寂寞与不安。

将完成的著作纳官，到父亲的墓前祭告，做这些事时他还勉强提着劲头，可等到这些都结束之后，他突然陷入了严重的虚脱状态。就好像附体的神灵离去之后的巫者一样，身体和内心一下子变得空空荡荡，刚过六十岁的他转眼间仿佛老了十年。武帝的驾崩也好，昭帝的即位也好，对于从前的太史令司马迁的躯壳似乎不再具有任何意义。

前面提到的任立政等人在胡地访过李陵，再回到京城时，司马迁已经不在人世了。

关于和苏武辞别后的李陵，没有留下任何准确的记载。除了元平元年死于胡地之外。

那时和他亲近的狐鹿姑单于早已去世，到了其子壶衍鞮单于的时代。不难想象，在围绕新单于即位发生的左贤王与右谷蠡王的内乱中，与大阏氏、卫律等人不和的李陵或许也身不由己地被卷了进去。

　　据《汉书·匈奴传》记载，李陵在胡地所生的儿子后来拥立乌籍都尉为单于，与呼韩邪单于对抗而遭失败。那是宣帝五凤二年的事，在李陵死后十八年。记载中只说是李陵的儿子，没有留下名字。

光 · 风 · 梦

一

一八八四年五月某个深夜，三十五岁的罗伯特·路易斯·史蒂文森在法国南部城市耶尔的客店里，突然被一阵剧烈的咳血袭击了。面对急忙赶到的妻子，他用铅笔在纸条上写道："没有什么可害怕的。如果这就是死，那么死太轻松了。"因为嘴里溢满了血，他无法开口说话。

从那以后，他不得不为了寻找疗养地而四处辗转了。在英国南部的疗养胜地伯恩茅斯住了三年后，他听从医生"不如试试科罗拉多"的建议，渡过了大西洋。但是美国并不令人满意，他开始尝试往南太平洋去。七十吨的纵帆船先后游历了马克萨斯、土阿莫土岛、塔希提、夏威夷、基尔巴托等岛屿，在历时一年半的巡航之后，于一八八九年底抵达了萨摩亚的阿皮亚港。

海上生活非常惬意，各个小岛的气候也无懈可击。被史蒂文森自嘲为"只剩下咳嗽和骨头"的身体总算暂时保住了小康。他产生了在这里住住看的念头，并在阿皮亚市郊外购进了大约四百英亩土地。当然，这时他并没有想到要在这里度过余生。事实上就在翌年二月，他把土地的开垦和建筑暂时委托他人，便出发去了悉尼，准备在那里等待便船回一趟英国。

但是不久以后，他不得不给在英国的一位友人写去了这样一封信[①]：

"……说老实话，我也许只能再回一次英国了。那一次就是我死的时候。只有在热带，我才能保持住一点健康。甚至在亚热带的这个地方（新喀里多尼亚），我都会立刻感冒。在悉尼我到底还是咳血了。回到深雾的英国，那是连想也不敢想的。……我悲伤吗？不能和在英国的七八个朋友以及在美国的一两个朋友见面，对我来说是痛苦的。但是除此之外，我甚至更喜欢萨摩亚一些。大海、岛屿、土人，还有岛上的生活和气候也许真的会使我幸福吧。我并不认为这样的流放是不幸的……"

这一年十一月，他终于恢复健康回到了萨摩亚。在他买下的土地上，土人木匠已经搭好了临时居住的小屋。本体建筑还得等待白人木匠来完成。在房子盖好之前，史蒂文森和他的妻子芳妮在临时小屋里起居，一边亲自监督着土人开垦土地。他们的土地位于阿皮亚市以南三英里处，瓦埃阿（Vaea）休眠火山的山腹地带，是一片包含五条溪流和三个瀑布，以及多个峡谷峭壁的海拔六百英尺到

---

① 从一八九〇年到一八九四年，史蒂文森给在英国的友人写了大量信件，详细描述了他在萨摩亚的生活情形。后来这些信件被辑录为《瓦伊利马的来信》（*Vailima Letters*）。与此同时，史蒂文森还为英国的报刊写了一系列报道，分别结集为《萨摩亚史脚注》（*A Footnote to History:Eight Years of Trouble in Samoa*）和《南洋来信》（*In the South Seas*）。这些文献，是中岛敦创作《光·风·梦》的主要取材来源。——译注

一千三百英尺的高地。土人称这里为瓦伊利马（Vailima），即"五条河流"的意思。

在这片拥有茂密的热带雨林，可以远眺浩瀚的南太平洋的土地上，用自己的力量打下每一块生活的基石，这让史蒂文森感到和小时候搭积木一样的纯粹的快乐。自己的生活由自己的双手最直接地支撑着——住在亲手打进了几根地基桩子的房子里，坐在自己拿着锯参与制作的椅子上，随时品尝着自己开垦的土地上长出来的蔬菜和果实——这种意识唤醒了小时候当第一次把亲手做好的小玩艺儿放在桌上左右端详时那种新鲜的自豪感。搭建这个小屋的柱子和木板也好，还有每天吃的食物也好，全都深知底细——木头是从自己的山上砍下来又在自己眼前刨好的，食物的出处也都一清二楚（这个橘子是从哪棵树上摘的，这个香蕉又是从哪片田里采的）。这些也给小时候曾经不是妈妈做的饭就不能放心享用的史蒂文森带来许多快乐而亲密的心情。

他如今正实践着鲁滨孙·克鲁索或者沃尔特·惠特曼的生活。"热爱太阳、大地和生物，蔑视财富，施舍乞者，认清白人文明是一大偏见，和缺少教育但充满力量的人们一同阔步前进，在明媚的清风和阳光中，感受剧烈劳动后流汗的皮肤下面血液循环的快感，抛开唯恐被人嘲笑的顾忌，只说真正想说的话，只做真正想做的事。"这是他新的生活。

二

一八九○年十二月 × 日

五点起床。黎明的天空是美丽的乳鸽色，随后渐渐变成明亮的金色。在遥远的北方，森林和街道的另一边，镜面般的海洋闪闪发光。但是环礁外依然波涛汹涌，白沫纷飞。竖起耳朵，可以清楚地听到波涛声好像大地呜咽一样传来。

六点前早餐。一个橘子和两个鸡蛋。一边吃早餐，一边心不在焉地望着阳台下面，发现正下方的玉米田里有两三棵玉米在不停地摇摆。正觉得奇怪时，一棵玉米忽然倒下了，随即一下子消失在茂密的叶丛中。我马上走下阳台跑到田里，看到两头小猪慌慌张张地逃走了。

对猪的恶作剧真是毫无办法。这里的猪和已经被文明去势的欧罗巴的猪完全不同，充满野性和活力，不但威猛，甚至可以说是美丽的。我以前一直以为猪不会游泳，可看来是错了，南太平洋的猪游得挺出色。我曾经亲眼看到一头成年的黑母猪游了五百码。它们很伶俐，掌握了在太阳地里把椰子的果实晒干后再打开的技巧。碰上凶猛的家伙，有时还会捕食小羊羔。芳妮最近好像每天为了监管野猪而忙得焦头烂额。

六点到九点工作。结束了前天开始的《南洋来信》的一章。随后出去割草。土著青年们分成四组在忙着农活和开路。到处是斧子的声音、烟草的味道。有亨利·西梅内的监督，劳动似乎进展得很顺利。亨利是萨瓦伊岛酋长的儿子，即使放在欧罗巴也是毫不逊色的好青年。

　　着手寻找树篱笆里咬咬草（或叫绊绊草）丛生的地方，予以清除。这种草是我们最大的敌人。它敏感得令人吃惊，有十分狡猾的触觉——如果是其他草在风中摇曳时碰到了，它完全无动于衷，但是只要有人轻轻碰上一下，它马上就会闭上叶子。这是种收紧后像黄鼠狼一样咬住不放的植物。就像牡蛎吸紧岩石似的，它把根顽固地盘绕在土里以及其他植物的根系上。处理完咬咬草之后，下一个目标是野生酸橙。手上被刺和有弹性的吸盘弄出来许多伤口。

　　十点半，阳台上响起螺号声。午餐是冷肉、木榠果、饼干和红葡萄酒。

　　饭后，想作首诗，怎么也作不好。吹了会儿银笛。一点时又来到外面，开拓通往瓦伊特林卡河岸的路。手拿斧头，独自走进密林。头顶上是重叠交错的巨树、巨树。树叶的缝隙间偶尔露出一点白色的，好像银斑一样闪烁的天空。地上到处倾倒的巨树挡住了去路。上攀、下垂、缠绕、结环的藤葛在泛滥。呈总状花序盛开的兰花。伸着有毒触手的凤尾草。巨大的白星海芋。多汁的幼树的枝梗用斧子一挥，便啪的一声好听地折断，但坚韧的老树枝却怎么也砍不折。

　　一片寂静。除了我挥动斧头的声音什么都听不到。这片豪华的绿色世界，是多么孤寂！白昼的巨大的沉默，是多么恐怖！

　　突然，远处传来一个沉闷的声音，紧接着听到短促、尖锐的笑声。我感到背后一阵凉意。前一个声音是从什么地方传过来的回声吗？而那笑声会是鸟叫吗？这里的鸟发出的叫声酷似人的声音。黄昏时的瓦埃阿山常充满如同孩子叫声的尖锐的鸟鸣声。但是刚才的声音和那些又不太一样。最后也没能搞清楚声音的真正主人是谁。

回家路上，脑海里浮现出一个作品的构思。是以这片密林为舞台的浪漫故事。这个构思（还有其中一个场景）好像子弹一样贯穿了我。能不能写好还不知道，但我决定把这个构思暂时放到大脑一角先暖一暖，就像母鸡孵蛋时那样。

五点钟晚餐。有牛肉炖菜、烤香蕉、盛在菠萝里的波尔多红葡萄酒。

饭后教亨利英语。或者不如说是和萨摩亚语的互教互学。亨利怎么能够日日忍受这忧郁黄昏中的功课，令我着实不可思议。（今天是英语，明天则是初等数学。）

即使在喜欢享受的波利尼西亚人当中，他们萨摩亚人也是最为天性快活的。萨摩亚人不喜欢自己强迫自己。他们喜欢的是音乐、舞蹈和漂亮衣服（萨摩亚人是南太平洋的时髦一族），沐浴、卡瓦酒，以及谈笑、演说和玛琅伽——年轻人成群结队地从一个村子到另一个村子连续几天到处游玩，被拜访的村庄都得用卡瓦酒和舞蹈热情款待。萨摩亚人天性中无穷无尽的快活还表现在，他们的语言里没有"借钱"或"借"这个词。最近他们用的这个词，是从塔希提学来的。萨摩亚人原先根本不做像"借"这么麻烦的事情，都是干脆"要"的，所以语言里也就没有"借"这样的词汇了。"要"——"讨"——"勒索"，这类词倒是应有尽有。根据要来的东西的种类，比如说鱼呀，塔罗芋头呀，乌龟呀，草席呀等来区分的话，"要"里面还能另外分出好几种说法。

此外还有一个颇有情趣的例子。当土著犯人们被迫穿着奇特的囚服从事道路施工的时候，他们的族人会身穿节日盛装、携带着酒菜前去游玩，结果在施工刚到一半的道路正中间大铺筵席，犯人和族人们一块儿又是喝又是唱地度过愉快的一整天。这是多么出洋相的快活劲儿！

可是，我们的亨利·西梅内青年和他的这些族人有点不一样。在他身上有一种追求组织化而不是随意性的倾向。作为波利尼西亚人是异数。跟他相比，厨师保罗虽然是白人，但在智慧上相差甚远。负责家畜的拉法埃内则又是典型的萨摩亚人了。

萨摩亚人原本就体格健壮，拉法埃内大概足有六英尺四英寸那么高吧。光是块头大，却一点骨气也没有，是个脑筋迟钝的哀求型人物。这么一个如同赫拉克勒斯或者阿喀琉斯一般的巨汉，用娇滴滴的口吻叫我"爸爸、爸爸"，真是让人应付不来。他非常害怕幽灵，晚上从来不敢一个人去香蕉地。（平时波利尼西亚人说"他是人"的时候，意思是"他不是幽灵，而是活生生的人"。）

两三天前，拉法埃内讲了个有趣的话题。说是他的一个朋友看见了死去的父亲的幽灵。傍晚，那个男人正伫立在死去大约二十多天的父亲的坟前，忽然发觉，不知什么时候一只雪白的仙鹤站在了珊瑚粉堆成的坟头上。"这一定就是父亲的幽灵了。"他一边想，一边凝神看时，仙鹤的数目逐渐多了起来，中间还夹有黑色的仙鹤。不一会儿，仙鹤慢慢地不见了，这次在坟上，蹲着的是一只白猫。接着，在白猫周围，灰猫、花猫、黑猫等各种毛色的猫犹如梦幻一样静悄悄地，连一点叫声也没有地聚集了过来。然后，它们也逐渐融进了周围的暮色里。那人坚信自己看见了变成仙鹤的父亲……

十二月××日

上午，借来三棱镜罗盘仪开始工作。这个仪器自从一八七一年以来就再没有碰过，而且连想也没有想起来过。不管怎样，先画了五个三角形。作为爱丁堡大学工科毕业生的自豪感油然而生。但是我曾经是一个多么懒惰的学生呀。我忽然想起了布拉奇教授和德特教授。

下午又是和植物们裸露的生命力作无言斗争。像这样挥舞着斧头和镰刀干上能挣六便士的活儿，我心里就会充满了自我满足。然而在家里即使趴在桌子上挣到二十英镑，我笨拙的良心仍然哀悼自己的懒惰和时间的空费。这到底是怎么一回事呢？

在劳动中忽然想到：我幸福吗？但是，幸福这东西不容易明白。它是存在于意识之前的。不过要说快乐的话，我现在就知道。各式各样的、许多的快乐（虽然也许每一种都算不得完整）。在这些快乐当中，我把"在热带雨林的寂静中独自一人挥舞斧头"的伐木工作放在一个很高的位置。的确，这项"如歌、如热情"的工作把我给迷住了。

现在的生活，不管给我其他任何环境我都不会愿意交换。虽然说老实话，我如今正因为某种强烈的厌恶，在不停地打着哆嗦。这也许是勉强投身于本质上不相称的环境，从而不得不体会的肉体上的厌恶感吧。刺激神经的粗暴的残酷，总是压迫着我的心。蠕动的东西、纠缠的东西所引起的作呕感。四周的空寂和神秘孕育出的迷信般的恐怖。我自身荒废的感觉。不停歇地杀戮的残酷。植物们的生命透过我的指尖传来，它们的挣扎如同哀求一样震动了我。我感到自己身上沾满鲜血。

芳妮的中耳炎似乎还在疼。

木匠的马踩碎了十四个鸡蛋。听说昨天晚上我们的马脱了缰绳，在附近（其实也离得很远）的农田里搞出来一个大洞。

身体的状态挺不错，但是体力劳动似乎有点过度了。夜里，躺在蚊帐下面的床上，感到后背好像牙痛似的发疼。在闭着的眼帘后面，最近每个晚上我都清清楚楚地看见充满无限生机的杂草丛中的每一根草。也就是说，在我筋疲力尽地躺到床上后，我还会长达几个小时在精神上重复白天的劳动。即使在梦里，我也撕扯着顽固的植物的藤蔓，被荨麻的荆棘所苦，被柠檬的尖刺捉弄，被蜜蜂像火燎一样蜇痛个不停。脚底下稀乎乎的黏土，怎么也拔不出的树根，可怕的炎热，忽然吹过的微风，附近森林中传来的鸟叫，谁在开玩笑地喊我名字的声音，笑声，打暗号的口哨声……基本上，白天的生活在梦里又得重新过一遍。

十二月××日

昨天夜里有三头小猪被偷了。

今天早上，巨汉拉法埃内出现在我们面前时结结巴巴的，所以关于这件事质问了他，并且在话里下了个套。完全是骗小孩子的伎俩。这些都是芳妮安排的，我并不太喜欢这些事。

芳妮首先让拉法埃内坐好，自己站在他面前稍远的地方，伸出双手用两个食指对准他的眼睛慢慢靠近。面对这来势汹汹的样子，拉法埃内马上露出一脸恐怖，等手指靠近时早就把眼睛闭上了。这时，张开左手的食指和大拇指顶住他双眼的眼帘，右手则绕到他背后，在他头上和后背轻轻一敲。拉法埃内还满心以为碰着自己双眼的是左右两手的食指呢。芳妮先收回右手恢复成原来的姿势，再让他张开眼。

拉法埃内露出一脸古怪的表情，连忙问刚才敲自己后脑勺的是什么。"那是跟着我的怪物，"芳妮说，"我刚才把我的怪物叫醒了。已经没事了，怪物会把偷猪的人给抓住的。"

三十分钟后，拉法埃内提心吊胆地又找到我们，确认刚才怪物的话是不是真的。

"当然是真的啦。偷猪的人今晚睡觉的时候，怪物也会跟去睡的。然后那个人就会得病。这是偷猪的代价嘛。"

相信幽灵的巨汉脸色更加不安了。我倒不认为他是犯人，但他知道犯人是谁则是肯定的。而且，说不定今晚他就会被邀请享用那些小猪的飨宴呢。但是对于拉法埃内，那将并不是一顿愉快的晚餐。

前些日子在森林里想到的那个故事，好像已经在大脑中发酵出来不少。题目就叫"乌鲁法努阿的高原森林"吧。乌鲁是森林。法努阿是土地。优美的萨摩亚语言。我准备用它作为作品中岛屿的名字。虽然还没有动笔，作品中的各种场面好像纸剧场的画面一样接二连三地浮现出来，让人目不暇接。也许会成为非常优美的叙事诗。但同时也有可能沦为甜腻腻的无聊透顶的肥皂剧。胸口好像孕育着电火花一样，正在执笔的《南洋来信》这类旅行记，有点不能安心写下去了。虽然在写随笔和诗（当然我的诗都是为休闲写的打油诗，不能算数）的时候，我从来不会被这种兴奋所困扰。

傍晚，巨树梢头和山背后出现了壮丽的晚霞。不久，当从低地和海那边升起一轮满月时，此地罕有的严寒开始了。每个人都睡不着觉，纷纷起床寻找被子。现在是几点呢？——外面犹如白昼一样明亮。月亮正挂在瓦埃阿山的山巅上。刚好在正西方向。小鸟们安静得让人吃惊。房子后面的森林也好像被严寒给冻疼了。

气温一定降到了六十度①以下。

三

新的一年，一八九一年正月到来的时候，从伯恩茅斯的老宅斯克里沃阿（Skerryvore）山庄那边，洛伊德带着收拾好的家具细软赶来了。洛伊德是芳妮的儿子，这时二十五岁。

十五年前史蒂文森在枫丹白露森林初次遇到芳妮时，她已经是一个二十岁女孩和一个九岁男孩的母亲了。女儿名叫伊莎贝尔，儿子叫洛伊德。芳妮当时在户籍上虽然还是美国人奥斯本的妻子，但是很早就离开丈夫远渡欧洲，一边做杂志记者，一边带着两个孩子独立生活。

在那次相遇的三年后，史蒂文森追随已经回到加利福尼亚的芳妮的踪迹，渡过了大西洋。和父亲几乎断绝父子关系，对朋友们恳

---

① 指华氏 60 度，相当于摄氏 15.6 度。

切的劝告（他们都为史蒂文森的身体担心）也置之不顾，他是在最差的健康状况以及不比其逊色的最差的经济状况中出发的。当总算抵达加州时，他已经到了濒死的边缘。但是，他好歹顽强地活了下来，等到第二年芳妮和前夫离婚后，两人结了婚。比史蒂文森年长十一岁的芳妮这一年四十二岁。前一年女儿伊莎贝尔成了斯特朗夫人，并且生下一个男孩，所以芳妮已经是一位祖母了。

就这样，饱尝世道辛酸的半老的美国女人和从小备受呵护、任性但充满天才的年轻的苏格兰人的婚姻生活开始了。但是丈夫的体弱多病和妻子的年龄，不久就使两人变成了与其说是夫妇，还不如说更像艺术家与其经纪人的关系。芳妮具有史蒂文森所欠缺的重视实际的才能，作为他的经纪人的确是优秀的。不过，有时也会因过于优秀让人感到遗憾。尤其是在她越过经纪人的本分想要进入批评家的领域的时候。

事实上，史蒂文森所有的稿件都必须经过芳妮审阅。把用三个通宵写出来的《贾基尔博士和海德先生》初稿丢进火炉的，是芳妮。扣下结婚前的恋爱诗坚决不让拿去出版的，也是她。在伯恩茅斯的时候，说是为了丈夫的身体，拦着所有老朋友不让进入病房的，还是她。这件事令史蒂文森的朋友们非常不快。

心直口快的W.E.亨雷[①]（把加里波第将军写成一位诗人的就是他）第一个表示愤慨，说了些"凭什么那个皮肤发黑、长着老鹰眼的美国女人非得多管闲事呢？因为那女人史蒂文森好像变了一个人"

---

① William Ernest Henley(1849—1903)：英国诗人，史蒂文森的好友。据传为《金银岛》中的独腿水手约翰·西尔弗的人物原型。

之类的话。虽然这位豪爽的红胡子诗人在自己作品里具备足够的冷静去观察友情如何因家庭和妻子而蒙受变化，可如今，就在眼前，看到最有魅力的朋友被一个女人夺走，他似乎无法忍受了。

就史蒂文森本人来说，对芳妮的才能也的确有几分误算的地方。他把凡是稍微聪明一点的女性谁都近乎本能地所具备的对男性心理的敏锐洞察，以及芳妮身上作为新闻记者的才能，过高地评价成了艺术批评能力。后来，他自己也觉察到这一失误，对妻子有时作出的令人无法心服的批评（以其激烈程度来讲，还不如说是干涉）不得不大伤脑筋了。"像钢铁一样认真，像刀刃一样刚强的妻子哟。"在某一首打油诗里，他已经向芳妮缴械了。

洛伊德在和继父一起生活的过程中，不知何时自己也学会了写点小说。这个青年和母亲一样，颇有几分评论员式的才能。儿子写出来的东西，父亲给添上几笔，然后再由母亲批评——一个奇妙的家庭诞生了。父子俩以前就合作过一部作品，这次在瓦伊利马开始共同生活以后，他们计划再合作一部名叫《退潮》的新作品。

到了四月份，房子终于建好了。在草坪和黑比斯卡斯的鲜花包围中的红色屋顶、暗绿色木造二层结构的房子，让土人大开眼界。史蒂古隆先生，或者斯特雷文先生（很少有土人能正确发出他的名字），或者茨西塔拉（土语中"讲故事的人"），是富翁，也是大酋长，这一点他们似乎已经确信无疑了。有关他豪华壮观（？）的宅邸的传说，不久就乘上独木舟，最远一直流传到了斐济、汤加等岛屿。

不久后，史蒂文森的老母亲从苏格兰来到这里一起住了下来。

与此同时，洛伊德的姐姐伊莎贝尔·斯特朗夫人也带着长子奥斯汀来瓦伊利马会合了。

史蒂文森的健康状态好得出奇，连伐木、骑马也不怎么感觉疲劳。写作时间每天都保证在五个小时左右。建筑费用一共花去三千英镑的他，即便心里厌烦也不得不伏案疾书。

四

一八九一年五月 × 日

在自己的领地内（还有周边地区）探险。瓦伊特林卡流域前两天已经去过了，今天开始探索瓦埃阿的上游。

在丛林中大体辨清方向后向东前进。好不容易才找到河边。这一段河床是干涸的。虽然把杰克（马）带来了，但是河床上长满低矮的树木，马儿无法通过，只好把它拴在丛林中的一棵树上。沿着干涸的河道向上走，峡谷越来越窄，地上有许多洞穴，可以不用弯腰就从倾倒的大树下面走过去。

河道向北拐了一个急转弯。传来流水的声音。不久，碰到了耸立的岩壁。水在岩壁表面像一面帘子似的清浅地流下，然后就潜入地下不见了。岩壁看起来无论如何登不上去，我攀着树爬上了侧面的河堤。青草散发出浓郁的草香味，闷热不已。含羞草的花。凤尾草的触角。脉搏激烈地抽打着全身。忽然间似乎有什么响声。我侧耳倾听，的确听到一个如同水车旋转的声音，并且是一架无比庞大的水车，就在脚边呜呜轰鸣；又或者是远处传来的巨雷那样的声音。

声音一共响了两三次。每次响起的时候，整个寂静的山谷都在摇晃。是地震了。

继续沿着水路前行。这边的水很多，虽凉入骨髓，但却清澈。夹竹桃、柠檬树、露兜树、橘子树。在这些树木搭起的圆屋顶下走了一会儿后，水又不见了。应该是钻到地底下熔岩洞穴的长廊里去了。我正走在那个长廊的上面。不管怎么走，好像我都无法从这口被树木掩埋的水井底钻出来似的。直到走了很长一段路，密林才逐渐变得稀疏，天空从树叶中间露了出来。

这时，我突然听到牛的叫声。我敢肯定那是我的牛，但它大概并不认识自己的主人，所以相当危险。我停下脚步，一边观察它的表情，一边巧妙地让了过去。又走了一小会儿，前面是累累叠叠的熔岩悬崖，浅澈美丽的瀑布从高处落下。下方水潭里，有许多一指长的小鱼的身影在轻快地游来游去。此外似乎还有小龙虾。腐朽倾坍后，一半浸泡在水中的巨树的洞穴。溪底一块岩石如同红宝石一样红得不可思议。

不久河床又变得干涸了，逐渐登上瓦埃阿山陡峭的一面。到靠近山顶的高地时，河床的痕迹已经几乎消失。彷徨片刻，在高地即将落入东侧的大峡谷的边缘，发现一棵壮观的巨树。是棵榕树。高度得有二百英尺吧。巨干和它数不清的仆人（气根）就像扛起地球的阿特拉斯一样，支撑着犹如怪鸟翅膀一般张开的无数巨枝，而在树枝组成的山岭上，凤尾草和兰花又各自生衍出另外一座茂密的森林。无数树枝交错成一个巨大无比的圆顶。它们重重叠叠地隆起，向西方明亮的天空（快要黄昏了）高高地伸出手臂，在东方数英里的山谷与田野之间留下蜿蜒舒展的巨大的影子！这是多么豪迈的景象啊。

时间不早了，我连忙踏上归途。回到拴马的地方一看，杰克陷入了半癫狂状态。可能是独自一个被扔在森林里这么半天，而感到害怕。土人们都说在瓦埃阿山有个名叫阿伊特·法菲内的女妖出没，杰克看到了她也说不定。好几次我都快被杰克踢到了，好不容易才把它哄得安静下来，带回了家。

五月×日

下午，伴着贝尔（伊莎贝尔）的钢琴声吹银笛。克拉克斯通牧师来访。提出想把《瓶中的妖怪》翻译成萨摩亚语，登在《欧·雷·萨尔·萨摩亚》（*O Le Sulu Samoa*）杂志上。我欣然同意。在自己的短篇作品里，作者本人最喜欢的还是老早以前写的这个寓言故事以及《任性的珍妮特》这些。因为是以南洋为舞台的故事，说不定土人们也会喜欢的。那样我就越发成为他们的茨西塔拉（讲故事的人）了。

夜里，就寝后传来雨声。远处海上有微弱的闪电。

五月××日

下山进城。几乎一整天忙着折腾换汇的事。银价的涨跌在这里很是大问题。

下午，停泊在港内的船只纷纷降下半旗。娶了土著女人为妻，被岛民们亲切地称作萨梅索尼的船长哈米尔顿去世了。

傍晚，去了美国领事馆那边。满月的美丽夜晚。转过马塔托的街角时，前面传来了赞美诗的合唱声。死者家的露台上有许多（土著）女人正在歌唱。成了未亡人的梅阿里（她还是萨摩亚人）坐在家里入口处的椅子上。和我早就认识的她把我叫进来坐在自己身边。我看到在屋里的桌子上，横躺着裹在床单里的故人的尸体。唱完赞美诗后，土人牧师站起来开始讲话。讲了很久。明亮的灯光从门和窗户流向外面。许多棕色皮肤的少女坐在我近旁。此时无比闷热。牧师的话讲完后，梅阿里把我领进屋内。已故船长两手叠放胸前，脸色十分平静，就好像随时会开口说话似的。我从来没有见过这么栩栩如生、美丽的蜡人像。

行完礼我走到外面。月色明亮，不知从哪里飘来橘子的香味儿。面对已经结束尘世的战斗，在这美丽的热带之夜，平静地安眠在少女们歌声中的故人，我感到一种甜蜜的羡慕。

五月××日

听说《南洋来信》让编辑和读者都感到不满。据说"南洋研究之资料搜集抑或科学观察，自有他氏为之。读者之期待于R.L.S.氏者，乃氏以其生花妙笔创作出南洋之猎奇性冒险诗"。没有搞错吧？我在写那份稿子的时候，脑子里的范本是十八世纪风格的纪行文，尽量抑制作者的主观和情绪，自始至终作贴近对象本身的观察——就是那样一种方法。难道说《金银岛》的作者永远只要写海盗和失落的宝藏就够了，没有资格来考察南洋的殖民状况、原住民的人口减少现象，或者传教的现状吗？令人受不了的是，连芳妮也和美利坚的编辑同一个论调，说什么"比起精确的观察，还不如写点儿华丽有趣的故事呢"。

事实上，这些日子以来，我逐渐讨厌起自己以前那种极尽色彩之能事的描写了。最近我的文体在追求下面两个目标：一、消灭无用的形容词。二、向视觉性描写宣战。无论《纽约太阳报》的编辑，还是芳妮或者洛伊德，似乎都还没有看清这一点。

《触礁船打捞工人》进展顺利。除了洛伊德，伊莎贝尔这位更细心的笔记员也加入进来，对我帮助很大。

向统领家畜的拉法埃内询问目前的数字。回答是奶牛三头，小牛犊公母各一头，马八匹（到这儿是我不问也知道的），猪三十多头，鸭子和鸡因为到处出没只能说是无数，此外，还有数量惊人的野猫在横行跋扈。野猫也算是家畜吗？

五月××日

听说城里来了环岛演出的马戏团，全家出动去看。在正晌午的苍穹下，伴着土人男女老少的喧哗，吹着微微发热的风，观赏曲艺。这里是我们唯一的剧场。我们的普洛斯彼罗是踩皮球的黑熊，米兰达一边在马背上翻舞，一边穿越火圈。

傍晚回家。不知为何心情低落。

六月×日

昨晚八点半左右，正和洛伊德待在房间里，米塔伊埃雷

（十一二岁的少年仆人）跑来说跟他一起住的帕塔利瑟（最近刚从室外劳动提拔进室内服务的十五六岁少年，瓦利斯岛人，英语完全不懂，萨摩亚语也只会说五个词）突然说起胡话来了，样子很吓人。别人说什么他都不听，只一个劲儿地说"现在就要去和森林里的家人见面"。

　　"那孩子的家是在森林里吗？"我问。"怎么会呢？"米塔伊埃雷回答。马上和洛伊德一起赶到他们卧室。帕塔利瑟看起来就像睡着了一样，但是嘴里说着胡话。有时发出好像受到惊吓的老鼠的声音。摸了摸他的身体，很凉。脉搏不算快。呼吸时肚子上下起伏很大。突然，他站了起来，垂着头，用一种像要往前栽倒的姿势，朝门口走去（但是动作并不快，好像发条松掉的机械玩具一样带着种奇妙的缓慢）。洛伊德和我把他抓住并按在床上，没一会儿他开始试图挣脱。这次势头很猛，不得已，我们合力把他（用床单和绳子）绑在了床上。动弹不得的帕塔利瑟在嘴里不停地嘟囔着什么，有时像发怒的小孩一样哭泣。他的话里，除了翻来覆去地出现"法阿莫雷莫雷（请）"之外，似乎还有"家里人在叫我"。这中间，阿利库少年、拉法埃内和萨瓦纳也来了。萨瓦纳和帕塔利瑟出生在同一个岛上，可以跟他自由交谈。我们把事情委托他们后回了房间。

　　忽然听到阿利库在喊我。急忙跑去一看，帕塔利瑟已经完全挣脱了捆绑，正在巨汉拉法埃内手里，作拼命挣扎。五个人一起动手想要控制他，然而疯子力量惊人。洛伊德和我两个人按住他一只脚，结果两人都被踢起来两英尺多高。直到凌晨一点左右，才总算制服他，把他的手腕和脚腕绑在了铁床腿上。这样很令人不舒服，但是没有别的办法。此后的发作似乎随着时间流逝变得越来越激烈。不折不扣，简直就是赖德·哈格德①的世界（说起哈格德，如今他的弟弟正作为土地管理委员住在阿皮亚城里）。

拉法埃内说了句"疯子的情况非常不好，我回家拿一些祖传的秘药来"，然后就出去了。不久，他拿来几片没见过的树叶，在嘴里嚼碎后贴在疯狂少年的眼睛上，往耳朵里滴了些树叶的汁（哈姆雷特的场面？），鼻孔里也塞上了。两点左右，疯子陷入了熟睡。似乎一直到早上都没有再发作。

今早我向拉法埃内询问缘由，他回答说："那是一种剧毒的药，用得巧了，可以轻轻松松杀死一家人。昨晚我还担心是不是用过头了。除了我，岛上还有一个知道这秘法的人。那是个女人，曾经为了坏目的使用过它。"

早上请来停泊在港口的军舰上的医生，给帕塔利瑟诊视，说是并无异状。少年不顾劝告，坚持说今天一定要工作，并且在早饭时来到众人面前，大概是表示为昨晚的行为谢罪吧，亲吻了家里每一个人。这个疯狂的亲吻把所有人都搞怕了。但是，土人们全都相信帕塔利瑟说的那些疯话。他们说帕塔利瑟家死去的那些亲人从森林来到卧室，要把少年带到幽冥界。还说前些日子死掉的帕塔利瑟的哥哥当天下午在丛林里和少年见了面，并敲打了他的额头。此外还传说，我们昨晚和死者的幽灵们持续战斗了一整个晚上，最后死者的幽灵终于被打败，不得不逃回了黑暗的夜（那里是他们的栖身之处）。

①　Sir Henry Rider Haggard（1856—1925）：英国冒险小说家、农业专家，著有《所罗门王的宝藏》等。

六月 × 日

从科尔文①那里寄来了相片。（素来和感伤的眼泪无缘的）芳妮不由得掉下了眼泪。

啊，朋友！现在的我，是多么欠缺这个！就是（在各种意义上）能够平等交谈的朋友。拥有共同过去的朋友。在对话中不需要头注和脚注的朋友。即使我言语粗鲁，在心里仍然不得不尊敬的朋友。在眼下这舒适的气候和充满活力的日子里，唯一不足的只有这个了。科尔文、巴克斯特②、W.E.亨雷、高斯③，还有稍后的亨利·詹姆斯④，回想我的青春实在是拥有太丰厚的友情。全都是些比我更出色的家伙。

和亨雷的交恶，是我如今回想起来最感到痛悔的一件事。从道理上讲，我一点也不认为自己有错。但是，道理什么的不值一提。当那个体格魁梧、胡髭蜷曲、红脸膛、一只脚的男人和苍白瘦削的我一起旅行在秋天的苏格兰时，想想那份年轻健康的快乐吧。那个人的笑声——"不光是脸和横膈膜的笑，而是从头到脚的全身的笑"，我现在似乎就能听得到。不可思议的人。和他说话，你会觉得世上没有不可能这件事。在谈话的过程中，不知什么时候我自己也成了富豪、天才、国王、手拿神灯的阿拉丁……

过去那些亲切的脸庞一个接一个在眼前浮现出来，让人无可奈

---

① Sidney Colvin（1845—1927）：英国文艺美术评论家，《史蒂文森全集》的主编。
② Charles Baxter：律师，史蒂文森的同窗好友。
③ Sir Edmund William Gosse（1849—1928）：英国文艺评论家、随笔家。
④ Henry James（1843—1916）：英国小说家、评论家。代表作有《一位女士的画像》、《鸽翼》等。

何。为了摆脱无用的感伤，连忙逃进工作中。这些日子一直在写的萨摩亚纷争史，或者说，在萨摩亚的白人暴行史。

但是，自从离开英国和苏格兰，已经四个年头了。

五

在萨摩亚，自古以来地方自治的传统颇为牢固。这里名义上虽然是王国，但王几乎不拥有政治实权。现实政治全都交由各地的否垴（会议）决定。王并非世袭，甚至也并非常设。古来在这片岛屿上，赋予首领以相当于王者资格的荣誉称号共有五个。各地大酋长中（凭借人望或功绩）拥有这五个称号的全部，或者半数以上者，才能被推举为王。但是能将五个称号集于一身的情况极为罕见，通常是除了王之外，还有其他人拥有一或两个称号。正因为此，王的宝座不断受到其他持有王位请求权的人的威胁。可以说，这种状况在其内部必然性地埋下了内乱纷争的种子。

——J·B·斯特阿《萨摩亚地方志》

一八八一年，在五个称号中拥有"马里埃特阿"、"纳特埃特雷"、"塔玛索阿里"这三个的大酋长拉乌佩帕经推举登上了王位。拥有"茨伊阿纳"称号的塔马塞塞和另一个"茨伊阿特阿"称号的持有者玛塔法被决定轮流担任副王。首先作了副王的是塔马塞塞。

正是在同一时期，白人干涉内政愈演愈烈。以前是否垴（会议）

以及在里面掌权的茨拉法雷（大地主）们操纵国王，如今住在阿皮亚城里的一小撮白人取代了他们。在阿皮亚，英、美、德三个国家各自设有领事。但是最有权力的还不是这些领事，而是德国人经营下的南海拓殖商会。

在岛上的白人贸易商中间，这个商会正如小人国里的格利佛一样。商会的总经理以前曾兼任过德国领事，之后也曾经因为和新来的领事（一位年轻的人道主义者，反对商会对土人劳工的虐待）发生冲突，结果逼得对方辞了职。位于阿皮亚西郊姆黎努海角附近的广袤土地是德国商会的农场，在那里栽培着咖啡、可可、菠萝等作物。近千名劳工大多是从比萨摩亚更原始的群岛，或者遥远的非洲，作为奴隶被贩运来的。

强迫性的残酷劳动和白人监工的鞭打，使这些黑人和棕色人的哭号声日夜不绝于耳。逃跑的人层出不穷，但大多数被抓回来，甚至被杀死了。同时，在这个早就遗忘了吃人习俗的岛上，开始流传一些奇怪的谣言，说是远方来的黑皮肤的人会吃岛民的孩子。萨摩亚人的皮肤是浅黑色乃至棕色的，非洲黑人在他们眼里也许是令人恐怖的。

岛民对商会的反感逐渐高涨。修整得十分美丽的商会农场，在土人眼里就像是公园一样，不能自由进入那里对喜爱游玩的他们来说是一种毫无道理的侮辱。至于说辛辛苦苦种出来那么多菠萝自己却不能吃，而是被船运走到其他什么地方，这对大部分土人来说更是无法理解的荒谬。

趁夜里潜入农场毁坏田地的行为成了一种流行的事。这被看成是侠盗罗宾汉式的义举，博得了岛民的广泛喝彩。当然，商会方面不会善罢甘休。当抓住犯人后，他们不但马上将其投进商会私设的监狱，并且反过来利用这件事，和德国领事联手威逼拉乌佩帕国王，索取赔偿不说，还强迫国王签署了一项相当无理的（对白人，尤其是对德国人有利的）税法。

以国王为首，岛民们感到再也不能忍受这样的压迫了。他们试图依靠英国。令人啼笑皆非的是，国王、副王和几位大酋长经过商议，竟然决定提出一个"希望将萨摩亚的支配权委托英国"的照会。但是，这个用饿狼取代猛虎的决定，立刻传进了德国人耳朵里。被激怒的德国商会和德国领事立即把拉乌佩帕国王驱逐出了姆黎努的王宫，准备另立一直担任副王的塔马塞塞为国王。另外一种说法则认为是塔马塞塞和德国人互相勾结，背叛了国王。英美两国都出面反对德国的政策。争端持续了一段时间。

最后，德国（按照俾斯麦之流的做法）将五艘军舰派遣到阿皮亚，在武力威慑下强行发动了政变。塔马塞塞成了新国王，拉乌佩帕则逃进南方山林深处。岛民们虽然对新国王不满，但在德国军舰的炮火面前，各地的暴动不得不沉默了下来。

为摆脱德国军队的追捕，前国王拉乌佩帕从一片森林潜藏到另一片森林。一天夜里，从一个心腹酋长那里派出使者，带来了这样的口信："如果明天上午殿下没有在德国军营露面的话，将会有更大的灾难降临到这个岛上。"虽然意志软弱，但拉乌佩帕还没有失去不愧为此岛贵族的气节，他当即决定牺牲自己。

当晚，他潜入阿皮亚城，和另一位副王候补玛塔法秘密见面，并托付了后事。玛塔法已经听说了德国人的条件。据说拉乌佩帕将只是非常暂时的，交由德国军舰被带到某个地方。并且，德国舰长还作出保证，在舰上一定会尽量厚待这位前任国王。但是拉乌佩帕并不相信，他已经感到自己将再不会踏上萨摩亚的土地了。他写下一封给全体萨摩亚人的诀别信，交给玛塔法。两人在眼泪中告别后，拉乌佩帕去了德国领事馆。当天下午，他被带上德国军舰俾斯麦号，不知消失到了什么地方。身后只留下那封悲凉的诀别信。

"……出于对我们的岛屿，以及对我们全体萨摩亚人的爱，我决定把自己交给德国政府。他们将可以随心所欲地处置我了。我不希望因为我令萨摩亚尊贵的鲜血再度流淌。但是我究竟犯了什么罪，使他们这些白皮肤的人（对我，对我的国土）这样愤怒，事到如今我还是不明白……"信的最后，他伤感地呼唤着萨摩亚各个地方的名字。"马诺诺啊，永别了，图图伊拉啊。阿阿纳啊。萨法拉伊啊……"岛民们读到这里全都哭了。

这是史蒂文森定居这个岛三年前发生的事情。

岛民对新王塔马塞塞的反感极其强烈。众望集中在玛塔法身上。起义接连不断，玛塔法自己在不知不觉当中，以自然拥戴的形式成了叛军领袖。拥立新王的德国和与之对抗的英美（他们对玛塔法并无好感，但出于对抗德国，所以处处跟新国王为难）之间的冲突也逐渐激化。

一八八八年秋天，玛塔法公然召集队伍，在山地的丛林地带竖起了反旗。德国军舰沿着海岸来回航行，炮轰叛军的部落。英美对此提出抗议，三国关系到了相当危险的边缘。玛塔法在屡次战胜国王的军队后，终于把国王从姆黎努赶走，并围困在了阿皮亚东边的拉乌利伊一带。德国军舰的陆战队为救援塔马塞塞国王登陆作战，结果在方格利峡谷被玛塔法的军队大败。许多德国兵都战死了。岛民们与其说是高兴，还不如说大吃了一惊。迄今为止被看作半神的白人被他们的棕色英雄给打败了。塔马塞塞逃往海上，德国支持下的政府全面崩溃了。

愤怒的德国领事决定利用军舰对全岛采取高压手段。英美两国，特别是美国从正面表示反对。各国纷纷派遣军舰赶往阿皮亚港，局势变得极其紧张。一八八九年三月的阿皮亚湾里，两艘美舰、一艘英舰和三艘德舰成掎角之势；城市背后的森林里，玛塔法率领叛军虎视眈眈地窥伺着时机。

就在这一触即发的时候，老天爷施展天才剧作家的手腕，给人们带来了一个震惊。空前的历史性灾难、一八八九年的大飓风席卷而来了。超乎想象的暴风雨持续了整整一天一夜，前一天傍晚还停泊在港里的六艘军舰中，最后只剩下一艘遍体鳞伤地勉强趴在水面上。敌方和己方的区分消失了，白人和土人都为了救援工作忙成一团。埋伏在城市背后森林里的叛军也来到城市和海岸，加入了收容尸体和看护伤员的工作。德国人没有追捕他们。这次惨祸为相互仇视的感情带来了意外的融合。

这一年，在遥远的柏林，有关萨摩亚的三国协定成立了。其结果，形成了萨摩亚依然拥有名义上的国王，但由英、美、德三国人组成政务委员会对之辅佐的形式。协议还规定，位于委员会之上的政务长官以及控制整个萨摩亚司法权的大法官（裁判所长）这两名最高官员必须由欧洲派遣，并且，从今往后，在国王的人选问题上政务委员会的判断将是绝对必要的。

同年（一八八九年）年底，自从两年前消失在德国军舰上之后再没有过音讯的前国王拉乌佩帕，突然形容憔悴地回来了。从萨摩亚到澳洲，从澳洲到德国在西非的殖民地，从西非到德国本土，又从德国到密克罗内西阿，监禁护送下的他如同陀螺一样辗转了漫长的旅途。但是这次归来，他将作为一个傀儡国王被再次扶上王位。

如果有必要选一个国王出来的话，无论按照次序，还是按照人品或声望，当然应该是玛塔法当选。可是，在他的剑上流着方格利峡谷那些德国水兵的鲜血。德国人全都坚决反对选玛塔法。而玛塔法自己也并不着急，一方面是乐观地认为迟早会轮到自己，另外也是出于对两年前挥泪作别、现在憔悴而归的老前辈的同情。在拉乌佩帕这边，最初则是打算把王位让给头号实力人物玛塔法的。本来就意志薄弱的他，在长达两年的流放中一直与恐怖和不安作伴，如今已经彻底失去了霸气。

但是，两个人之间的这种友情，硬是被白人的策动和岛民们热烈的派别意识给扭曲了。政务委员会不由分说硬是将拉乌佩帕推上王位后还不到一个月，（让这时交情尚好的两个人大吃一惊的是）外面就传出了国王和玛塔法不和的流言。两个人都感到了别扭，并且，事实上经过一个奇妙的、令人辛酸的过程后，两人之间的关系果真变得别扭了起来。

从刚开始来到这个岛，史蒂文森就对这里的白人对待土人的方式深感气愤。对萨摩亚来说不幸的是，他们这些白人——从政务长官到环游各岛的商人——全都只是为了赚钱才来的。在这一点上，没有英、美、德的区别。他们中间没有一个人（除了少数几个牧师），是因为热爱这个岛、热爱岛上的人们而留下的。

史蒂文森起初觉得震惊，接着就感到了愤怒。从殖民地的常识来看，也许为这种事震惊的人才更叫人奇怪，但史蒂文森郑重地向遥远的伦敦《泰晤士报》寄去了文章，诉说岛上的现状——白人的横暴、傲慢、无耻，土人的悲惨，等等。但是，这封公开信结果只得到了嘲笑，被讽刺为"著名小说家令人吃惊的政治上的无知"。一向蔑视"唐宁街那些俗人"的史蒂文森（当听说大宰相格莱斯顿为寻找初版《金银岛》遍访旧书店时，说老实话，他不但没有觉得虚荣心得到满足，反而感到了一种无聊透顶的不快）不熟悉政治现实也许是事实，但是，"殖民政策也请先从热爱当地人做起"这种想法有什么错误，他无论如何也想不出。他对这个岛上白人的生活及政策的指责，逐渐在阿皮亚的白人（包括英国人在内）和他自己之间筑起了一道壕沟。

史蒂文森非常迷恋故乡苏格兰的高地人的氏族制度。萨摩亚的族长制度与之有着相近之处。第一次见到玛塔法时，在那堂堂的身躯和威严的风貌中，他看到了属于真正的族长的魅力。

玛塔法住在阿皮亚以西七英里的马里艾。虽然在名义上不是国王，但是比起公认的国王拉乌佩帕，他拥有更多的人望、更多的部下以及更多的王者风范。他对白人委员会拥立的现政府从来没有采取过反抗态度。在连白人官吏自己都滞纳税金的时候，只有他还在严格纳税。当有部下犯罪时，他也总是顺从地听候裁判所长的传唤。可尽管这样，不知从什么时候起，他被看成了现政府的一大敌人，被害怕、被忌惮，乃至被厌恶了。甚至有人向政府密告，说他在秘密收集弹药。事实上，岛民们要求改选国王的声音的确惊动了政府。但是玛塔法自己至今为止，还一次也没有提出过类似要求。

他是虔诚的基督徒，独身，年近六十。二十年来，发誓"像主活在这世间时一样"生活（说的是关于妇人的事情），并且说到做到。每天晚上，把来自岛上各个地方的讲故事高手召集在灯下，团团围坐，听这些人讲述古老的传说和古歌谣，就是他唯一的享受。

六

一八九一年九月×日

近来岛上流传着各种奇怪的谣言。"瓦伊辛格诺的河水被染红了。""在阿皮亚湾捕获的怪鱼肚子里写着不吉利的话。""没有头的蜥蜴在酋长会议的墙壁上乱跑。""一到晚上，阿婆利玛水道上空的云彩里就传出可怕的叫声，是乌波卢岛的众神和萨瓦伊岛的众神在作战。"……土人们全都认真地把这些看成即将来临的战争的前兆。他们期待着玛塔法什么时候会站出来，打倒拉乌佩帕和白人的政府。

不是没有可能。现在的政府实在太糟糕了。全是些一边贪图着（至少在波利尼西亚是）巨额薪水，一边什么都不做——真的是什么都不做、只知游手好闲的官僚们。裁判所长切达尔克兰茨作为个人并不讨厌，但作为官僚却彻底无能。至于政务长官冯·匹尔扎哈，则几乎在每件事上都要伤害岛民的感情。只知道征税，从没有修过一条路。上任后，授予土人官职的事连一次也没有过。无论对阿皮亚，对国王，还是对这个岛，完全一毛不拔。他们忘记了自己是在萨摩亚，忘记了还有萨摩亚人这个人种，这个人种同样有着眼睛、耳朵和少许智慧。政务长官所做的唯一一件事，就是提案为自己修建富丽堂皇的官邸，并且已经在动工。而拉乌佩帕国王的王宫，正好在其官邸的正对面，那是个即使在岛上也属中流以下的、破旧寒酸的房子（茅棚？）。

让我们看看上个月政府人事费用的清单吧：

裁判所长的薪俸……………………500美元

政务长官的薪俸……………………415美元

警察署长（瑞典人）的薪俸………140美元

裁判所长秘书官的薪俸……………100美元

萨摩亚国王拉乌佩帕的薪俸………95美元

窥一斑知全豹，这就是新政府管理下的萨摩亚。

据说作为对殖民政策一窍不通的一介文士，却硬要说三道四，给愚昧的土人提供廉价同情的R.L.S.氏，看上去宛然是又一个堂吉诃德。这，是住在阿皮亚的一个英国人的原话。首先，对于得以和那位奇特义士的博大爱人之心相提并论的光荣，我要表示感谢。事实上我的确不懂政治，并且，我把这种无知看成一种荣誉。在殖民地，或者半殖民地，究竟什么是所谓常识，我并不知道。就算知道，因为我是一个作家，只要没有打心底赞成，我就不能把那种常识当作自己行动的标准。

只有真正地、直接地沁入内心有所感的东西，才能促使我（或艺术家）采取行动。如果要问对于现在的我，那个"直接有所感的东西"是什么，那就是"我已经不再是用一个游客好奇的视线，而是用一个居民的依恋，开始在爱着这个岛和岛上的人们了"。

不管怎样，必须设法阻止眼下山雨欲来的内乱，以及足以诱发内乱的白人的压迫。但是，在这些事上我是多么无能为力！我甚至连选举权都没有。拜访阿皮亚的要人们试着谈论这些事，但他们看起来并不像是在认真对待我。之所以忍耐着听我说话，事实上不过是冲着我作为作家的名声罢了。我刚转身离开，他们肯定就在我身后扮出了各种鬼脸。

无能为力的感觉在咬噬着我。眼看着这些愚蠢、不公、贪婪一天天变本加厉，而自己却无可奈何！

九月××日

在马诺诺那边又出事了。简直再也找不到这么容易骚动的岛了。虽然只是个小岛，但整个萨摩亚纷争的七成都是从那里发生的。在马诺诺，属于玛塔法一派的年轻人放火袭击了拉乌佩帕一派岛民的家。岛上陷入了大混乱。

裁判所长这时正利用公费在斐济作豪华旅游，政务长官匹尔扎哈亲自赶到马诺诺，单枪匹马上岸（看来此人倒还只剩下点勇气令人佩服）劝说暴徒，并命令犯人们主动到阿皮亚自首。犯人们像男子汉一样说到做到，果真到阿皮亚来了。他们受到监禁六个月的宣判，并被立刻送往监狱。其他那些剽悍的马诺诺人，在犯人们穿过大街被送往监狱的路上，大声招呼说："一定会救你们出来！"走在三十名荷枪实弹的士兵包围中的犯人们回答："用不着那样。不要紧。"

按说事情到这里已经结束了，但是人们普遍相信，就在最近几天里一定会有人劫狱。监狱方面采取了严厉的警戒。也许是终于熬不过日以继夜的恐怖了吧，守卫长（年轻的瑞典人）竟然想到一个野蛮至极的法子，提出把炸药装到牢房地下，如果遭到袭击，就把劫狱的暴徒和犯人一起炸掉。他把这个建议向政务长官提出后得到了同意。随后，他找到停泊在港口的美国军舰借炸药，但遭到拒绝，最后从打捞沉船的工程队（两年前因飓风沉没在海湾里的两艘军舰被美国赠送给了萨摩亚政府，工程队就是为这项打捞作业而来的）那里把炸药搞到了手。

这件事泄漏到了外界，最近两三个礼拜流言四起。眼看有可能发生更大骚动，害怕起来的政府前几天突然把犯人装上帆船，转移到特克拉乌斯岛去了。把老老实实服刑的人给炸死当然是荒谬绝伦，而把监禁擅自改成流放也真够岂有此理的。这种卑劣、胆怯和无耻，就是所谓文明在君临野蛮时的典型面目。如果让土人以为白人都赞成这么做，可就糟糕了。

关于这件事的质询书，当时就寄给了政务长官，但是至今没有答复。

十月 × 日

政务长官的回信总算来了。孩子般的傲慢，狡猾的搪塞。不得要领。马上寄去再质询书。这种纠纷我是最讨厌的，可是我无法沉默地看着土人被炸药送上天。

岛民还算平静。这种状态能维持多久，我不知道。白人的不受欢迎随着时间在加深。连我们那位温和的亨利·西梅内今天也说："海边（阿皮亚）的白人真讨厌，故意趾高气扬的。"听说有一个要威风的白人醉汉对亨利挥舞着山刀，恐吓说："把你小子的头砍下来。"这就是文明人干的事吗？萨摩亚人总的来说很有礼、（即使有时不够高雅但）温和，（不算盗窃的习惯）他们具有自己的荣誉观，并且，至少比炸药长官要更开化些。

在《斯克里布纳杂志》上（*Scribner's Magazine*）连载的《触礁船打捞工人》第二十三章完稿。

十一月××日

东奔西走，完全成了政治人物。是喜剧吗？秘密集会、密信、暗夜急行。夜里穿过这个岛的森林时，银白色的磷光星星点点铺满地面，十分美丽。听说那是一种菌类发的光。

给政务长官的质询书上，有一个人拒绝签名。跑到他家里去说服，成功。我的神经竟也变得如此迟钝、顽强了！

昨天拜访了拉乌佩帕国王。低矮、凄凉的房子。即使在乡下的寒村，像这样的房子也有的是。就在对面，即将竣工的政务长官的官邸高高耸立。国王每天不得不仰望着这座建筑生活。他出于对白人官吏的顾虑，似乎不太愿意和我们见面。贫瘠的交谈。但是，这位老人的萨摩亚语的发音——尤其是重元音的发音非常优美。非常。

十一月××日

《触礁船打捞工人》终于竣稿。《萨摩亚史脚注》还在继续。书写现代史的困难。尤其是，当出场人物都是自己的相识时，困难倍增。

前两天对拉乌佩帕国王的访问，果然引起了大骚动。贴出了新布告，任何人没有领事的许可以及政府认可的翻译在场，不得会见国王。神圣的傀儡。

政务长官提出会谈的要求，大概是试图怀柔。但我拒绝了。

这样一来，我似乎公然成了德意志帝国的敌人。总是来家里玩的德国士官们捎来口信，说是因为出海不能过来拜访了。

有趣的是，政府在城里的白人中间也不受欢迎。盲目刺激岛民的感情，结果只会置白人的生命财产于危险当中。白人比土人还要拒绝缴税。

流行感冒猖獗。城里的舞场也关门了。听说在瓦伊内内农场一次死了七十个劳工。

十二月××日

前天上午，可可种子一千五百颗，下午接着七百颗，送到。从前天中午一直到昨天晚上，全家总动员，忙着播种。每个人都成了泥人，阳台成了爱尔兰的泥煤田。可可的种子先要种到用可可树叶编成的筐子里。十个土人在后面森林的小屋里编筐，四个少年挖土装箱后运到阳台，洛伊德、贝尔（伊莎贝尔）与我筛掉石子和黏土块后把土装进筐里，奥斯汀少年和女仆法阿乌玛把筐搬到芳妮那里，芳妮在每个筐子里埋进一颗种子并把它们在阳台上摆好。每个人都累成了一团软棉花。

直到今早疲劳也没有消失。但邮船的日子快到了，赶写出《萨摩亚史脚注》第五章。这不是艺术品。是应该尽快写出来，尽快被阅读的东西。不然没有意义。

流传着政务长官要辞职的消息。未必可靠。大概是与领事之间的冲突生出了这样的流言吧。

一八九二年一月×日

雨。暴风的味道。关门点上灯。感冒总是不好，风湿又开始了。想起一位老人的话："在所有主义中最坏的是，风湿主义。"

作为休息，最近开始写从曾祖父时候起的史蒂文森家的历史。非常愉快。想起曾祖父、祖父和他的三个儿子（包括我的父亲）一代接一代，默默无言地在浓雾的北爱尔兰海坚持修建灯塔的高贵身影，即使现在我也充满了自豪。题目叫什么呢？"史蒂文森家的人们"、"苏格兰人的家"、"工程师的一家"、"北方灯塔"、"家族史"、"灯塔技师之家"？

祖父克服无法想象的困难，在贝尔·罗克暗礁海角修建起一座灯塔时的详细记录一直保留到了今天。在读这份记录的时候，我似乎感到自己（或者是还未出生的自己）真的体验过当时的情景。我并不是平时想象的我；在距今八十五年前，我曾经一边忍受着北海的风浪和海雾，一边和那个只有在退潮时才显露身影的魔鬼海角搏斗过。狂风怒号。海水刺骨。舢板的摇摆。海鸟的尖叫。所有这些我都能真真切切地感觉到。突然，胸口好像被灼烧了一下。峥嵘的苏格兰的山脉，石楠树的绿荫。湖水。朝夕听惯的爱丁堡城的喇叭声。彭特兰的山岗、巴拉黑特、卡库沃尔、拉斯海角，呜呼！

我如今所在的地方是南纬13度，西经171度。和苏格兰正好在地球的另一边。

七

在摆弄《灯塔技师之家》材料的过程中，史蒂文森不知不觉地回想起一万英里之外的爱丁堡那座美丽的城市。从晨夕的薄雾中浮现出来的山丘，山丘上巍然耸立的古老城郭，一直通向圣嘉伊尔斯教堂的崎岖的西尔维特，全都活生生地在眼前浮现了出来。

从小气管就十分虚弱的少年史蒂文森，每个冬天的早晨总是被剧烈发作的咳嗽折磨得无法入睡。不得不起床，在保姆卡米的搀扶下，裹着毛毯坐到窗口的椅子上。卡米也和少年并肩而坐，直到咳嗽平息下来，两人都不开口，一直注视着窗外。透过窗户看到的黑利欧特大街还是一片夜色，各处的街灯散发着朦胧的光线。不久，听到汽车开过的声音，前往市场的运菜车的马儿喷着白气从窗前走过。……这是留在史蒂文森记忆里的这个城市最初的印象。

爱丁堡的史蒂文森家作为灯塔技师代代闻名。小说家的曾祖父托马斯·史密斯·史蒂文森是北英灯塔局的第一任技师长，他的儿子罗伯特继承了这一职务，并修建了著名的贝尔·罗克灯塔。罗伯特的三个儿子，阿兰、蒂维多、托马斯，也一个接一个地继承了这个职位。

小说家的父亲托马斯作为回转灯和总光反射镜的集大成者，是当时灯塔光学界的泰斗。他与兄弟们齐心协力，从斯克里沃阿、琪坤斯起，建造了多个灯塔，修缮了许多港湾。他是才华横溢的实干式科学家、大英帝国忠实的技术官员、虔诚的苏格兰教会信徒，被称为基督教之西塞罗的拉克坦提乌斯的忠实读者，此外他还是古董和向日葵的爱好者。根据儿子的描述，托马斯·史蒂文森对自身的价值经常抱有一种趋于否定的想法，他怀着凯尔特式的忧郁，不断想到死亡，并谛观无常。

高贵的古都，以及居住在里面的虔信宗教的人们（也包含他的家人），曾经令青年时期的罗伯特·路易斯·史蒂文森极为厌恶。作为长老派教会中心的这个都城，在他看来完全是伪善的城府。

十八世纪后期，这个城市出现过一个名叫蒂空·布罗蒂的男子。白天是木雕匠人兼市议会的议员，但是到了晚上就摇身一变，成为赌徒和残暴的强盗。直到很久之后，此人才现出原形，并被判处了死刑。二十岁的史蒂文森认为，这个人正是爱丁堡上流人士的象征。他不再去常去的教堂，而开始出没贫民区的酒吧。

对儿子要成为文学家的理想宣言勉强给予了认可的父亲（他最初是想把儿子也培养成工程师的），唯独对他的弃教无论如何都不能原谅。在父亲的绝望、母亲的眼泪、儿子的愤慨当中，父子间的冲突不断上演。看到儿子陷入破灭的深渊却毫不自知，在这一点上完全还是个孩子，可另一方面这个儿子又在逐渐变成大人，以致完全不肯接受父亲善意的劝告时，父亲绝望了。

这种绝望，在过于自省的他身上以一种奇特的形式表现了出来。经过几番争执后，他不再试图责备儿子，而开始一个劲儿责备自己。他独自长跪，流着泪祈祷，激烈地谴责自己由于自身不到之处致使儿子成了神的罪人，并且向神忏悔。在儿子那边，则无论如何不能理解，身为科学家的父亲为什么会演出这么愚昧的行为。

　　但是，每次和父亲争论之后，他总会不快地想道："为什么一到父亲面前，自己就变得只会发一些小孩子式的议论呢？"虽然在和朋友交谈的时候，自己明明能够潇洒地大发精彩（至少是成人式的）议论。这到底是怎么回事？

　　原始的教义问答、幼稚的反奇迹论，只能用最笨拙的哄小孩的事例来证明的无神论——从来不觉得自己的思想只是些如此幼稚的东西，可一旦和父亲针锋相对，结果千篇一律总是变成这些。不可能是因为父亲论法高明，所以赢了自己。事实上，要驳倒对教义没有做过细致思考的父亲是非常容易的。但问题是，在做这件非常容易的事情的过程中，不知什么时候，自己的态度变成了连自己都讨厌的孩子般的歇斯底里，并且连辩论的内容都变得既浅薄又可笑起来。难道说，是自己身上还残留着对父亲的撒娇（也就是说，自己还没有真正变成大人），它和"父亲仍然在拿自己当孩子看"互相起作用，才造成了这样的结果吗？又或者说，自己的思想原本只是廉价的、未成熟的外来之物，当和父亲朴素的信仰对峙时，它表面的装饰部分被一一剥去，现出了真正的原形吗？那时的史蒂文森，每次和父亲冲突之后，都不得不感到这些令人不快的疑问。

　　史蒂文森表明要和芳妮结婚的意愿之后，父子间的关系再度紧张起来。对托马斯·史蒂文森来说，比起芳妮是美国人、有孩子、年纪又大这些因素而言，问题的关键首先在于，不管事实如何，至少在户籍上她现在还是奥斯本夫人。但是我行我素的独生子活了三十岁头一次下决心自己养活自己——并且养活芳妮和她的孩子，毅然远离了英国。父子之间变得音讯不通。

一年后，当通过别人，听说在隔着几千英里海洋和陆地的远方，儿子一边和病魔搏斗，一边每天连不到五十便士的午餐都吃不饱时，托马斯·史蒂文森终于忍不住了，伸出了救援之手。芳妮从美国给未见过面的公公寄来自己的照片，并附笔说："照片拍得比本人漂亮很多，所以千万不要以此为准。"

史蒂文森带着妻子和继子回到了英国。出人意料的是，托马斯·史蒂文森对儿媳大为满意。以前，他虽然清楚地认识到儿子的才华，但是总感到在儿子身上，有一种从通俗的意义讲不能令人放心的地方。这种不安，即使儿子的年龄再怎么增加也是无法消除的。但是如今，由于有了芳妮（虽然一开始反对这场婚姻），他感觉儿子得到了一个务实而可靠的支柱。将美丽、脆弱、花一样的精神支撑起来的，充满生气的、强韧的支柱。

经过长期不和之后，一家人——同父母、妻子、洛伊德——一起在布雷伊玛（Braema）山庄过的一八八一年的夏天，直到现在史蒂文森还能快乐地回忆起来。那是在阿伯丁（Aberdeen）地区特有的东北风挟带着雨和冰雹每天呼啸不停的抑郁的八月。史蒂文森的身体如往常一样变得很糟。

一天，爱德蒙多·高斯前来做客。这位比史蒂文森年长一岁的博学温厚的青年与父亲老史蒂文森先生也很聊得来。每天早上，高斯吃罢早饭就来到二楼病房，等史蒂文森从床上起来后，两人下国际象棋。因为大夫警告说"病人在上午不能说话"，所以这是无声的棋局。下的过程中如果感觉疲劳了，史蒂文森会敲敲棋盘边发一个暗号。这时，高斯或者芳妮就会扶他躺下，并且把被褥巧妙地铺好，使他在想写的时候随时可以躺着写作。一直到吃晚饭的时间，史蒂文森独自躺在床上，休息一会儿接着写，写一会儿后再休息。他不停地写着一个被洛伊德少年画的某张地图激发灵感而想到的海盗冒险故事。

吃晚饭时，史蒂文森来到楼下，因为上午的禁令已经解除，这时变得非常饶舌。到了晚上，他把当天写好的部分读给大家听。外面风雨交加，烛台的光在窗缝吹进来的风中一闪一闪地摇摆。大家各自摆出随意的姿势，听得几乎入了迷。等到读完后，抢着提出自己的要求和批评。每晚兴致有增无减，连父亲都说出"派我来制作比尔·彭斯的箱子里的物品名单吧"这样的话。至于高斯，则又是一边黯然注视着眼前这无比幸福的一家，一边陷入了沉思："如此丰美俊才的被侵蚀的肉体究竟可以支撑多久呢？眼下看起来如此幸福的这位父亲，是否可以不用见到独子先自己而去的不幸呢？"

但是，托马斯·史蒂文森的确不用见到那个不幸了。在儿子最后一次离开英国的三个月前，他于爱丁堡溘然长逝。

八

一八九二年四月 × 日

拉乌佩帕国王带着护卫意外来访。在家里共进午餐。老人今天非常和蔼可亲，还问为什么不来看望自己。"因为和国王见面需要领事的许可。"我刚一说，国王马上说："那些没有关系。"并说还想在一起吃午饭，要我选定时间。约好这周四聚餐。

国王走后不久，来了个佩戴着巡查徽章的男人。但不是阿皮亚市的巡查。是所谓叛军方面（阿皮亚政府的官吏这样称呼玛塔法那边）的人。据他说是从马里艾一直走到这里的。他带来了玛塔法的信。我现在也可以读懂萨摩亚语了（虽然还不会说）。是对前几天我希望他保重的信的回信，说是很想见面，所以请我下周一去一趟马里艾。照着唯一的参考书：土著语《圣经》（看到这封"我诚告汝"式的信，对方会吓一跳吧），用结结巴巴的萨摩亚语写下同意的答复。在一周里，我将同时见到国王和国王的对头。如果斡旋有效就好了。

四月 × 日

身体状况不佳。

按照约定，到姆黎努那个破旧的王宫赴宴。和往常一样，正对面的政务长官邸刺眼得要命。今天拉乌佩帕国王的话很有意思。说的是五年前怀着悲壮的决意投身德国军营，被装上军舰带到未知的土地时的事。朴素的表达打动人心。

"……别人告诉我白天不行，只有晚上可以登上甲板。航行了很久以后，到了一个港口。上岸后，是片热得惊人的土地，有许多犯人在做工，每两个人的脚踝被铁索拴在一起。那里有像海滩的沙粒一样多的黑人。……然后又坐了很久的船，说是快到德国的时候，看到了不可思议的海岸。望不到边的雪白的断崖在阳光底下闪闪发光。三小时后，那片海岸消失在了空中，我更惊奇了。……在德国上岸后，在一种玻璃屋顶的巨大房子里走过，里面装着许多名叫火车的东西。然后，又坐上像房子一样有窗户有地板的马车，住进了有五百个房间的房子里。……离开德国后，又经过好多天航海，船慢慢地开进一片像河一样狭窄的海面。别人告诉我这就是《圣经》里提到的红海，我眺望着它，心里是欣喜的好奇。然后，夕阳的光芒在海面上红彤彤地流淌着让人睁不开眼睛的时候，我又被转移到了别的军舰上……"

用古老、美丽的萨摩亚语发音和悠长的语调讲述的这些话，非常有趣。

国王似乎害怕从我嘴里说出玛塔法的名字。喜欢说话的、善良的老人。不过，对自己目前的位置没有自知。邀我大后天一定再来看望他。和玛塔法的会面快到了，并且身体状况也不好，但还是答应了下来。以后翻译的事想拜托霍维特弥牧师。约好大后天在这位牧师家和国王碰头。

四月 × 日

清晨骑马进城，八点左右到霍维特弥牧师家。为了和国王约好的见面。但是一直等到十点，国王没有出现。来了位使者，说国王正在和政务长官谈事，无法脱身，到晚上七点左右可以过来。先回到家，傍晚又到霍维特弥牧师家里，等到八点，终于还是没有来。徒劳一场，甚感疲劳。连逃脱长官监视悄悄来会面这样的事，软弱的拉乌佩帕也做不出来。

五月 × 日

清晨五点半出发，与芳妮、贝尔同行。带上了厨师塔洛洛，作为翻译兼船工。七点船划进礁湖。心情尚低落。抵达马里艾时受到玛塔法的盛情欢迎，但他似乎把芳妮、贝尔都当成了我的妻子。塔洛洛作为翻译完全不可靠。玛塔法说了长长一段话，到了这位翻译手里，只翻出一句"我非常吃惊"。不管说什么，都咬定一句"我很吃惊"。在把我的话传达给对方时，情形似乎也是一样。谈话无法进展。

边喝卡瓦酒，边吃阿罗·鲁特料理。饭后，和玛塔法散步。在我可怜的萨摩亚语所允许的范围内作了交谈。门前院子里为女人们表演了舞蹈。

天黑后踏上返程。这里的礁湖非常浅，小艇的船底碰来碰去。淡月如钩。划到湖心的时候，后面赶上来几艘从萨瓦伊回来的捕鲸船。十二橹四十人座的大型船舶，每条船上都亮着灯，一边划，一边高声合唱。

时间太晚了，不再回家。住在阿皮亚的饭店。

五月××日

早上，在雨中骑马到阿皮亚。和今天的翻译萨雷·特拉碰头后，下午再度前往马里艾。这次走陆路。长达七英里的路上一直下着暴雨。泥泞。长到马颈的杂草。跳过大约八个猪圈的栅栏。到达马里艾时已是薄暮时分。在马里艾村庄颇有一些气派的民居，高高的圆拱形茅草屋顶，地面铺着小石子，四面墙壁上门窗敞开。玛塔法的家也非常气派。屋子里已经暗了下来，椰子壳的灯点在正中央。四个仆人出来，说玛塔法眼下正在礼拜堂。从那个方向传来了歌声。

不久，主人进来了，等我们换下淋湿的衣服之后，开始正式问候。卡瓦酒也端了上来。面对列座的几位酋长，玛塔法这样介绍我："不顾阿皮亚政府的反对，为了帮助我（玛塔法）冒雨而来的朋友。你们今后要和茨西塔拉多多亲近，任何时候都要帮助他，不可吝惜。"

晚餐、政治话题、欢笑、卡瓦酒——一直持续到半夜。当我的身体实在支撑不住时，家中一角搭起了临时床铺。五十张最上等的垫子被摞在一起，我独自睡在上面。全副武装的卫兵和几个夜警通宵守卫在房子周围。从日落到日出，他们没有换岗。

拂晓四点左右，我醒了。一股纤细、温柔的笛音从外面的暮色中传了过来。舒适的音色。和平，甜美，好像随时会消失……

后来才知道，笛声每天早晨都会在这个时刻吹响，据说是为了给睡在家里的人们带来美梦。多优雅的奢侈！听说玛塔法的父亲非常喜爱小鸟的声音，以致被称为"小鸟之王"，看来他的血脉也传到了玛塔法身上。

早饭后，和特拉一起骑马踏上归途。因为马靴昨天被淋湿了，所以光着脚。早晨晴朗美丽，但道路依然泥泞。草把腰间都给弄湿了。让马儿跑得太久，结果特拉在猪栅栏的地方两次被马抛了下去。黑色的泥沼。绿色的热带雨林。红色的蟹、蟹、蟹。进到城里，听到帕特（木制的小鼓）在欢唱，身穿华丽服装的土著女孩们正走向教堂。原来今天是星期天。在街上吃过饭，回家。

跨越十六个栅栏，骑行二十英里（前半程还是在暴雨中），讨论六个小时的政治。比起从前在斯克里沃阿时，蜷缩如同饼干里的谷象虫一样的自己，是怎样的不同！

玛塔法是位气度不凡的老人。我想昨晚我们获得了感情上完全的一致。

五月××日

雨、雨、雨，好像为了弥补上个雨季的不足似的下个不停。可可的嫩芽也饱饱地吸收水分吧。雨敲打房檐的声音刚一停止，激流的水声就传来了。

《萨摩亚史脚注》完稿。当然这不是文学，但无疑它是公正、明确的记录。

阿皮亚的白人们拒绝纳税，理由是政府的会计报告过于暧昧。委员会也无力传唤他们。

最近，我们家的巨汉拉法埃内被他的妻子法阿乌玛抛弃了。他很沮丧，把自己所有的朋友怀疑了一遍，觉得每个人都有同谋嫌疑，但现在看来死心了，开始寻找下一任妻子。

由于《萨摩亚史》的结束，终于可以集中精力于《戴维·巴尔弗》。是《绑架》的续篇。曾经起过好几次头，都中途放弃了，但这次我感到一定可以写到最后。《触礁船打捞工人》过于平平（似乎还挺受欢迎，真不可思议）。但是《戴维·巴尔弗》应该可以成为继《巴伦特雷的少爷》以来的佳作。作者对戴维青年的爱，别人也许是很难理解的。

五月××日

裁判所长切达尔克兰茨来访。不知是什么风把他给吹来的。和家里人随便聊了会儿家常话，又若无其事地回去了。他应该已经看到了我最近投给《泰晤士报》的公开信（上面不留情面地斥责了他）。到底为什么来的呢？

六月×日

受到玛塔法盛宴的邀请，一大早就出发了。同行者有——母亲、贝尔、塔乌伊洛（我家厨师的母亲，附近部落的酋长夫人，拥有比母亲和我以及贝尔三个人加起来还大一圈的惊人体格）、充当翻译的混血儿萨雷·特拉，此外还有两名少年。

分别乘坐独木舟和小艇。半道上，小艇卡在近海的礁湖里动弹不得。没有办法，赤脚往岸边走。约一英里海滩地的徒步跋涉。上面热辣辣地烤，底下稀溜溜地滑。我刚从悉尼寄来的衣服，还有伊莎贝尔白色带花边的裙子都遭了殃。中午，浑身沾满泥浆，好容易抵达了马里艾。母亲她们乘独木舟的一组早就到了。战斗舞蹈已经结束，我们只来得及从食物献纳仪式的半中腰（就这样也花了整整两个钟头）开始看起。

在房子前面的绿地周围，搭着用椰子叶和粗布围起来的凉棚，土人们沿着巨大矩形的三条边按照各自的部落围坐在一起。实在是多姿多彩的服装。缠着塔巴的人、裹着帕奇·瓦库的人、把落粉的白檀枝扎在头上的人、装饰着满头紫色花瓣的人……

中央的空地上，食物的小山越堆越大。这是大小酋长们献给（不是白人操纵的傀儡）他们从心底拥戴的真正王者的贡品。大小执事和壮丁们排成一列，一边唱歌，一边搬运着接踵而来的礼物。每个礼物都被高高举起展示给众人，负责接收的执事以一种郑重其事的礼仪性的夸张，高声报出礼物名称和送礼人的名字。这位执事是个体格健壮的男子，身上好像精心涂满了油，闪闪发亮。他一边在头顶上挥舞着烤全猪，一边全身淌着瀑布般的汗水高声喊叫的样子，实在壮观。和我们带来的饼干桶一起，"阿利伊·茨西塔拉·欧·雷·阿利伊·欧·玛洛·特特雷"（故事酋长，大政府的酋长）的介绍声传到了我的耳朵里。

在为我们特别安排的座位前面，有一个老年男子，头上盖着绿树叶坐在那里。微黑、略带严厉的侧面简直和但丁一模一样。他是这个岛上特有的职业性说书人中的一个，并且是其中最高的权威，名字叫做珀珀。在他身旁坐着儿子和同行们。玛塔法坐在我们右边很远的地方，不时看得到他的嘴唇在动，手腕上念珠在摇晃。

大家喝起了卡瓦酒。当王喝第一口时，令人大吃一惊的是，珀珀父子俩忽然发出了无比奇妙的吠声，以示祝福。这么不可思议的声音，我还从来没有听到过。有点像狼的叫声，但据说是"茨伊阿特阿万岁"的意思。不久开始吃饭。当玛塔法吃完饭时，又响起了奇怪的吠声。我看到在这位非公认的王者的脸上，刹那间，有一抹年轻人般的自豪和野心的神色闪过，随即又消失了。也许是因为自从和拉乌佩帕反目以来，珀珀父子还是第一次来到玛塔法这里，并歌颂茨伊阿特阿的名字吧。

食物的搬运已经结束。每一件礼物都按照顺序被仔细点数并记录下来。戏谑的说书人用滑稽的调子把物品名称和数目一个接一个地大声唱出来，逗得听众们大笑不止。"塔罗芋头六千个"、"烤猪三百五十九头"、"大海龟三只"……

这时，前所未见的奇妙光景出现了。珀珀父子突然站了起来，手拿长棒，跃进堆满食物的院子里，开始跳一种不可思议的舞蹈。父亲伸直了手臂一边旋转着长棒，一边舞蹈；儿子蹲在地上，用一种形容不出的姿势来回跳跃。这个舞蹈划出来的圆越来越大。只要被他们跳过的东西，就为他们所有。中世纪的但丁忽然变成了一个奇特而无情的存在。这个古老的（并且，充满地方色彩的）仪式，即使在萨摩亚人中间也引起了不少笑声。我赠送的饼干，还有一头小牛犊，都被珀珀跳了过去。但是，大部分食物在宣布成为自己所有之后，又再次奉献给了玛塔法。

现在轮到故事酋长了。他没有跳舞，但是得到了五只活鸡、四个装满油的葫芦、席子四张、塔罗芋头一百个、烤猪两头、鲨鱼一条以及大海龟一只。这是"王者给大酋长的礼物"。这些东西，由几个穿着比兜裆布还短的腊瓦腊瓦的年轻人根据指令从食品堆里搬出来。只见他们刚趴到食物的山上，马上就以精确无差的速度，将指定的东西按数目拣了出来，并立刻在另一个地方重新漂亮地摆好。那种灵巧！简直就像观看鸟群在麦田中觅食一样。

突然，大约九十多名围着紫色腰布的壮汉出现在我们面前。还没等看明白，他们已经各自使出全身力气，将手里的东西高高抛上了天空。近一百只鸡扑扇着翅膀落了下来，又被接在手里，马上再次抛上天空。这样重复了无数遍。骚动声、欢叫声、鸡的悲鸣声。挥舞、高举的强有力的赤铜色的手、手、手……作为观赏还算有趣，但究竟有多少只鸡死掉了！

在屋里和玛塔法谈完事情，来到水边，获赠的食物已经装在了船上。刚准备上船，骤雨袭来。再回到屋子里，休息半小时后，五点出发，仍然分乘小艇和独木舟。夜晚降临到水面上，岸边灯火美丽。大家都唱起歌来。像小山一样庞大的塔乌伊洛夫人居然有着极美的歌喉，令我吃了一惊。途中又下起骤雨。母亲、贝尔、塔乌伊洛和我，还有海龟、烤猪、塔罗芋头、鲨鱼和葫芦全被淋得透湿。浸泡在船舱底部温吞吞的水里，将近九点时，终于回到阿皮亚。住在饭店。

六月××日

仆人们吵嚷着说在后山的丛林里发现了骨骸。带领众人去看，果然是骨骸，看样子已经经过了很长时间。作为岛上成年人的话，体格似乎太小了些。也许因为是在丛林最深处阴暗潮湿的地带，所以一直没有被人发现。在附近扒弄一番，又找到另一个头盖骨（这回只有头颅），上面有一个刚好容纳我两根手指的弹孔。

将两个头盖骨并排摆放时，仆人们找到了一个有点罗曼蒂克的解释：这位可怜的勇士在战场上夺取了敌人首级（萨摩亚战士的最高荣誉），但是自己也负了重伤，为了不让同伴看出来，他一直爬到这里，最后抱着敌人首级枉然离开了人世。（果真如此的话，是十五年前拉乌佩帕和塔拉渥乌之间那场战争时候的事吗？）拉法埃内他们已经在动手掩埋尸骨。

傍晚六点左右，骑马走下后面的山丘，看到前方森林上空有片巨大的云彩，清晰地显现出一个有着甲虫般额头和长鼻梁的男人的侧影。相当于脸颊的部分是绝妙的粉红色，帽子（巨大的卡拉马库人式帽子）、胡须、眉毛是略微发青的灰色。儿童画似的图案、色彩的鲜明、还有规模的庞大（骇人听闻的庞大）让我感到一阵茫然。看着看着表情起了变化。没错，是闭起一只眼、绷紧下巴的样子。突然，铅色的肩膀向前一耸，面容消失得一干二净。

我放眼眺望其他云彩。令人不由得要屏住呼吸的、壮大、明媚的云朵如巨柱林立。它们的脚站立在水平线上，顶部在距离天顶三十度以内的范围。这是怎样的崇高！下方有如冰河的阴翳，随着不断向上，可以看到从幽暗的蓝到朦胧的乳白之间所有微妙的色彩变化。背后的天空被迫近的黑夜渲染成一片丰富而厚重的蓝青色。在它底部，流动着蓝紫色的深沉得近乎娇艳的光和影。虽然山岗上已经漂浮着落日的影子，但在巨大的云层顶上，映照着白昼般的光芒，世界充满着如火如宝石一般、最华丽最柔和的光明。那是比能想象到的任何高度都更高远的地方。从下界的夜里所眺望到的它那清净无垢的华美和庄严，不止是令人惊叹。

贴近着云彩，纤细的上弦月升了起来。在月牙西边钩尖的正上方，有一颗几乎和月亮一样明亮的星星在闪烁。逐渐幽暗起来的下界的森林里，鸟儿们锐声奏着傍晚的合唱。

大约八点时再看，月亮比刚才明亮了许多。那颗星绕到了月亮下方，仍然几乎和月亮一样明亮。

七月××日

《戴维·巴尔弗》渐趋顺畅。

丘拉索号入港，与基不苏舰长聚餐。

根据外面的议论，R.L.S.应该从本岛判处流放。据说英国领事已经在向唐宁街请求有关批示。我的存在对岛内治安构成危害？孰料我也成为伟大的政治人物了。

八月××日

昨天又应玛塔法之邀，去了马里艾。翻译是亨利（西梅内）。谈话中玛塔法称我为阿菲欧伽，把亨利吓了一跳。以前我一直被称为斯斯伽（相当于阁下？），而阿菲欧伽是王族的称呼。在玛塔法家住了一晚。

早上，吃过早饭，参观大灌奠式。仪式的主题是往象征王位的古老石块里面灌入卡瓦酒。这是即便在这个岛上也已经快被遗忘的楔形文字式的典礼。用老人白鬈做成的头盔饰羽飘扬在风中、脖子里挂着兽牙颈饰、身高六英尺五英寸、筋骨隆隆的古铜色战士们的正装姿态，令人震撼。

九月×日

出席阿皮亚市妇人会主办的舞会。芳妮、贝尔、洛伊德以及哈格德（前面提到的赖德·哈格德的弟弟。好男儿。）同行。舞会过半，裁判所长切达尔克兰茨露面了。几个月前那次不得要领的拜访以来，还是初次碰面。小憩后，和他配成一组跳四对舞。可笑而可怕的四对舞哟！借用哈格德的话：“犹如奔马之跳跃。”我们这两个公敌，如今被两位庞大而可敬的夫人分别拥抱着，牵着手踢着腿旋转飞舞，无论大法官还是大作家，威严所剩无几。

一周前，裁判所长还在挑唆混血翻译官，忙着搜集对我不利的证据。我呢，今早刚给《泰晤士报》写去猛烈抨击此人的第七回公开信。

现在我们互相交换着微笑，全力于奔马的跳跃。

九月××日

《戴维·巴尔弗》终于完稿。与此同时作者也倒下了。给医生诊断后，同往常一样，又是被迫听一通此地的热带气候“如何对温带人有害”的说明。我无法相信。这一年在烦琐的政治骚动中坚持下来的过量工作，难道换了在挪威就会平安无事吗？不管怎样，身体已经到了疲劳的极限。对《戴维·巴尔弗》基本满意。

昨天下午派到市里办事的阿利库少年，直到深夜才缠着绷带眼睛闪闪发光地跑了回来。说是和玛拉伊塔部落的少年们决斗，结果打伤了对方三四个人。今早，他成了全家的英雄。他作了个一根弦的胡琴，自己弹奏胜利的歌谣，一边还跳着舞蹈。兴奋中的他是个美丽的少年。虽然在他刚从新黑布里蒂斯过来时，曾经有过说我们家饭菜好吃而大吃特吃，结果把肚子胀得痛苦不堪的时候。

十月 × 日

一大早起，胃疼加剧。服用十五滴鸦片药剂。这两三天不再工作。我的精神正处于彷徨无主的境地。

似乎以前的我曾经是一个华美的青年。这么说是因为，那时候的朋友们，比起我的作品好像都更为欣赏我性格与谈话中的绚烂色彩。但是，人不可能永远是爱丽儿或帕克①。《致年轻人》的思想和文体，如今已经成了我最为讨厌的东西。事实上，在耶尔那次吐血之后，我产生了一种把所有东西都看到底儿了的感觉。我对什么事情都不再抱有希望。就像死去的青蛙一样。

对任何事，我都带着一种沉着的绝望进入。正如去海边时，我带着自己随时会淹死的确信前往一样。但是这么说，绝不意味着我在自暴自弃。非但如此，我大概一直到死都不会丢掉快活。这种确信无疑的绝望，甚至成了一种愉悦。那是一种近乎信念的东西——有清醒的意识、勇气、乐趣，足以支撑着我走完今后的人生路。不需要快乐，也不需要灵感，只凭义务感就能好好走下去的自信。用蚂蚁的意志，一直高唱蝉的歌曲的自信。

————————

① 爱丽儿：莎士比亚的戏剧《暴风雨》中的精灵。帕克：莎士比亚的戏剧《仲夏夜之梦》中喜欢恶作剧的精灵。

在市场，在街头，

我咚咚敲响战鼓；

我穿上红衣，去所去的地方，

头上丝巾翩翩起舞。

寻求新的勇士，

我咚咚敲响战鼓；

和我的伴侣约定：

生的希望，死的勇气。

九

年满十五岁以后，写作这件事成了他生活的中心。自己生下来就是为了成为作家，这种信念是从什么时候、什么地方产生的，连他自己也不明白，但总之到了十五六岁时，他已经无法想象将来从事其他职业的自己了。

从那时起，他出门总要在口袋里装上一个笔记本，把自己在路上看到、听到或者想到的任何东西，都当场练习着转换成文字。那个笔记本里，还摘录着在他读过的书籍中所有他认为是"准确的表达"。

此外他还热心训练自己，学习各大家的文体。读完一篇文章后，他会试着将里面的主题用风格各异的作家——哈兹立特①、罗斯金②，或者托马斯·布朗③——的文体重新写上好几遍。这种训练，在少年时代的那几年一直不知疲倦地坚持着。到了刚脱离少年时期，还没有动笔写一篇小说之前，在表现技巧上他已经具备了象棋高手对棋艺所具备的那种自信。流着工程师血脉的他，在自己选择的道路上也早早拥有了一份作为技术家的自豪感。

他近乎本能地知道："自己并不和自己想象的自己一样。"还有，"头脑即使会出错，但是血脉不会错。即使一时看起来像是错了，但最终，它所选择的才是对真正的自己最忠实并且最明智的道路。""在我们身上有个我们所不知道的什么，它比我们更智慧。"于是在设计自己人生的时候，他只管朝着那条唯一的道路——比自己更聪明的什么所指引的唯一道路，忠实而勤奋地倾注全力，而对其余一切都弃之不顾。

不顾俗众的嘲骂，还有父母的哀叹，从少年时代一直到死的那一刻，他都坚持着这种活法。"浅薄"、"不诚实"、"好色之徒"、"自恋狂"、"顽固的利己主义者"、"令人作呕的花花公子"——带着所有这些封号的他唯有在写作的道路上始终如一，像虔诚的修道士一样从未对修行有过丝毫懈怠。不写东西的话，他几乎连一天也活不下去；那已经成了身体习惯的一部分。就连二十年来不断侵蚀他的肉体的肺结核、神经痛、胃痛，也无力改变这个习惯。在肺炎、坐

---

① William Hazlitt（1778—1830）：英国随笔家、评论家。英国浪漫主义评论的代表人物。
② John Ruskin（1819—1900）：英国美术评论家。著有《现代画家》、《威尼斯之石》等。
③ Sir Thomas Browne（1605—1682）：英国思想家、医生。

骨神经痛和脓漏眼同时发作的时候，他在眼上缠着绷带，保持着绝对安静的仰卧姿势，小声口述《火药党员》给妻子记录。

他一直住在和死过于接近的地方。剧烈咳嗽时用来捂嘴的毛巾上很少不看到红色的东西。仅就对死的觉悟来讲，这个尚未成熟的做作的青年，与大彻大悟的高僧有着共通之处。任何时候，他都把为自己的墓志铭写的诗句放在口袋深处："宽广高朗的星空下，挖一个墓坑让我躺下。我生也快乐，死也欢洽。"比起自己的死，他其实更害怕友人的死。对自己的死，他已经习惯了。或者更准确地说，是抱着一种迎上前去与死游戏、与死赌博的心情。

在死亡冰凉的手抓住自己之前，究竟能够编织出多美丽的"幻想和语言的织锦"？这是一场豪奢的赌局。就像出发迫在眉睫的旅人一样，他不停地写着。事实上，有几个美丽的"幻想和语言的织锦"就这样留了下来。比如《欧拉拉》，比如《任性的珍妮特》，又如《巴伦特雷的少年》。

许多人会这样说："不错，这些作品很美丽，充满魅力。但归根结底，不过是些没有深度的故事。史蒂文森总归还是通俗作家。"但爱读史蒂文森的读者绝不会无言作答："聪明的史蒂文森的守护天使（根据它的指引，他找到了作为作家的自己的命运），正因为知道他生命短暂，所以才让他抛弃（不管是谁在四十岁之前产生杰作都近乎不可能的）挖掘人性的近代小说的道路，取而代之，让他选择了这样的方向——致力于磨炼充满魅力的传奇故事的结构和绝妙的叙述方式（这样即便早逝，至少也能留下几篇优美的作品）。""并且，就像一年中大部分是严寒冬季的北国的植物也会在短促的春夏之际骤然绽放花朵一样，这也正是大自然的巧妙安排之一。"

也许有人会问："俄罗斯以及法国那些最卓越、最深刻的短篇作家不也都是和史蒂文森同年，或者比他更早就离开了人世吗？""但是，他们并没有像史蒂文森那样，在从未间歇的病苦中自始至终感受着早夭的威胁。"

他说过，小说是circumstance的诗。比起情节，他更热爱情节所生出的若干场景的效果。以浪漫派作家自命的他，（不管是有意，还是无意）力图将自己的一生塑造成自己所有作品中最伟大的罗曼史（并且在事实上，可以说获得了某种程度的成功）。当然这么一来，作为主人公的自己置身其中的氛围，也得和小说的要求保持一致，具有诗的要素和戏剧的浪漫。身为氛围描写名手的他，无法容忍自己在现实生活中活动的场面竟然不值得用自己那只生花妙笔来描写。在旁人眼里无疑令人讨厌的他那些无益的做作（或者嬉皮作风）的真相，其实就在这里。

干嘛非得异想天开地牵头驴子，在法国南部的山里闲荡呢？明明是良家子弟，为什么非得系着皱巴巴的领带，戴着有红丝巾的旧帽子装出一副流浪汉样子呢？干嘛又非得用令人倒胃的得意劲儿大谈女性论，说什么"偶人虽然美丽，但里面装满锯末"呢？二十岁的史蒂文森，是个装腔作势的家伙，讨人嫌的无赖，爱丁堡上流人士弹劾的对象。

从小在严格的宗教气氛中长大的白面公子哥儿，忽然变得以自己的纯洁为耻，半夜溜出父亲的宅邸，在红灯区里四处闲逛。但是，这个效仿维庸和卡萨诺瓦的轻薄青年自己也知道，除了拿自己病弱的身躯和未必长久的生命作赌注，倾注到唯一一条道路上之外，不会有其他拯救。即便在红酒脂粉的席上，他也总看到这条道路在眼前闪闪发光，就像雅各在沙漠里梦到的天梯一样直伸向高远的星空。

十

一八九二年十一月××日

因为是邮船日，贝尔和洛伊德从昨天起就去了城里，他们走后伊欧普开始脚疼，法阿乌玛（巨汉的妻子好像什么都没发生过似的又回到了丈夫身边）肩上起了水肿，芳妮皮肤上出了黄斑。法阿乌玛的病有可能是丹毒，素人疗法①大概不顶用。晚饭后骑马去找医生。朦胧月夜。无风。山那边有雷声。在森林中赶路时，又看到菌类的小灯在地上闪闪发光。在医生那里约好明天出诊后，喝啤酒到九点，谈论德国文学。

从昨天起开始构思新的作品。年代是一八一二年左右。地点在拉姆玛穆阿的赫米斯顿和爱丁堡。题目未定。"黑森林地带"？"赫米斯顿的韦尔"？

十二月××日

扩建完工。

这个年度的决算报告书寄到了。大约四千英镑。今年或许能达

---

① 指外行人的疗法。

到收支平衡。

夜里，听到炮声。英国军舰入港了。外面传说，我将于近日被逮捕押送出境。

卡斯尔社（Casell and company）提出把《瓶中的妖怪》和《法雷萨的海滩》收录在一起，用《岛上夜话》的名字出版。但两个作品风格相差那么远，不奇怪吗？把《怪声岛》和《放浪女》加进去怎么样？

芳妮表示不同意收入《放浪女》。

一八九三年一月 × 日

低烧持续不退。肠胃衰弱。

《戴维·巴尔弗》的校样还没有寄到。怎么回事？至少也应该出来一半了。

天气很坏。下雨。飞沫。大雾。严寒。

原以为可以付清扩建费，结果只够付一半。为什么我们家这么费钱呢？虽然并不觉得生活有多奢侈。洛伊德每个月都绞尽脑汁，但是刚堵上一个缺口，另一个马上又会冒出来。好容易哪个月似乎能巧妙维持了，肯定又会赶上英国军舰入港而替士官们召开宴会。

有人说是因为佣人太多了。实际雇用的人倒没有那么多，但因为他们的亲戚和朋友到处都是，所以正确的人数我也搞不明白（比一百人应该不会多出太多吧）。不过，这也没有办法。谁叫我是族长，是瓦伊利马部落的酋长呢。大酋长对这样的小事是不应该说三道四的。

再说事实上，不管土人再多，他们的饭费也是有数的。还有些笨蛋，因为我们家的女仆比岛上一般标准多少漂亮些，竟然拿瓦伊利马跟苏丹的后宫相比，说什么这样花销怎能不大。很明显是出于中伤，但开玩笑也得适可而止。这位苏丹别说精力绝伦了，只是个勉强还在苟延残喘的瘦男人罢了。那些胡说八道的家伙，一会儿把我跟堂吉诃德比，一会儿跟哈伦·阿尔·拉希德①比，没准儿这会儿我又成了圣保罗②或者卡利古拉③也说不定。

此外还有人说，在生日宴会时邀请上百名宾客过于奢侈。但是我可不记得请过那么多客人。是对方不请自来的嘛。既然对我（或者说至少对我们家的饭菜）怀有好意，特意光临，这不也是没有办法的事吗？也有人说是因为宴会时连土人一块儿邀请，所以超出预算，这就更荒谬了。即使不请白人我也要先请他们的。所有这些费用一开始就列入了预算，本来还应该绰绰有余。其实在这么个岛上，就算想奢侈也没有地方。

可总而言之，我去年写作赚了四千镑，竟然还是不够。忽然想起了瓦尔特·司各特④。突然破产，继而失去妻子，在债鬼不停的催逼下只能像机械一样赶写滥作的晚年的司各特。对他来说，除了坟墓没有其他地方可以休息。

又是战争的谣言。这么含糊暧昧，典型是波利尼西亚式的纷

---

① 阿拉伯帝国阿拔斯王朝的第五代哈里发。在《一千零一夜》中有许多关于他的故事。
② 耶稣使徒之一，原始基督教最重要的传道者。
③ 卡利古拉是早期罗马帝国的暴君（37—41 年在位），遭暗杀身亡。
④ Sir Walter Scott（1771—1832）：英国诗人、小说家。

争。像是要点燃了却烧不起来，以为要灭了却还在冒烟。这次也只是图图伊拉西部的酋长之间发生了一些小冲突，大概不会出什么大事吧。

一月××日

流感猖獗。家里人几乎都得上了。我还额外多了份咳血。

亨利（希梅内）工作得勤勤恳恳。本来在萨摩亚人中间，即使地位低贱的人也不愿搬运污物，但亨利虽然贵为小酋长，却每晚都勇敢地钻过蚊帐去倒溺桶。大家感冒都已经好转的现在，他最后一个被染上了，发起高烧来。最近我开始戏称他为戴维（巴尔弗）。

病中，又开始新的作品。由贝尔记录。描述一位法国贵族在英国成为俘虏的经历。主人公的名字叫安努·德·桑特·伊维。用它的英文读音"森特·阿伊维斯"作题目。拜托巴克斯特和科尔文邮寄罗兰德松的《文章法则》和有关一八一〇年代的法国及苏格兰的风俗习惯、尤其是监狱情况的参考书。不管是《赫米斯顿的韦尔》，还是《森特·阿伊维斯》，都会用得上。没有图书馆，和书店交涉又太花时间。这两点完全让人束手无措，虽然好在没有被记者追赶的麻烦。

一方面流传着政务长官和裁判所长都要辞职的说法，另一方面阿皮亚政府不合理的政策旧态依然。为榨取更多的税收，他们似乎准备补充兵力，驱逐玛塔法。不管成功，还是不成功，白人的受厌恶、人心的不安定、这个岛的经济不振都只会更加恶化。

介入政治令人心烦。我甚至在想，这方面的成功，除了导致人格破产外得不到其他任何结果。……但这并不表示我对（关于这个岛的）政治的关注减少了。只是，由于长时间卧病咳血，写作时间自然受到限制，在这之上还要再耗费宝贵时间的政治问题不得不令人感到有些厌烦起来。但是想到可怜的玛塔法，无法坐视不管。

除了提供精神援助外一无所能的无力感！可是，假如给了你政治上的权力，你又打算怎么办呢？立玛塔法为王？好的。那样一来你认为萨摩亚就能平安地长存于世吗？可悲的文学者哟，你真的那么相信吗？或者，你一边预感到不久后萨摩亚的衰亡，一边只不过是在对玛塔法倾注伤感的同情吗？最典型的白人式的同情。

科尔文来信说，每次接到我的信，里面总是写有太多"你的黑人和褐色人"的事情。他担心对黑咖啡和巧克力的关心会夺去太多我的写作时间，这种心情我不是不明白。但是他（还有其他在英国的朋友），看来完全不知道我对我的黑咖啡和巧克力有着怎样亲同骨肉的感觉。

不光这一件事，在其他许多事情上，由于四年来各自置身于完全不同的环境中，一次也没有见过面，他们和我之间是不是已经出现了一道难以逾越的鸿沟呢？这个想法令人恐惧。亲近的人是不应该分开太久的。没见面的时候朝思暮想，可一旦见到，是否双方都会无可奈何地感觉到这条鸿沟呢？虽然可怕，但这也许更接近事实。

人在变化，每时每刻。我们是怎样的怪物呀！

二月××日于悉尼

给自己放假，拿出五周时间从奥克兰到悉尼各处旅行，但同行的伊莎贝尔害牙痛，芳妮患感冒，我自己从感冒一直到肋膜炎。真不晓得到底是为什么来的。就这样，我还在本市的长老教会总部和艺术俱乐部一共作了两次演讲。被拍照，被制作海报，走在街上时被人们指指戳戳并小声议论名字。

名声？奇怪的东西。我什么时候竟成了自己所瞧不起的名士了？真滑稽。在萨摩亚的时候，土人眼里的我，是住在豪宅里的白人酋长；阿皮亚的白人眼里的我，是政策上的敌人或朋友，二者必居其一。那种状态远比现在这样健全得多。与这片温带土地褪色的幽灵般的风景相比，我那瓦伊利马的森林是多么美丽！我那风声呼啸的家是多么灿烂！

和隐居此地的新西兰之父乔治·格内见面。厌恶政治家的我之所以希望和他见面，是因为相信他是真正的人——给了毛利族最博大的人类之爱的真正的人。见面一看，果然是气度不凡的老人。

他实在是了解土人——甚至一直到他们最细微的生活情感。他真正做到了设身处地替毛利人着想，这在殖民地的总督里是罕有的例子。他主张给予毛利人和英国人同等的政治权利，并赞成选举土人议员，因为这些主张遭到白人移民反对，所以辞了职。但是，在他的努力下，新西兰至今还是最理想的殖民地。

我向他讲述了自己在萨摩亚所做的事、想要做的事以及争取土人的政治自由虽然对自己来说力不从心，但为了土人将来的生活和幸福我准备竭尽全力等等。老人对我的话一一给以共鸣，并激励说：

"千万不要绝望。能一直活到真正领悟出不管什么时候绝望总是没用的人并不多，我自己就是这少数人中的一个。"我恢复了不少精神。

看尽所有俗恶仍不失高尚的人，必须受到尊敬。

摘一片树叶，也和萨摩亚那种几乎要溢出油脂的强劲绿色不同，这边的叶子完全没有生气，颜色也枯干淡薄。等肋膜炎一治好，真想立刻回到那个空气中总是有绿金的微粒子在闪闪发光的、明亮耀目的小岛。在文明的大都市中，我几乎要窒息掉了。噪音多令人心烦！金属相碰撞的重机械的声音多令人焦躁！

四月 × 日

澳洲之行以来，芳妮和我的病渐渐痊愈。

这是个舒爽的早晨。天空的颜色美丽、深邃而又新鲜。眼前巨大的静默只偶尔被远方太平洋的呢喃打破。

在短途旅行和随后一直生病的这段日子里，岛上的政局迅速紧张了起来。政府对玛塔法或者说对叛乱方的挑衅态度越来越明显。据说土人拥有的武器将被全部收缴。无疑，如今政府的军备得到了充实。和一年前相比，形势明显对玛塔法不利。

和官员们、酋长们见面商谈，但令我惊讶的是，认真考虑如何避免战争的人竟连一个也没有。白人官吏只顾忙着琢磨怎样利用战争扩大自己的支配权；而土人，尤其是年轻人，只听到战争这两个字就已经热血沸腾。玛塔法出人意料地平静。他似乎还没有觉察到形势的不利。他，以及他的部下，似乎把战争也看成一种与自己意志无关的自然现象。

拉乌佩帕国王拒绝了我试图在他和玛塔法之间调停的建议。见面时和蔼可亲的这位老人，只要一不见面，马上就变成这样。很明显，这不是出于他自己的意志。

难道除了袖手旁观，把战争不会爆发的唯一希望寄托在波利尼西亚式的优柔寡断上，就没有其他办法了吗？拥有权力是件好事。如果，是在不滥用权力的理性支配之下的话。

在洛伊德的协助下，《退潮》缓慢进行。

五月×日

苦吟《退潮》。花去三周，好容易才二十四页。并且从头到尾都还得再来一遍。(想起司各特令人恐怖的速度不由厌烦起来。)首先，作为作品它很无聊。而在以前，重读前一天写下的部分是一种乐趣。

听说玛塔法方面的代表为了和政府交涉，每天往返于马里艾和阿皮亚之间。让他们住在家里，从这边出发。因为每天来往十四英里实在太辛苦了。但是，由于这件事，我似乎被公认为叛乱方的一员了。寄给我的每封书信都要经过裁判所长的检查。

晚上，阅读赫南的《基督教之起源》①。非常有趣。

五月××日

虽然是邮船日，只勉强送走十五页（《退潮》）。这项工作已经

---

① Joseph Ernest Renan（1823—1892）：法国思想家、宗教史家。他耗时二十五年，于一八八三年完成的《基督教之起源》被认为是划时代的基督教史著作。

变得讨厌起来了。接着写史蒂文森家的历史吗？或者，《赫米斯顿的韦尔》？对《退潮》完全不满意。单从文章来讲，语言的面纱也太厚了。渴望更赤裸的笔法。

收税官来催新房子的税。到邮局，签收《岛上夜话》六册。看到插图大吃一惊，画插图的画家原来从没有见过南洋。

六月××日

消化不良，吸烟过多，加上没有进账的过劳，几乎快死掉了。《退潮》终于来到第一百零一页。一个人物的性格至今捕捉不定。此外，最近连文章都要操心了，简直没法办。一个句子要花上半小时。把各种类似的句子排成一片，还是找不出一个满意的。这种愚蠢的辛苦生不出来任何东西。无聊的蒸馏。

今天从早上起就是西风、雨、飞沫、寒凉的气温。站在阳台时，忽然有某种异常的（无根据的）感情流遍了我全身。我彻底迷惑了。最后，好容易找到了解释。原来我蓦然发现了苏格兰式的氛围以及苏格兰式的精神和肉体状态。和平时的萨摩亚完全不同，这寒冷、潮湿、铅色的风景，不知何时把我变回了那种状态。高地上的小屋。泥炭的烟。濡湿的外衣。威士忌。虹鳟鱼跳跃的卷着旋涡的小河。从这里听到的瓦伊特林卡的河水声，似乎也变成了高原的急流。

自己究竟为什么离开故乡，漂流到了这个地方？难道只是为了怀着揪心般的思恋从远方怀念它吗？刹那间，无缘无故的疑问涌上心头。至今为止，我在这片土地上留下过什么好的工作吗？这又怪了，为什么我会想要知道这些事呢？用不了多久，我也好，英国也好，英语也好，还有我子孙的尸骨也好，不是全都会从记忆里消失吗？——但是人哪，即使是短暂瞬间也想把自己的身影留在人们心里。庸俗的安慰。……

产生这么暗淡的心情，全是过劳和为《退潮》所苦的结果。

六月××日

《退潮》触上暗礁，暂时搁浅了；《工程师之家》祖父那一章，完稿。

《退潮》难道不是最差的作品吗？

小说这种文学形式——至少是我自己的形式——变得讨厌起来。

请医生出诊，被勒令"稍作休息"，"停止写作，只作轻松的户外运动"。

十一

他并不相信所谓医生。医生所做的，只是止住一时的病痛。医生虽然能找出患者肉体的故障（和一般人普通的生理状态相比较之下的异常），但是那故障和患者自身的精神生活有什么关联，还有那个故障在患者对一生的展望中，应该占据多大程度的重要性等，对这些医生一无所知。

只因为医生的话就改变一生的计划，那是多么值得唾弃的物质主义和肉体万能主义。"不管怎样，只管开始你的创作。即使医生无法保证你还拥有一年甚至一个月的余生。不用怕，投入工作。然后，看看你在一周内所能取得的成果吧。值得称赞的有价值的劳动，并不只存在于已经完成的工作中。"

但是，稍一过度劳累马上引来昏倒或咳血的报复，这连他也无计可施。无论他怎样无视医生的话，唯有这个，是无法改变的现实。（但有趣的是，除去妨碍创作这一实际上的不便，他对自己的病痛似乎并没有感到怎样不幸。就连从咳血里，他也能找出若干R.L.S.式的东西而感到一丝满足 [？]。如果换成面颊浮肿丑陋的肾脏炎的话，他该会有多厌恶。）

如此年纪轻轻就感悟到自己生命短暂的时候，当然，也会想到一条舒适的未来的路。作为一个风流人生活。退出伤筋动骨的创作，从事一些轻松的工作，把智慧和教养全部用于鉴赏和享受（他的父亲相当富有）。那将是多么美妙愉快的生活！事实上，他相信自己作为鉴赏家也决不会堕入二流。

但是，最终，有一种注定无法逃脱的东西将他从快乐的路上攫走了。没错，自己之外的某种东西。当这东西栖息在他体内的时候，他就像在秋千架上高高飞起的孩子一样，只能心醉神迷地委身给那个势头。他进入一种全身如同蕴含着电光的状态，不停地写了又写。生命会遭磨损的担心，早就不知被忘到哪里去了。即使养生，又能活多久？即使长寿，不在这条路上又有什么幸福！

就这样，二十年过去了。比起医生说他也许活不到的四十岁已经多活了三年。

史蒂文森总是想起自己的表兄珀卜。年长三岁的这位表兄，曾经是二十岁前后的史蒂文森在思想和品味上最直接的老师。才气焕发、品位高雅、知识渊博、令人刮目相看的才子。但是他做了些什么吗？什么也没有。如今他住在巴黎，和二十年前一样对所有事情无所不知，但是一事不做，一介风流人而已。问题不在于他没有成名。问题在于，他的精神从那时起再没有成长。

二十年前，把史蒂文森从肤浅的趣味主义中抢救出来的精灵是值得嘉奖的。

也许是小时候最喜爱的玩具、"一张无颜色、两张变彩色"的纸剧场（把它从玩具店买回家，组装出《阿拉丁》啦、《罗宾汉》啦，或者《三根指头的杰克》啦，一个人演出玩耍）的影响，史蒂文森的创作总是先从一个个情景开始。最初，有一个情景浮现了出来。接着，与那个情景氛围协调的事件和人物也出现了。数十个纸话剧的舞台场景伴随着联接它们的情节，一个接一个栩栩如生地浮现在眼前，只要把它们按照顺序描写出来，他的小说——那些被批评家指责为肤浅、缺乏个性的R.L.S.的通俗小说——就大功告成了。其他创作方法——比如说，为了阐述某个哲学观念而搭建整体框架，或者为说明某种性格而构造情节——在他压根无法考虑。

对史蒂文森来说，路旁偶然见到的一个情景，似乎在对他讲述一个从没有被人记录过的故事。一张脸，一个神情，在他眼里都是某个未知故事的开始。如果说，（借《仲夏夜之梦》的台词）赋予没有名字和场所的事物以鲜明表现的就是诗人、作家的话，史蒂文森的确是与生俱来的故事作家。

看到一个风景，就在脑子里组装与之相符的事件，这对于他，从孩提时代起就是几乎和食欲同等强烈的本能。在去科林顿的外祖父家的时候，他总是把那里的森林、河流和水车编成故事，让威弗利小说[①]里的各种人物在里面纵横穿梭——盖·玛纳林啦，罗布·罗伊啦，或者安德鲁·费尔萨维斯等。那个苍白瘦弱的少年的癖好似乎直到如今也没有摆脱。

或者不如说，可怜的大作家R.L.S.氏除了这种幼稚的空想之外，根本不知道还有其他的创作冲动。风起云涌般的幻想的场景。如同万花筒似的影像的狂舞。把它们按照看到的样子写出来（所以接下来只是技巧的问题，而对于技巧他有足够的自信）。这就是他独一无二的快乐的创作法则。

对此没有好与不好。因为除了这个，他并不知道其他方法。"不管别人怎么说，我只管按我的方法写我的故事。人生短暂。所谓如露亦如电。我干嘛要委屈自己，只为了能让牡蛎和蝙蝠们中意，就去写些枯燥的假装深刻的东西呢？我为自己而写。哪怕没有一个读者，只要我这个最忠实的读者还在。看看可爱的R.L.S.氏的独断吧！"

事实上，每当作品一写完，他马上就不再是作者，而成了作品的爱读者。比谁都更热心的爱读者。就好像那是别人（某位最心爱的作家）的作品，而自己是无论作品情节还是结局都全不知情的读者一样，发自内心地沉浸在阅读的快乐里。但唯独这次的《退潮》，强忍着也读不下去。是才能的枯竭吗？还是身体虚弱引起的自信减退？

他一面喘息，一面几乎全靠习惯的力量，迟缓地写着稿子。

---

① 小说家瓦尔特·司各特的小说作品的总称。

十二

一八九三年六月二十四日

战争即将来临。

昨晚，拉乌佩帕国王蒙着脸，骑着马，不知为了什么要事，从我家前面的路上急匆匆地过去了。厨师发誓说看得一清二楚。

另一方的玛塔法，则说自己每天睁开眼睛，总会发现身边围满了前一天晚上还没有的新的白人箱子（弹药箱）。到底是从哪里来的，连他也不知道。

武装士兵的行进、酋长间的往来，渐趋频繁。

六月二十七日

到城里打听消息。众说纷纭。据说昨天深夜响起了鼓声，可当人们拿着武器赶到姆黎努时，什么也没有发生。眼下的阿皮亚暂时无事。询问市参事官，回答说无可奉告。

从城里走到西边渡口，想看看玛塔法方面各村庄的情况，就上了马，向瓦伊姆斯骑去。路旁的房子里有很多人在吵吵嚷嚷，但是没有设岗。渡过河。三百码后又是河。对岸树丛里有七名扛着温切斯特枪的步哨。走近去，他们既不动，也不打招呼。只用视线追随着我的动静。我饮了马，招呼一声"塔罗法"走了过去。步哨队长回答了一句"塔罗法"。再往前去的村子里挤满了拿枪的士兵。有一栋中国商人的洋房，中立旗在门口飘扬。阳台上站着许多人朝外张望，有不少女人，也有持枪的人。不光这个中国人如此，住在岛上的外国人全都汲汲于保护自己的财产（听说裁判所长和政务长官都从姆黎努避难到了迪沃里饭店）。途中碰到一队民兵，扛着枪，挎着弹药筒，精神抖擞地列队走过。

到了瓦伊姆斯，村庄的广场上挤满了带武装的男人。会议室里也挤满了人，有一个人正站在门口面朝外边大声演讲。每个人脸上都洋溢着愉快的亢奋。绕到熟识的老酋长家里，他和上次见面时好像变了一个人，显得既年轻又有活力。稍事休息，一起吸了会儿斯路易。正要告辞，一个脸上涂着黑色纹路、腰巾后方卷起露出臀部刺青的男人走进屋里，一边跳起奇妙的舞蹈，一边把小刀高高抛向天空，然后再漂亮地接住。野蛮的、梦幻般的、生气盎然的表演。以前曾经看到过少年们这样做，看来一定是战争时的仪式了。

回到家后，他们紧张而幸福的面容也一直在脑中挥之不去。我们身上古老的野蛮人醒来了，正如种马一样亢奋。但是，我命令自己必须安静地置身于骚乱之外。到了现在，局面已经无力改变了。我不介入的话，对他们这些可怜的人也许多少还会有点用。多少还有一点在脓包溃烂之后收拾残局时提供些许帮助的希望。

无力的文人哟！我按捺着思绪，以纳税般的心情继续写着稿子。脑海里不时闪过手持温切斯特枪的战士的身影。战争的确是很大的诱惑。

六月三十日

携芳妮和贝尔进城。在国际俱乐部午餐。饭后朝马里艾的方向走了一段。和前几天相比，出奇地平静。路上没有人。路边的人家里也没有人。看不到枪支。回到阿皮亚后，到公安委员会露了下面。晚饭后，顺道去了趟舞会，回家时满身疲倦。在舞会上听说，雷特努的酋长在声称"是茨西塔拉制造了这次争端，他和他的家族一定会受到惩罚"。

必须战胜到外面投入战争的孩子般的诱惑。首先要保护好家。

阿皮亚的白人中间也发生了恐慌。纷纷讨论万一出事，到军舰上避难之类的事。眼下有两艘德舰在港里。奥尔兰号近期也将入港。

七月四日

这几天，政府方面的军队（土著民兵）陆续来到阿皮亚集结。载满古铜色战士的小艇排着队乘着风势进入港口。船头上翻着筋斗加油助兴的男人。战士们从船上发出恐吓似的奇特叫喊。混乱的鼓声。走调的喇叭。

阿皮亚市的红手帕全部脱销了。红手帕缠头，是马里埃特阿（拉乌佩帕）军的制服。脸涂黑色纹路，头扎红巾的青年们充溢着大街小巷。打着欧式洋伞的少女和装束奇特的战士结伴行走的样子，非常有趣。

七月八日

战争终于打响了。

晚饭后来了位信使，说伤员正在被运往教堂。和芳妮、洛伊德一起带上灯笼骑马前往。寒冷多星的夜晚。在塔侬伽马诺诺放下灯笼，在星光照耀下前行。

阿皮亚的街道和我自己都陷在一种奇妙的亢奋当中。我的亢奋是忧郁、残忍的。其他人的则或是茫然，或是愤慨。

充当临时医院的是座空荡荡的长方形建筑。中央有个手术台，十名伤员各自在陪护人员的簇拥下，横躺在屋子各个角落。身材娇小、戴眼镜的拉玖护士今天看起来十分坚定可靠。德国军舰上的看护兵也过来了。

医生还没到。有一个患者正在变冷。这是个漂亮的萨摩亚人，皮肤黝黑，带点阿拉伯人那种雄鹰式的风貌。七名亲人围住他，抚摸着他的手脚。他似乎被射穿了肺部。已经派人跑去请德国军舰的军医了。

我也有我的工作。克拉克牧师等人说接下来肯定还会有大量伤员送到，希望能利用公会堂收容。我在城里四处奔波（最近我刚刚加入了公安委员会），叫醒已经入睡的人们，召开紧急委员会，表决通过提供公会堂。（有一人反对，但最终说服了他。）关于此事的费用来源也定下来了。

半夜，回到医院。医生已经来了。有两名患者濒临死亡。其中一人被打中了腹部。面目扭曲而无言的挣扎令人目不忍睹。

刚才那位被射穿肺部的酋长躺在墙边，似乎正在等待最后的天使。亲人们支撑着他的手脚，全都沉默不语。突然，一个女子抱住正在死去的人的膝盖痛哭起来。哭声持续了大约五秒。随后再次陷入痛苦的沉默。

回家时已超过两点。综观外面的消息，战事似乎对玛塔法不利。

七月九日

战争的结果终于明朗了。

昨天，从阿皮亚向西开始进攻的拉乌佩帕军，在正午时分和玛塔法的军队相遇。但滑稽的是，最初非但没有打仗，两军将士们还互相拥抱，一起喝着卡瓦酒，举行了盛大的联欢。但是，一声无意中的走火突然引发混战，变成了真正的战争。到了傍晚，玛塔法军不得不撤退据守在马里艾外城的石壁上。抵抗了一整晚之后，今早终于被击溃。据说玛塔法放火烧掉村庄，从海路向萨瓦伊逃去了。

对长期以来一直是岛上精神领袖的玛塔法的没落，我不知道该说些什么。如果是一年前，他轻而易举就可以扫除拉乌佩帕和白人政府。和玛塔法一起，我的许多褐色朋友肯定都蒙了难。我为他们做了些什么？今后又能做些什么？可耻的气象观测者！

午饭后进城。到医院一看，乌尔（被射穿肺部的酋长）不可思议地还活着。被击中腹部的男人已经死了。

斩获的十一个头颅被送到了姆黎努。令土人大为惊恐的是，其中有一个竟然是少女，并且还是萨瓦伊某个村庄的塔乌波乌（代表全村的美少女）的头颅。在自命为南洋骑士的萨摩亚人中间，这是无法原谅的暴行。听说唯独这个头颅被裹以最上等的丝绢，与一封郑重的道歉信一起，马上送还了马里艾。少女大概是在帮父亲运送弹药时被击中的。听说她为了替父亲做头盔上的饰羽，把头发剪成了男孩模样，因而被错取了首级。然而这是多么与她本人一样美丽的、幸运的死法。

只有玛塔法的外甥雷奥佩佩是连头颅带尸体一起被运了回来。

拉乌佩帕国王在姆黎努的大街上对此检阅，并发表了慰问部下功劳的演说。

顺路再拐到医院，护士和看护兵都走掉了，只剩下患者的家属。患者和陪护全都躺在木枕上睡着午觉。有一个负轻伤的漂亮青年，两个少女在照顾他，一左一右枕在他的枕头上。另一个角落里，一个没有任何人照料的伤员被弃置一旁，独自毅然地横躺着。和前一个漂亮青年比起来，他的态度要高尚得多，虽然他的容貌不漂亮。颜面构造的毫厘之差带来了多么巨大的悬殊。

七月十日

今天疲惫得动弹不得。

听说有更多头颅被送到了姆黎努。杜绝猎取人头的风气并不是件容易事。他们会说："除此之外还有什么办法可以证明一个人的勇敢呢？""难道大卫打败歌利亚①的时候，没有带走巨人的头颅吗？"但唯独对这次砍掉少女头颅的事，似乎全都羞愧不安。

玛塔法被平安迎到了萨瓦伊的说法，和他被拒绝在萨瓦伊上岸的说法同时流传着。到底哪个是真，哪个是假，现在还无法判断。如果被迎接到萨瓦伊的话，也许大规模的战争还会持续。

七月十二日

没有确切消息，只有流言频传。据说拉乌佩帕军已经向马诺诺

---

① 出自《圣经》故事，以色列的少年大卫用投石器击倒了非利士人的巨人歌利亚，后来称王以色列。

进发。

七月十三日

传来确报，玛塔法被赶出萨瓦伊，回到了马诺诺。

七月十七日

拜访最近入港的卡特巴号的比克福特舰长。他已经收到镇压玛塔法的命令，将于明天拂晓向马诺诺进发。为了玛塔法，请舰长答应在力所能及的范围内给予最大关照。

但是，玛塔法会乖乖投降吗？他的部下会甘心被解除武装吗？

连向马诺诺送一封激励的书信也办不到。

十三

德、英、美三国与败余的一介玛塔法，大势所趋已经过于明显。快航至马诺诺岛的比克福特舰长敦促玛塔法在三小时之内投降。玛塔法投降了，同时追击而来的拉乌佩帕军放火并抢掠了马诺诺。玛塔法被剥夺称号并流放到遥远的亚尔特岛，追随他的十三名酋长也分别被流放到不同的小岛。叛乱方的村庄一共被课以六千六百英镑的罚金。被投进姆黎努的监狱的大小酋长共二十七人。这就是全部结果。

史蒂文森四处奔走，但是没有用。流放者不允许带家属同行，并被禁止和任何人通信。能够访问他们的只有牧师。史蒂文森想把给玛塔法的书信和礼物托付给天主教的僧人，但遭到了拒绝。

玛塔法和所有的亲人、熟悉的土地被远远隔开，只能在北方低洼的珊瑚岛喝带盐味的水度日。（拥有众多高山溪流的萨摩亚人最吃不消的就是盐水。）他到底犯了什么罪呢？他犯下的唯一的罪就是，对按照萨摩亚自古以来的习惯，他理所当然应该提出要求的王位，耐心地等得太久了些。因此，被敌人利用，被布下陷阱，被宣布成了叛逆者。直到最后还在忠实地向阿皮亚政府交纳税金的是他。采纳少数白人关于杜绝猎取人头的主张，率先让部下实行的也是他。他是包含白人在内的所有萨摩亚居民中（史蒂文森这么主张）最诚实的人。

可是，在拯救他的不幸上，史蒂文森什么也没能做到。虽然玛塔法是那么信任他。被切断了书信往来的玛塔法大概很失望吧。也许他以为史蒂文森不过是又一个嘴里说得好听，但实际上什么忙也不帮的白人（到处可见的白人）。

战死者一族的女人们，来到亲人战死的地方铺设花席。有许多蝴蝶和其他昆虫飞来停在上面。驱赶它们，飞走了。再驱赶，再飞走。等到第三次这些昆虫又飞来停在上面时，它们被认为是战死在这里的人们的魂灵。女人们将昆虫细心地捉住，带回家里供奉起来。这种伤心的风景随处可见。另一方面，流传着被下狱的酋长们每天遭受鞭打的消息。每当看到、听到这些事，史蒂文森就会深深谴责自己是个无用的文人。他再次提笔写起中断已久的给《泰晤士报》的公开信。除了身体的衰弱和创作的停滞，某种对自己、对世界难以名状的愤慨支配着他的每一天。

十四

一八九三年十一月 × 日

快下雨的天空，巨大的云朵，云朵投在海面上蓝灰色的巨大阴影。虽然是早上七点，但不得不点着灯。

贝尔需要奎宁，洛伊德在闹腹泻，而我潇洒地轻微咳血。

真是令人不快的早晨。悲惨的意识错综复杂地包围着我。内在于事物本身的悲剧在发生作用，把我封闭在没有出口的黑暗里。

人生并不总是啤酒和九柱游戏。但是，我仍然相信事物最终的公正性。即使早晨醒来我发现自己已堕入地狱，但这个信念不会改变。然而尽管如此，人生的步履依然如此艰辛。我必须承认我步伐的失误，在结果面前卑微而严肃地叩首。……总之，Il faut cultiver son jardin（法语，人必须耕耘自己的园地）。可怜的人类智慧最终就表现于此了。我再次回到自己兴致全无的创作。又一次拿起《赫米斯顿的韦尔》，又一次拿它束手无措。《森特·阿伊维斯》也进展迟缓。

我知道自己正处在凡是过脑力生活的人都会经历的转折期，因此并不绝望。但是我的创作走进了死胡同是事实。对《森特·阿伊维斯》也没有自信。廉价的小说。

忽然想到，为什么我在年轻时没有选择其他踏实平凡的职业？如果是那种职业的话，即使像现在这样萎靡不振的时候，也总能好好支撑自己。

我的技巧舍弃了我，灵感也一样，甚至我经过长期英雄般的努力磨炼得来的文体似乎也行将失去。失去文体的作家是悲惨的。以前在无意识中工作的平滑肌，如今必须靠意志来一个个唤醒。

但另一方面，据说《触礁船打捞工人》销量不错。《卡特琳娜》（原题是《戴维·巴尔弗》）不受欢迎，而那种作品却叫座，真是讽刺。但总之不要太绝望，耐心等待第二次发芽吧。虽然今后我的健康得以恢复，脑筋也活泼起来这种事怎么想也不太可能。不过文学这种东西，换一个角度看，无疑属于多少有些病态的分泌。按照爱默生的说法，每个人的智慧应该根据他所拥有希望的多少有无来计算，让我也不要放弃希望吧。

但是，我无论如何也没办法认为作为艺术家的自己有多么了不起。局限太过明显了。我一直只把自己看成是传统的手艺人。那么现在，这位手艺人的技术是否大失水准了呢？现在的我，是没有任何用处的累赘。原因只有两个：二十年来的刻苦和疾病。这两样，把牛奶里的奶油给彻底榨干了……

从森林那一边，雨大声地朝这边走近过来。突然，敲打屋顶的激烈声响。潮湿大地的味道。爽快的，类似高地的感觉。透过窗户向外看，暴雨的水晶棒在万物之上叩击出激烈的飞沫。风。风运来舒畅的清凉。雨很快走了过去，但是它还在侵袭近处的声音响亮地传过来。一滴顺檐而下的雨点透过日本帘子蹦到了我的脸上。雨水好像小河一样从屋顶流过窗前。畅快！这些似乎和我心底的某种东西在互相呼唤。是什么呢？不明白。是关于沼泽地的雨的古老记忆吗？

我走上阳台，倾听顺檐而下的雨声。忽然想说些什么。说些什么呢？关于某种残酷的东西。我身上并没有的东西。关于世界是一个谬误，等等。怎么是谬误？并无特别缘故。因为我写不好作品。还因为我听到太多大大小小、多如牛毛的无聊事情。但是在这些烦杂的重负里面，没有比必须不断挣钱这个永远的重负更沉重的。如果有个地方能让我舒舒服服躺在床上，两年时间都不用写作！即便那里是疯人院，我干嘛不去呢？

十一月××日

我的生日宴会因为腹泻推迟了一周，于今天举行。十五头清蒸乳猪。一百磅牛肉。同等分量的猪肉。水果。柠檬水的味道。咖啡的香味。红葡萄酒、牛轧糖。楼上楼下全都是花、花、花。临时增设了六十个拴马桩。客人来了总共有一百五十人吧。三点钟来，七点钟走，好像海啸过境一样。大酋长赛乌玛努把自己的一个称号赠送给了我。

十一月××日

下山到阿皮亚，在街上雇来马车，和芳妮、贝尔、洛伊德一起堂而皇之地前往监狱。为了给玛塔法麾下的犯人们送去卡瓦酒和香烟等礼物。

在镀金铁栅栏的包围中，我们、我们的政治犯们，还有刑务所长乌尔姆普兰特举杯共饮卡瓦酒。一位酋长在喝酒前，先伸出胳膊把杯中酒徐徐倒在地上，用祈祷般的语调说道："愿神也光临这个酒宴。这集宴是多么美好！"不过我们赠送的只是被叫做斯皮特·阿瓦（卡瓦）的下等酒。

近来，仆人们有点偷懒。（虽然和一般的萨摩亚人相比，绝不能说是懒惰。"萨摩亚人从来不跑，只有瓦伊利马的仆人例外"，某位白人的这句话令我自豪。）通过塔洛洛的翻译责备了他们，并宣布对偷懒最严重的人扣除一半工资。那人温顺地点了点头，不好意思地笑了。刚来这里的时候，如果给哪个仆人的工资减去六先令，那人马上就会辞职的。而如今，他们好像都把我看作酋长一样。被扣工资的名叫迪阿的老人，是萨摩亚料理（给佣人们的）的厨师，拥有几近完美的堂堂风采。他的体格和容貌，可以说是从前名震南洋的萨摩亚战士的典型。但是谁又能想到，这还是位软硬不吃的骗子呢？

十二月×日

万里无云，可怕的酷暑。受狱中酋长们的邀请，下午在烈日的暴晒下骑马四英里半前往监狱赴宴。

是对前几天的回礼吗？他们把自己的乌拉（用许多深红色种子串起来的颈饰）摘下来挂在我的脖子上，称我为"我们唯一的朋友"。虽然是在监狱里，却是场颇为自由盛大的宴会。花席十三张，扇子三十把，猪五头，鱼类堆成的小山，塔罗芋头堆成的更大的山，是送给我的礼物。当我推辞说，这么多可拿不动时，他们说："不，请务必带着这些东西从拉乌佩帕国王家门前走过。国王一定会妒忌的。"据说挂在我脖子上的乌拉，一直是拉乌佩帕很想得到的。看来捉弄国王是囚犯酋长们的目的之一。

把小山一样的礼物堆在车上，挂着红色的颈饰，骑着马，犹如马戏团的队伍一般，我在阿皮亚市众人的惊叹声中悠悠然回到了家。虽然经过了国王家门前，但是他果真嫉妒了吗？

十二月 × 日

搁浅许久的《退潮》终于完稿。劣作？

最近一直在读蒙田的第二卷。不到二十岁时，出于学习文体的目的我曾经读过这本书，这次重读不禁目瞪口呆：那时候的我究竟明白了这本书的什么地方？

读过这种特伟大的书之后，什么作家都显得成了孩子，变得无心再读。这是真的。但尽管如此，我对小说在所有书籍中是最上乘（或者说最强大）者这一点仍然深信不疑。与读者完全融为一体，夺去其魂魄，化身为其血肉，在这个过程中被吸收得一干二净，这样的书只有小说。其他书籍总会剩下些燃烧不尽的东西。目前我陷入了停滞是一回事，但我对这条道路感到无限自豪又是另外一回事。

由于在土人、白人中都名声扫地，以及对接连不断的纷争应负的责任，政务长官冯·匹尔扎哈辞职了。据说裁判所长近期也将辞职。眼下他的法庭已经关闭，但他的口袋为了领取薪俸仍然敞开着。据说他的后任内定为依依达。总之，在新政务长官上任之前，一如既往，是英、美、德领事的三头政治。

阿阿纳方面似乎有发生暴动的势头。

十五

玛塔法被流放到亚尔特之后，土著居民的起义也一直接连不断。

一八九三年底，上一任萨摩亚王塔马塞塞的遗孤率领特普阿族举兵发动叛乱。小塔马塞塞号称要把国王和全体白人放逐岛外（或歼灭），但结果他被拉乌佩帕国王麾下的萨瓦伊部攻破，在阿阿纳遭到溃败。对叛军的惩罚仅仅是：没收五十支枪，征收未缴纳的税金，以及命令修建二十英里的道路。和此前对玛塔法的重罚相比起来，极不公平。因为父亲塔马塞塞以前是德国人拥立的傀儡，小塔马塞塞也因此获得了一部分德国人的支持。

史蒂文森再次向各方提出无益的抗议。当然并非要求严惩小塔马塞塞，他寻求的是对玛塔法的减刑。如今人们只要一听到史蒂文森说出玛塔法的名字就会笑出来。但是他很郑重其事，一遍又一遍地向国内的新闻和杂志呼吁萨摩亚的问题。

这次动乱中，猎取人头又一次大肆盛行。持猎取人头反对论的史蒂文森立刻提出应该处罚砍人头的人。在这次动乱之前，新任裁判所长依依达刚刚通过议会颁布了猎人头禁令，所以史蒂文森的要求按说是理所当然。但实际上处罚并没有实行。史蒂文森很愤慨。岛上的宗教家们对猎取人头的现象竟然漠不关心，也使他很恼火。眼下，萨瓦伊族还在对猎取人头一味坚持，茨玛桑伽族已经退了一步，在以割耳朵代替。而以前玛塔法几乎彻底杜绝了部下猎取人头。史蒂文森认为只要作出努力，这个恶习一定可以根绝。

接受切达尔克兰茨失败的教训，这一任裁判所长似乎正在白人和土著之间逐步挽回政府的信誉。但是，小规模的暴动、土人内部的纷争以及对白人的恐吓，在整个一八九四年未见间断。

十六

一八九四年二月 × 日

昨晚照例在远离家的小屋独自工作时，拉法埃内带着灯笼和芳妮的纸条来了。纸条上写着："咱们家的森林里好像聚集着很多暴民，请马上回来。"带上手枪，光着脚和拉法埃内一起下山。途中碰到正往上走的芳妮。一起回到家，度过了不愉快的一夜。

整个晚上，从塔侬伽马诺诺的方向不断传来鼓声和呐喊声。在遥远的下方的街道上，月光底下（月亮很晚才出来）似乎演出着一场狂乱的闹剧。我家的森林里好像的确潜伏了很多土民，但是安静得出奇。这种寂静反而让人感到可怕。月亮升起之前，泊在港口的德国军舰的探照灯在夜空中来回洒下苍白而宽广的光芒，非常美丽。虽然上了床，但是颈部的风湿又犯了，怎么也睡不着。在我第九次努力入睡的时候，从男仆房间里传来了奇怪的叫声。我捂着脖子，一手拿着手枪，走到男仆房间。大家都没有睡，正在玩斯唯匹（骨牌赌博）。原来是傻瓜密西佛罗输了牌在大喊大叫。

今早八点，在鼓声中，有一队巡逻兵模样的土民从左边的森林亮了相。接着，通往瓦埃阿山的右边的森林里也走出来几个士兵。

他们合在一起，朝我们家走来。最多不超过五十人。拿出饼干和卡瓦酒款待他们后，这些人很规矩地朝阿皮亚方向行进去了。

傻里傻气的恐吓。不过领事们昨晚大概没能睡着觉吧。

前几天进城的时候，有一个不认识的土人递给我一封装在蓝色信封里的正式书简。是威胁信。说什么白人不应和国王方面的人有所瓜葛，不应接受他们的赠品等等。难道他们认为我背叛了玛塔法吗？

三月 × 日

《森特·阿伊维斯》还在进行当中，六个月前订购的参考书终于寄到了。一八一四年时的囚犯竟然穿着如此奇怪的制服，每周刮两次胡子！必须全部重写了。

收到梅瑞狄斯①郑重的来信。很荣幸。《比钦的一生》直到现在仍然是我在南洋的爱读书之一。

每天除替奥斯汀少年讲授历史之外，最近还在担任周日学校的老师。一半是出于好玩接受了委托，但现在已经开始用点心和悬赏来引诱孩子了，不知还能坚持到什么时候。

查图·温都斯出版社（Chatto and Windus）来信说，根据巴克斯特和科尔文的建议，准备出版我的全集。和司各特四十八卷的《威弗利小说集》一样是大红色装订，共二十卷，千部限定版，使用带有我名字大写字母水印的特殊纸张。我算是值得在生前出版如此奢

---

① George Meredith（1828—1909）：英国小说家、诗人。其作品《比钦的一生》是一部具有自传色彩的小说。

侈的东西的作家吗？虽然尚有疑问，但朋友们的好意实在难得。但是，浏览目录之后，至少年轻时那些令人汗颜的随笔无论如何也得删掉。

我不知道，自己如今的声望（？）能持续到什么时候。我还不能相信大众。他们的批判是睿智，还是愚蠢？从混沌中将《伊利亚特》①和《埃涅阿斯纪》②甄选并保留下来的他们，似乎不能不说是睿智的。可现实中的他们，即使出于情面，难道可以说是睿智的吗？说老实话，我不信任他们。但如果那样的话，我到底在为谁写作呢？还是为他们，为了被他们阅读而写作。那些只为他们中间较优秀的少数而写的说法，无疑是在撒谎。如果只被少数批评家称许，却被大众不屑一顾的话，我该是多么不幸。我轻视他们，但又全身心地依靠在他们身上。任性的儿子与无知但宽容的父亲？

罗伯特·佛格森。罗伯特·巴昂兹③。罗伯特·路易斯·史蒂文森。佛格森预言了即将到来的伟大，巴昂兹完成了那个伟大，而我只不过在咀嚼些糟粕。

在苏格兰的三位罗伯特当中，撇开伟大的巴昂兹不说，佛格森和我实在过于相似。青年时代的某个时期，我曾经沉醉在佛格森的诗（和维庸的诗一样）里。他和我出生在同一个城市，同样体弱多

---

① 《伊利亚特》：Iliad，相传是盲诗人荷马（Homer）所作史诗，主要讲述希腊人远征特洛伊城的故事。

② 《埃涅阿斯纪》：Aeneis，古罗马诗人维吉尔（Publius Vergilius Maro）所作史诗，讲述特洛伊城被攻破之后，英雄埃涅阿斯率领众人远赴意大利建立罗马的故事。

③ 罗伯特·佛格森与罗伯特·巴昂兹都是距史蒂文森大约一百年以前的苏格兰诗人。

病，品行败坏，招人讨厌，感受痛苦，最终（唯有这点不一样）死在了疯人院里。如今他美丽的诗篇几乎已经被人遗忘，而远比他缺乏才能的R.L.S.却不管好歹活到了现在，并且要出版豪华的全集了。这种对比真叫人伤心。

五月×日

早上，胃剧疼，服用了几滴鸦片。随后，频繁出现喉咙干渴、手足麻痹的症状。部分的错乱、全体的痴呆。

最近阿皮亚的御用新闻周刊开始猛烈攻击我，并且充满污言秽语。按说如今的我应该已经不算是政府的敌人了，事实上和新长官舒米特以及这一任裁判所长也一直周旋得不错。那么指使报纸这么干的一定是那些领事，因为我不断在攻击他们的越权行为。今天的报道实在卑劣。开始时我曾经生过气，最近反而引以为荣了。

"看吧，这就是我的位置。虽然我只是住在森林里的一介平民，但他们却把我一个人当成眼中钉而百般挑剔！我的力量甚至使他们每周都不得不反复宣称我并没有力量。"

攻击不光来自城里，还来自隔着大洋的远方。即使在这么偏远的岛上，批评家的声音也还是传得过来。怎么会有这么多说三道四的家伙！加上不管称赞的人还是批判的人，全都站在误解的基础上，真让人无法忍受。不管是褒是贬，至少能完整理解我作品的只有亨利·詹姆斯而已。（况且他是小说家，还不是批评家。）

优秀的个人如果置身于某种气氛当中，结果会染上作为个人无法想象的集体的偏见——这一点在远离疯狂的群众的地方，看得格外清楚。在此地生活带来的好处之一是，使我能从外部用不受拘束的眼光观察欧洲文明。据说高斯这样主张："只有在查令十字街周围三英里之内才存在文学。萨摩亚也许是疗养的好地方，但对于创作看来并不适合。"对某种文学而言，这也许是真的。但这是多么狭隘的文学观！

　　浏览一遍邮船今天送到的杂志上的评论，发现对我作品的批判大致来自两种立场。也就是说：认为性格或心理小说至高无上的人们，以及喜欢极端写实的人们。

　　有一种自称性格或心理小说的作品。但我认为它极其啰嗦讨厌。有什么必要非得絮絮叨叨地做性格说明和心理分析呢？性格或心理，难道不应该只通过表现在外部的行动来描写吗？至少，有品味的作家会这么做吧。吃水浅的船摇摆不定。就连冰山，也是藏在水下的部分远比上面庞大。如同一直能看到后台的舞台，或者没有拆去脚手架的建筑一样的作品，我无法忍受。越精巧的机械，一眼看上去不越是简单朴素吗？

　　此外，我还听说左拉先生烦琐的写实主义正在席卷欧洲文坛。据说把映入眼睛的东西事无巨细罗列下来，就能得到自然的真实。此种浅陋真可大发一笑。文学是选择。作家的眼睛是选择的眼睛。绝对地描写现实？有谁能捕捉到全部现实！现实是毛皮，作品是靴子。靴子虽说成自毛皮，但绝不只是毛皮。

令人不可思议的还有所谓"无情节小说"，我想了很久都想不明白。难道是我离开文坛太久，已经听不懂年轻人说的话了吗？对我来说，作品的"情节"乃至"故事"，正如脊椎动物的脊椎一样。对"小说中的事件"的蔑视难道不是孩子硬装大人样时表现出的某种做作吗？让我们比较一下《克拉丽莎》和《鲁滨孙漂流记》。"还用问，前者是艺术品，后者是通俗又通俗的、幼稚的解闷儿的童话故事。"肯定谁都会这样说。好的。这的确是事实。我也绝对支持这一意见。但是说这些话的人，到底有谁通读过《克拉丽莎》哪怕一遍呢？又有谁没有读过《鲁滨孙漂流记》五遍以上呢？这还有待疑问。

这是非常复杂的问题。但可以断言的是，唯有真实性和趣味性二者兼备才是真正的叙事诗。听听莫扎特的音乐吧！

说起《鲁滨孙漂流记》，当然不得不提到我的《金银岛》。对那个作品的价值暂且不论，首先让人想不通的是，没有人肯相信我对那个作品倾注了全力。我是用与后来写《绑架》以及《巴伦特雷的少爷》时同样的专注，写的那本小说。可笑的是，在写它的时候，我把这是写给少年的读物这回事忘得一干二净。直到现在，我也并不讨厌这本少年读物——我最初的长篇小说。人们不愿意相信我还是一个孩子。而能看到我身上的孩子的人们，却不能理解我同时也是个大人。

说起成人、孩子，还有一件事。就是关于英国拙劣的小说和法国巧妙的小说。（法国人写的小说，为什么就那么巧妙呢？）《包法利夫人》无疑是杰作，而《奥立弗·退斯特》是多么孩子气的家庭小说！但是，我甚至在想，和创作成人的小说的福楼拜相比，留下孩子的故事的狄更斯没准儿更是成年人。然而这种想法是危险的。此种意义上的成年人，最后会不会变得什么都不写呢？莎士比亚成长之后变成威廉姆·彼特①，威廉姆卿成长之后则变成无名的一介市民。（？）

人们不知厌烦地反复争论着：用同样的语言，指称各种各样不同的事；或者对同一件事情，用各不相同的、煞有介事的语言来表现。远离文明之后，这件事的愚蠢可笑变得更加清晰可见。对还没有被心理学或认识论波及的这个偏远小岛上的茨西塔拉来说，现实主义也好，浪漫主义也好，归根结底不过是技巧上的问题，是吸引读者的吸引方式的不同而已。让读者信服的是现实主义，让读者入迷的是浪漫主义。

七月×日

上个月以来的恶性感冒终于痊愈，这两三天一直去泊在港里的丘拉索号上游玩。今天一大早进城，和洛伊德一起应邀到政务长官埃米尔·舒米特家里吃早饭。饭后大家一起来到丘拉索号上，午饭也在舰上解决。晚上是冯克博士家的啤酒宴会。洛伊德先回去了，我自己以住饭店的打算，聊天直到深夜。然后，在回去的路上，发生了一段奇妙的经历。因为很有趣，索性记录下来。

啤酒之后喝的葡萄酒好像颇有效力，当告辞冯克家时，我已经

---

① 十八世纪英国的政治家、演说家，倡导废除奴隶制。

有些酩酊大醉了。朝着饭店的方向刚走出四五十步的时候，自己多少还有点警惕："你醉了，可得留点神。"但这种意识不知在什么时候渐渐松弛，没过多久，再往后就什么都不知道了。

等我明白过来，发现自己躺在有点发霉的昏暗的地上，带泥腥味儿的风暖烘烘地吹拂着脸庞。这时，微微睁开眼的我的意识里，有一个想法好像从远处过来的火球一样逐渐接近，越变越大，终于砰的一声点着了——后来回想起来只觉得不可思议，但在我躺在地上的整段时间里，我一直以为自己是在爱丁堡的街道上——"这儿是阿皮亚，可不是爱丁堡。"这个想法闪过时，有一会儿我好像恍然大悟了，但是不久意识又朦胧起来。

在模模糊糊的意识中，一片奇妙的光景浮现了出来。走在路上的我突然肚子疼，急忙钻进路旁一个高大建筑的门里，想要借厕所一用。正在打扫院子的看门老头厉声责问道："干什么呢？""没什么，只想借一下厕所。""哦，那样的话悉听尊便。"老头说完，好像我形迹可疑似的又瞟了我一眼，才又扫起院子来。"讨厌的家伙，什么那样的话悉听尊便。"……那的确是，很久以前了，在某个地方——不是爱丁堡，可能是加利福尼亚的某个城市——我亲身经历过的……

忽然间我醒了。横躺在地上的我的鼻尖前面，耸立着一道黝黑的高墙。深夜的阿皮亚不管哪里都是黝黑的，但这道高墙在前面二十码远的地方断掉了，从那边好像有昏黄的灯光照射出来。我晃晃悠悠地站起来，拾起掉在一旁的帽子，扶着散发出令人讨厌的霉臭味儿的围墙——唤起过去可笑记忆的也许就是这种味道——朝有光亮的地方走去。围墙很快走到了头，向对面望去，在很远的地方有一个路灯，很小，就像是用望远镜看到的一样，但是十分清楚。那边是一条较宽的街道，道路一侧是连绵的围墙，茂密的树叶从围墙上探出头来，一边承受着底下照上来的微光，一边在风中沙拉拉作响。无缘无故地，我以为只要沿着这条路走一会儿，再向左一拐，就能回到黑利欧特大街（度过少年时期的爱丁堡）的我的家。我好像再次忘记了阿皮亚，一心以为自己正走在故乡的街道上。

朝着灯光走了一会儿，突然一下，我真的醒了。是了，这儿是阿皮亚。——这么一来，在迟钝的灯光照耀下的街道上的白色尘埃，还有自己鞋子上的污垢都清楚地映入了眼帘。这里是阿皮亚，我正走在从冯克家去饭店的路上……这时候，我才总算恢复了全部意识。

也许在大脑皮层的某个地方出现了缝隙。我感到自己并不只是因为醉酒而倒在地上的。

也许，如此详细地记录这种事，本身已经带有几分病态吧。

八月×日

被医生禁止写作。完全不写是不可能的，但这些日子每天早上都去农田里待上两三个小时。这样好像还挺不错。如果靠可可树的栽培一天能赚到十英镑的话，把文学什么的让给别人好了。

我家田地上收获的东西——卷心菜、番茄、芦笋、豌豆、橘子、菠萝、醋栗、紫包菜，等等。

《森特·阿伊维斯》并不觉得很糟糕，但总之，写得不顺。眼下在阅读欧姆的印度史，非常有趣。十八世纪式忠实而非抒情的记述方式。

两三天前，突然传来命令让所有停泊中的军舰出动，沿海岸巡航炮击阿特阿的叛民。前天上午，从雷特努传来的炮声惊动了我们。今天也还能听到远处隐隐的炮声。

八月 × 日

瓦伊内内农场举办了野外骑马赛。因为身体状况尚好，我也参加了。驰骋十四英里以上。非常愉快。诉诸野蛮的本能。再现昔日的欢欣。我好像回到了十七岁。"活着就是对欲望的感受，"我一边在草原上疾驰，一边在马上昂然想道，"就是在所有事物上面，感受青春期时对女人身体感到的那种健全的诱惑。"

但白天的愉快付出的代价是夜里急剧的疲劳和肉体痛苦。正因为时隔好久才拥有了如此快乐的一天，这种反作用使我的心彻底暗淡了下来。

过去，我从来没有对自己所做的事感到过后悔。我只对自己没有做的事感到后悔过。自己没有选择的职业，自己没有勇于尝试（虽然的确有过机会）的冒险，自己没有碰到过的各种经验——当想到这些时，贪心的我总会感到焦躁。但是，这种对行动的纯粹的欲望最近在逐渐消失。也许像今天白天那样不带一点阴影的欢乐再不会到来了。晚上回到卧室后，由于疲劳，纠缠不休的咳嗽如同哮喘一样激烈发作，关节的疼痛也一阵阵袭来，它们使我纵然不情愿也不得不这样想。

我是不是活得太久了？以前也曾经有一次想到过死。那是追随着芳妮渡海来到加利福尼亚，陷入极度贫困和极度虚弱中，和朋友、父母切断了一切联系，躺在旧金山的贫民窟里独自呻吟时候的事。那时我常常想到死。但是直到那时，我还没有写出堪称我的生命纪念碑的作品。在把它写出来之前，无论如何不能死。不然就连对鼓励、支持着我走到现在的尊贵的朋友们（比起父母，我先想到了朋友）也是忘恩负义。因此我硬是在吃不饱饭的日子里，咬紧牙关，写出了《沙汀上的孤阁》（*Pavilion on the Links*）。

可是，现在呢？我不是已经把自己能做的工作都做完了吗？它们是不是优秀的纪念碑暂且不论，总之，我不是已经把自己能写的东西写完了吗？勉强自己——在这执拗的咳嗽和喘息、关节的疼痛、咳血，以及疲劳之中——延长生命的理由在哪里呢？自从疾病割断了我对行动的渴求之后，人生对于我只剩下了文学。文学创作。这既不是快乐，也不是痛苦。这只能说是"唯一"。因此，我的生活既不是幸福，也不是不幸。我是一匹蚕。蚕不管自己幸福与否，都不得不织茧，我也只是在用语言的丝编织故事的茧罢了。但是，可怜的病楚的蚕终于把茧织完了。对他的生存来说，不是已经没有任何目标了吗？

"不，还有。"一个朋友这样说，"要变身。变身为蛾，咬破茧子，飞上天空。"这是出色的比喻。但问题是，在我的精神和肉体里，是否还剩有足够咬破茧子的力量。

十七

一八九四年九月 × 日

昨天管做饭的塔洛洛说："父亲和其他酋长们一起，明天要来拜访，说是有事商量。"他的父亲老颇埃是玛塔法一方的政治犯，也是邀请我们参加狱中卡瓦酒宴的酋长中的一位。他们于上个月底刚被释放。在颇埃入狱时，我付出了许多关照：请医生去监狱，为生病的他办理假释手续，再次入狱时替他支付保释金等等。

今早，颇埃和其他八名酋长一起来了。他们进到吸烟室，按萨摩亚的习惯在地上蹲成一圈。随后，他们的代表开始说话了。

"我们在监狱里时，茨西塔拉赠与我们不寻常的同情。现在我们总算被无条件释放了，出狱后大家马上商量着，要设法表达一下对茨西塔拉的深厚情意的感谢。比我们先出狱的其他酋长里，有很多人作为释放条件，现在还在替政府修路。看到这些，我们也打算替茨西塔拉家修一条路，把它作为我们发自内心的礼物。这是大家商量后的决定，请务必接受这个礼物。"原来，他们是想修一条连接公路和我家之间的道路。

只要是比较了解土著的人，谁都不会对这些话过于当真。但不管怎样，我听了这个提议非常感激。虽然说老实话，这事到头来，我还得因为出工具、饭菜、工钱等（对方也许会说不要，但最终还是要以慰问老人或病弱者的形式拿出来）而破费一场。

但是，他们进一步说明了这个计划。他们这些酋长随后会回到各自部落，召集全族中能干活的人。一部分青年将带着小船住到阿皮亚市，负责沿着海岸给干活的人们运送粮食。只有工具由瓦伊利马设法安排，但决不接受任何礼物……这是令人吃惊的非萨摩亚式的勤劳。如果真的照此实行的话，恐怕在这个岛上是前所未闻的。

我向他们郑重地道了谢。我坐在他们的代表（此人我并不熟识）对面，他的脸在刚开始致辞的时候非常矜持，但当说到茨西塔拉是他们在监狱里唯一的朋友时，突然流露出一种燃烧般的纯粹的感情。并不是我在自我陶醉。波利尼西亚人的假面——对白人来说这完全是不可解的太平洋之谜——竟然会如此彻底地摘掉，我还是头一次看到。

九月 × 日

天气晴朗。他们一大早就到了。召集来的全是些体格健壮、面容纯朴的年轻人。他们马上着手新道路的施工。老颇埃兴高采烈，看上去似乎因为这个计划返老还童了。他不停地开着玩笑，好像在向青年们夸耀自己是瓦伊利马家族的朋友似的到处走来走去。

他们的冲动是否会保持到道路完工，这对我完全不是问题。他们主动计划了这件事，并且，已经着手在做这件在萨摩亚前所未闻的事。——这些就足够了。试想一下，这可是道路施工——萨摩亚人最讨厌的东西，在这片土地上仅次于征税的导致叛乱的原因，不管拿金钱还是刑罚都无法轻易诱使他们参加的道路施工。

这件事，让我觉得自己在萨摩亚至少完成了一件事，从而有理由得意一下。我很高兴。事实上，像孩子一样高兴。

十八

进入十月份，道路基本上完工了。作为萨摩亚人，这是令人吃惊的勤劳和效率。在这种场合很容易发生的部落冲突几乎没有发生。

史蒂文森决定举办盛大的宴会纪念工程完工。他不分白人或土著，向所有这个岛的主人无一遗漏寄去了请柬。但令他意外的是，随着宴会日子临近，从白人以及与白人亲近的一部分土人中收到的答复，竟然全是回绝。他们把孩子般天真的史蒂文森高高兴兴准备的宴会当成了政治上的伎俩，以为他正在纠集叛徒，准备对政府制造新的敌意。和他最亲近的几个人也不说任何理由，只说不能出席。宴会上来的几乎全是土人，尽管这样，列席的人数仍然很多。

当天史蒂文森用萨摩亚语发表了感谢的演讲。几天前，他用英文写出底稿，请一位牧师翻成了土著语。

他首先对八位酋长致以深切的谢意，接着对众人说明这个美丽的提议所产生的经过。自己最初是想拒绝这个提议的。因为自己很清楚，这个贫穷的国家正在遭受饥饿的威胁，而且几位酋长的家和部落因为主人长期不在，正急切地等待着治理。但是最终自己接受了这个提议，那是因为，这次工程带来的教训将比一千棵面包树都更有用；此外还因为，接受如此美丽的好意对自己是无上的喜悦。

"酋长们哟，看到诸位屈尊劳动的情景，我感到内心逐渐温暖起来。那不光是由于感谢，更是由于某种希望。我从那里看到了一定会为萨摩亚带来美好未来的保证。我想说的是，诸位作为抵抗外敌的勇猛战士的时代已经结束了。如今守卫萨摩亚的途径只有一个，那就是修建道路、开垦果园、种植林木，并用自己的双手巧妙地推销它们。一句话，就是用自己的双手开发自己国土的丰富资源。如果诸位不这么做的话，其他肤色的人们就会去这么做。

"对自己拥有的东西，诸位做了些什么呢？在萨瓦伊？在乌波卢？或是在图图伊拉？诸位难道没有听任猪猡蹂躏它们吗？猪猡们烧了房子，砍了果树，还在为所欲为。他们不播种却收割，不播种却收获。但是，神是为了你们，才给萨摩亚的土地播下财富的。富饶的土地、美丽的阳光，还有充足的雨水，这些都是神赐予你们的。我再重复一遍，诸位如果不保护它们、开发它们的话，不久它们就会被别人夺走。那时诸位和诸位的子孙就会被抛弃到外面的黑暗里，除了哭泣没有任何办法。我并不是在危言耸听。我已经用这双眼睛看到过许多这样的例子。"

史蒂文森讲述了自己亲眼所见的爱尔兰、苏格兰高地以及夏威夷原住民们悲惨的现状。接着他说，为了不重蹈这些覆辙，必须从现在起奋发图强。

"我热爱萨摩亚和萨摩亚的人民。我发自内心地热爱这个岛，已经决定活着以这里为家园，死后以这里为墓地。所以，请不要以为我的警告只是在口头上随便说说而已。

"如今有一个巨大的危机正在靠近诸位。是重蹈我刚才说过的那些民族的命运，还是战胜它，使你们的后代子孙在这片世代相传的土地上回忆并赞美你们，决定这一切的最后危机即将到来。按照条约，土地委员会和裁判所长的任期不久就要结束。到那时，土地将回到你手中，如何使用它将成为你们的自由。奸诈的白人开始伸手也就在那个时候。手拿土地测量仪的人们一定会来到你们的村庄。试炼你们的火就要点燃了。诸位究竟是真金，还是铅屑呢？

"真正的萨摩亚人必须战胜这个危机。怎么做呢？不是靠涂黑脸颊去打仗。不是靠放火烧毁房屋。不是靠杀死猪猡，猎取受伤的敌人的头颅。那些只会给你们带来更为悲惨的命运。真正解救萨摩亚的人，是那些开辟道路、种植果树、增加收获，也就是说对神赐予的丰富资源予以开发的人。这样的人才是真的勇士、真的战士。酋长们哟，你们为茨西塔拉作了工。茨西塔拉表示衷心的感谢。而且我在想，如果全体萨摩亚人都能以你们为表范该有多好。这个岛上所有的酋长、所有的岛民，全都倾注全力于道路的开拓、农场的经营、子弟的教育、资源的开发——并且，不是为了对一个茨西塔拉的爱，而是为了你们的同胞、子孙、尚未出生的后代倾注全力，那样的话该有多好。"

与其说是答谢辞，还不如说是警告甚至说教的这次演讲大为成功。并不像史蒂文森设想的那样难懂，他们中的大部分人好像都完全理解了，这让他很欣慰。他像少年一样兴奋，在褐色的朋友之间欢蹦乱跳。

新道路的旁边，立着这样一个刻有土著语的路标。

"感谢的道路"

为了报答　在我们狱中呻吟的每一天里

茨西塔拉温暖的心　我们　现在　赠送

这条道路。我们修筑的这条路
永远不会泥泞　　永远不会崩塌。

十九

一八九四年十月 × 日

一听到我还在提玛塔法的名字，人们（白人）立刻做出奇怪的表情，就好像听到有人在谈论去年的戏剧一样。有些人还会咧咧嘴笑出来。卑劣的笑。不管怎样，玛塔法的事也不该成为笑料。但是只靠一个作家的奔走，什么也无力改变（小说家在讲述事实的时候，似乎也被别人当成是在讲故事）。没有哪位有实权的人物援手是不行的。

尽管素昧平生，还是给在英国下院就萨摩亚问题提出过质疑的J.F.侯冈写了一封信。报上说他曾经几次针对萨摩亚的内乱提出质疑，看来对这个问题相当关注。就他质疑的内容来看，似乎也颇通晓内情。在给这位议员的信里，我反复强调对玛塔法量刑失之过重的问题。特别是跟最近挑起叛乱的小塔马塞塞相比较，明显是判决不公。找不出任何罪状的玛塔法（只能说他是遭人陷害）被流放到一千海里之外的孤岛，而另一方面，号称要全歼岛上白人的小塔马塞塞却只被没收五十杆枪了事。还有比这更愚蠢的事吗？现在除了天主教的牧师以外，没有人能去探望远在亚尔特的玛塔法。就连写信也遭到禁止。最近他的独生女儿毅然违禁去了亚尔特，但是一旦被发现，大概还得被遣送回来。

为了解救一千海里以内的他，却必须动用数万海里之外的国度的舆论，真是荒谬。

如果玛塔法能够重回萨摩亚的话，他一定会剃度为僧人吧。他不但受过那方面的教育，并且也有那样的人品。即使无望回到萨摩亚，至少能到斐济岛一带也好。如果能给他和故乡一样的食物、饮料，让他想见面的时候和我们见见面，那该有多难得呀。

十月 × 日

《森特·阿伊维斯》渐入尾声，突然变得想接着写《赫米斯顿的韦尔》了，又一次将它拿起来。从前年动笔以来，几次拿起又几次放下。这次应该能有个结果了。不是自信，而是预感。

十月 × × 日

在这个世上经历的年头越多，一种好像走投无路的孩子般的感慨越是深刻。我无法习惯。这个人世——看到的，听到的，这样的繁殖形式，这样的成长过程，高雅端庄的生的表面和卑劣癫狂的底部的对照——对这些，不管我长到什么岁数还是无法习惯亲近。我年龄越大，越发感觉自己变得赤裸、笨拙。

"等长大就明白了。"小时候总是被人这么说。但那是不折不扣的谎言。我对任何事都只有越来越不明白。……这的确令人不安。但在另一方面，正因为这样，自己才没有失去对生的好奇也是事实。

在世上，实在有太多的老人在脸上这样写着："我已经活过几辈子了。值得我从人生里学习的东西还剩下什么呢。"但是，究竟哪位老人曾经活过第二遍呢？不管再长寿的老人，今后的生活对他来说不也是第一次吗？我轻视并厌恶（我自己虽然不是所谓老人，但如果按照距离死的长短计算年龄的公式，也绝对不算年轻）那些一脸大彻大悟的老人。厌恶那些失去了好奇心的眼神，尤其是那种"现在的年轻人呀"式的、洋洋自得的口吻（只因为在这颗行星上早出生了二三十年，就硬要对方尊重自己意见的口吻）。Quod curiositate cognoverunt superbia amiserunt. "他们因傲慢失去了因惊奇而获得的东西。"

我很高兴，病魔并没有扑灭我身上的好奇心。

十一月 × 日

在午后的烈日下，我独自走在阿皮亚的街道上。

路面上隐隐升起白色的热炎。亮得耀眼。一直看到路的尽头也看不到一个人。道路右边，甘蔗田绿色的悠缓起伏一直延伸到北方，在尽头处，燃烧着的深蓝色的太平洋折叠出云母片般的小皱纹，膨胀成巨大的球形表面。摇曳着蓝色火苗的大海和琉璃色的天空相接的地方被含有金粉的水蒸气熏染着，呈现出朦胧的白色。道路左边，隔着巨大的羊齿族栖息的峡谷，在丰美的绿色流光溢彩的上方，是塔法山顶吗？一道紫罗兰色的棱线从令人目眩的雾霭中突兀地浮现出来。寂静。除了甘蔗叶子的摩擦声外，什么都听不到。

我一边看着自己短短的影子，一边行走。走了很长时间。突然，奇妙的事情发生了。我在询问自己：你是谁？名字什么的不过是个符号。你究竟是谁？这个在热带的白色道路上投下瘦削衰弱的影子，蹒跚前行的你？这个如水般来到地上，不久又将如风般离去的你，无名者？

就像演员的灵魂游离出身体，坐到观众席上，眺望舞台上的自己一样。灵魂在询问它的躯壳，你是谁？并目不转睛地死盯着不放。我打了个寒战。一阵晕眩，感到自己几乎要倒向地上，好不容易走到住在附近的土人家里，休息了一会儿。

这种虚脱的瞬间，在我的习惯里不曾有过。小时候有一段时期曾经折磨过我的永远的谜团——对"自我意识"的疑问，经过漫长的潜伏期之后，突然化身为这种发作向我再次袭来了。

是生命力的衰退吗？但是和两三个月前相比，最近身体的状况要好得多。此外，尽管情绪的波动起伏剧烈，但精神的活力也基本恢复了。在眺望风景的时候，面对那些强烈的色彩，也重又开始感到初次看到南洋时所感受的魅力（那是不论谁在热带住上三四年，都会失去的东西）。不可能是生命力衰退的缘故。只是最近有些容易亢奋倒是事实。在那种时候，已经彻底遗忘好多年的过去的某些情景会像烤墨纸上的图画一样，突然栩栩如生地带着鲜明的色彩、味道和影子在脑海中复活。其鲜明程度甚至会让人感到有些害怕。

十一月 × 日

精神的异常亢奋和异常忧郁，轮流侵袭着我。严重的时候，一天里会反复多次。

昨天下午，骤雨过后的黄昏，当我在山丘上骑马的时候，突然有某种恍惚的东西掠过心头。就在这时，视线下方尽收眼底的森林、山谷和岩石，还有它们剧烈地倾斜着一直连到海边的风景，在骤雨初歇的夕阳中以一种无比鲜明的色彩浮现了起来。就连极远处的屋顶、窗户和树木也带着犹如铜版画般的轮廓，一个个清晰地映入了眼帘。不光是视觉。我感到所有的感官一下子都紧张起来，某个超越性的东西进入了我的灵魂。无论再怎么错综复杂的理论的结构，无论再怎么微妙灵动的心理的阴影，如今的我都决不会看错。我几乎感到了幸福。

昨晚，《赫米斯顿的韦尔》大有进展。

但是今早发生了强烈的反作用。胃部附近钝重压抑，心情也郁闷不快。趴在桌上，接着昨天的部分刚写了四五页，我的笔就停住了。正支着下巴为行文不畅而苦恼时，忽然，一个可怜男人的一生如幻影一样从我眼前闪过。

这个男人患有严重的肺病，唯独性子倔强，是个令人作呕的自恋狂，装腔作势的虚荣汉，没有才能却硬装出一副艺术家的样子，残酷地驱使着病弱的身体，滥写一些没有内容只有形式的无聊作品，而在实际生活里，由于孩子似的做作在每件事上遭受众人嘲笑，在家里不断受到年长的妻子的压迫，最终在南洋一角，一边哭着思念北方的故乡，一边悲惨地死去。

刹那间，这男人的一生犹如闪电一样浮现了出来。我感到心口受到一下巨大的冲击，瘫倒在椅子上，渗出一身冷汗。

片刻后我恢复了过来。全是因为身体不适，竟然会出现如此愚蠢的想法。

但是在对自己一生的评价上，这片突然投下的阴影怎么也难以抹去。

Ne suis-je pas un faux accord

Dans la divine symphonie?

在神指挥的交响乐里

我是那根跑调的弦吗?

晚上八点,完全振作了。重读《赫米斯顿的韦尔》写好的部分。不坏。岂止是不坏!

今早一定是在某个地方出了问题。我是无聊的作家?思想浅薄啦,毫无哲学啦,让那些说三道四的人尽管说去好了。总之,文学是技术。那些靠几句概念瞧不起我的家伙,只要实际读一读我的作品,也注定会被吸引得二话不说。我是我作品的忠实读者。即使在写的过程中已经彻底厌烦,甚至怀疑这种东西到底有什么价值,等到第二天重读一遍时,我也立刻会被自己作品的魅力牢牢抓住。就像裁缝对剪裁衣服的技术拥有自信一样,我对描写事物的技术拥有绝对自信。在你写的东西里,不可能有那么无聊的东西。放宽心!R.L.S.!

十一月××日

真正的艺术必须是(即使不是卢梭那种,肯定也是某种形式的)自我告白,这是我从某本杂志上读到的评论。真是说什么的人都有。炫耀自己的恋人、吹嘘自己的孩子(还有一个,追述昨晚做的梦)——这些对当事人自己也许有趣,但是对别人,还有比这更无聊愚蠢的故事吗?

追记——躺在床上后，左思右想的结果，以上想法有必要作一点修正。我忽然想到，写不出自我告白也许是作为人的一个致命缺陷。（至于是否也是作为作家的缺陷，这对我来说是非常困难的问题，虽然也许对某些人来说简单明了。）简单地说，我能否写出来《大卫·科波菲尔》？不能。为什么？因为我不像那个伟大而平庸的大作家那样对自己过去的生活充满自信。虽然我认为自己比那位单纯明快的大作家经历过远为深刻的苦恼，但我对于自己的过去（也就是说，对现在也一样。振作起来！R.L.S.）没有自信。

少年时代的宗教性气氛，这可以大写特写，并且我也确实写了。青年时代的放荡以及和父亲的冲突，这如果想写的话也能写，并且，用足以令批评家诸君欢欣鼓舞的深刻笔调。结婚的事，就算这也不是不能写（虽然一边看着眼前渐入老境、已经不再是女人的妻子，一边写这个无疑是一件痛苦的事）。但是，在我心里已经决定和芳妮结婚后，又对其他女人说的话、做的事，也要写？当然，如果写的话，一部分批评家也许会高兴，会宣布说出现了深刻无比的杰作。但是，我不会写。因为遗憾的是，我无法肯定当时的生活和行为。

我知道有些人会说，无法肯定那些是因为你的伦理观根本不像一位艺术家，而是像俗人一样浅薄。对他们想要彻底看清人的复杂性的主张，我并非不明白（至少在别人想这么做的时候）。但是，归根结底我还是无法全身心明白。（我热爱单纯豁达。比起哈姆雷特来更爱堂吉诃德，比起堂吉诃德来更爱达达尼昂。）浅薄也好，怎么也好，总之我的伦理观（对我来说，伦理观就是审美观）无法肯定那个。那么，为什么当时那么做了呢？不知道。完全不知道。换了以前，我会声称："辩解是神的事"。但是现在，我只能赤裸着身子，举起双手，汗流浃背地说："我不知道。"

说到底，我真的爱过芳妮吗？这是个可怕的问题。可怕的事。连这个我也不知道。我唯一知道的是，不管怎样我和她结了婚，并且一直到现在。（首先，爱是什么呢？我明白这个吗？不是在寻求定义，而是想知道，在自己的经验里有没有马上拿得出的答案。哦，普天下的读者诸君！你们知道吗？在许多小说里描写过许多恋人的小说家罗伯特·路易斯·史蒂文森年满四十了，竟然还不知道爱是什么。但是，这并不奇怪。请试着把古往今来所有的大作家找来，当面问问他们这个单纯至极的问题。爱是什么？请他们从自己心情经验的档案库里寻找最直接的答案。弥尔顿、司各特、斯威夫特、莫里哀、拉伯雷，甚至包括莎士比亚，这些人一定会出人意料地暴露出缺乏常识，甚至尚未成熟的一面。）

总之，问题在于作品与作者生活之间的距离。和作品相比，可悲的是生活（人类）总是过于低下。我是自己作品的残渣吗？就像高汤煮后的残渣。现在我才想到，至今为止，我只考虑过写小说的事。我甚至一直感到由这个独一无二的目的统一起来的生活是美丽的。当然，我不想说写作这件事无法成为对人格的修炼。事实上，确实是这样。但问题是，比它更有助于人格完整的其他道路，是否就没有了吗？（其他的世界——如果说行动的世界对于多病的自己已经关闭的话，那只是卑怯的遁词。即便一生躺在病床上，仍然有修炼的途径。虽然那种病人最后达成的目标，往往会偏于极端。）

也许是我太专注于小说这一条道路（在其技巧方面）了吧？我是在充分考虑到只顾含糊地追求自我完整、在生活中不拥有任何一个具体焦点的人（看看梭罗吧）的危险之后，才说这番话的。忽然想起了那位我曾经非常讨厌、今后大概也不会喜欢（他的书如今在我南洋的贫乏的书库里连一本也没有）的魏玛共和国的宰相。那个男人，至少不是高汤的残渣。正相反，应该说作品是他的残渣。啊，我的情形则是，作为作家的名声荒唐地超越了我作为人的完整（或者说不完整）。可怕的危险。

想到这儿，感到一种奇特的不安。如果把现在的想法彻底化，我以前的作品是不是应该全部废弃呢？这是令人绝望的不安。与至今为止我生活中的唯一主宰"写作"相比，竟然会出现更有权威的东西。

但在另一方面，排列词句时神奇的欢喜，还有描写中意场面的快乐，这些已经渗入习惯、性情的东西，我决不认为会离我而去。执笔写作大概永远将是我生活的中心，并且这没有什么不好。但是——不，没必要害怕。我有足够的勇气。我必须勇敢地迎接发生在我身上的变化。蚕蛹要变成蛾子飞上天空，必须无情地咬破自己从前织就的美丽丝茧。

十一月×× 日

邮船日，爱丁堡版全集第一卷送到。对装帧、纸质等基本满意。

将书信、杂志之类全部浏览一遍后，感到在欧洲的人们与我之间看待问题的差距越来越大了。是我变得过于通俗（非文学），还是他们的想法本来就过于狭隘呢？二者必居其一。

以前我曾经嘲笑过研习法律之辈。（但我自己却拥有律师执照，真是滑稽。）因为我认为法律是只在某个地盘内拥有权威的东西。再怎么通晓它的复杂结构，它也不具备普遍性的人类价值。对现在的文学圈我也想这么说。英国文学、法国文学、德国文学，或者充其量，欧美乃至白色人种的文学。他们设定了这些地盘，把自己的嗜好吹捧成神圣的法则，在绝不会通用于其他世界的特殊而狭隘的约定俗成下，夸耀着自己的优越。这一点，生活在白色人种世界之外的人大概无法体会。

当然，事情还不止于文学。在对人、对生活的评价上，西欧文明也制定出了某种特殊标准，并且一心以为将它放之四海而皆准。对那些只懂得有限的评价法的家伙们来说，太平洋原住民人格上的优点，还有其生活的美感，是根本无从理解的。

十一月××日

在那些周游于南洋各个岛屿之间的白人小贩中，偶尔能发现（不用说，其余大部分都是唯利是图的奸商）以下两种类型的人。一种是完全没有攒一点钱后回到故乡安度晚年的打算（这是大多数南洋商人的目的），只是出于热爱南洋的风光、生活、气候和航海，因为不想离开南洋而持续着买卖的人。第二种在热爱南洋和流浪上与前者相同，但是采用的方式偏激得多，他们冷眼批判文明社会，打个比方，是些虽然还活着，但已经把自己埋葬在南洋的风雨里的虚无型人物。

今天在街上的酒馆里，遇到一个第二种类型的人。是个四十岁左右的男人，当时正在我旁边的桌子上独自喝酒（盘着脚，不停地晃动着膝盖）。衣服很寒碜，但是脸庞敏感而富于理性。眼睛混浊发红，明显是酒精的缘故。粗糙的皮肤上唯有两片嘴唇异样地鲜红，令人感到少许不快。

　　不到一个小时的谈话，我只确切知道这个男人毕业于英国一流大学。说着在这个港口城市罕见的完美的英语。他说自己是杂货商人，从通伽来，准备乘下班船到特克拉乌斯去。（他自然不知道我是谁。）完全没有提到自己的买卖。谈了点关于白人带进各个岛屿的恶性病的话题。接着，他说起自己什么也没有，无论妻子、孩子、家，还是健康或希望。对我提出的是什么使他过上这种生活的傻问题，他回答说："这可没有什么说得出来的、像小说似的原因呐。再说，您说'这种生活'，可是我眼下的生活也没有太多特殊之处吧？如果跟作为人被生下来这件更特殊的事实相比的话。"他一面笑着，一面轻轻地干咳了几声。

　　这真是难以抵抗的虚无了。回到家躺在床上以后，这个男人的声音，那极其礼貌但是无可救药的腔调还一直回荡在耳边。Strange are the ways of men.

　　定居这里之前，乘着纵帆船周游各个岛屿的时候，我也遇到过形形色色的人。

　　有一个美国人。在别说白人，连土著都很少见的玛尔科萨斯（Marquesas）的后海岸亲手盖起小屋，独自一人（在海水、天空和椰子树之间完全独自一人），以一本彭斯和一本莎士比亚作为伴侣生活

（并且无怨无悔地准备埋骨当地）。他是一位造船匠，年轻时读到关于南洋的书，因为无法按捺对热带海洋的憧憬而终于远离故乡来到这个小岛，并就此扎下根来。当我停靠在他的海岸时，他作了一首诗送给我。

有一个苏格兰人。在太平洋的所有岛屿中最神秘的复活岛上（在那里，如今已经灭绝的先民们遗留下来无数怪异巨大的石像覆盖着全岛）当了一段时间尸体搬运工后，他重又开始从一个岛屿到另一个岛屿流浪。一天早上，他在船上刮胡子时，船长在背后叫了起来："喂！怎么回事？你把耳朵给剃掉了！"他这才知道自己剃掉了耳朵并毫无知觉。他当即决定迁移到癞病岛莫洛卡伊（Molokai），在那里心满意足地度过余生。在我探访那个被诅咒的小岛时，这个男人快乐地为我讲述了自己从前的冒险经历。

阿佩玛玛（Apemama）的独裁者比诺库（Tembinok）现在怎么样呢？不戴王冠却戴头盔，穿着短裙，扎着欧洲式的绑腿，这位南洋的古斯塔夫·阿道夫①非常喜欢新鲜玩意儿，在他正位于赤道上的仓库里收藏有各种暖炉。他把白人分为以下三种："欺骗我一点的人"、"欺骗我很多的人"、"狠狠欺骗我的人"。当我的帆船离开他的岛时，这位豪爽刚直的独裁者含着眼泪，为"一点也没有欺骗他"的我唱起了诀别的歌。他还是岛上唯一的吟游诗人。

夏威夷的卡拉卡瓦（Kalakaua）王现在怎么样呢？聪明但常常哀伤的卡拉卡瓦。他是太平洋的人种里能和我对等地讨论麦科斯·缪

---

① 即瑞典国王古斯塔夫二世（1611 年—1632 年在位），他通过实行行政、经济、军事等改革，将瑞典打造为欧洲强国之一。

勒①的唯一人物。曾经梦想过波利尼西亚大联合的他，如今面对着自己国家的衰亡，也许已经平静地看破红尘，正在埋头阅读赫伯特·斯宾塞②吧。

夜半，无法入睡，侧耳倾听远处的涛声，在蔚蓝的海流和清新的季节风里，我遇到过的各种各样的人们的身影，一个接一个无休止地浮现出来。

真的，人肯定就是用来制作梦想的物质。可就算那样，这些数不清的梦想是多么丰富多彩，又是多么滑稽得令人悲伤呵。

十一月××日

《赫米斯顿的韦尔》第八章完稿。

我感到这件工作正逐渐走上轨道。终于清晰地捕捉住了对象。一边写，一边感到某种沉甸甸的、稳稳的感觉。

在写《贾基尔医生和海德先生》以及《绑架》的时候，速度也曾经快得令自己吃惊，但写的过程中并没有牢固的自信。一边预感到也许会成为优秀的作品，但另一边也摆脱不了或许压根只是自以为是的劣作的恐惧。手里的笔好像是被自己以外的什么东西牵引、追赶一样。但这次不同。同样写得快而顺畅，但很清楚，是我自己在牢牢驾驭着所有作品中人物的缰绳。作品的好坏自己也知道得一清二楚。不是通过亢奋的自我陶醉，而是通过沉着的计算。即使按

---

① Friedrich Max Müller（1823—1900）：学者，主要研究领域为东洋学、神话、比较语言学等。出生于德国，后加入英国国籍。

② Herbert Spencer（1820—1903）：英国哲学家、社会学家，提倡社会达尔文主义。

最差的估计，这篇作品至少也会在《卡特琳娜》之上。虽然还没有写完，但这一点是肯定的。岛上的谚语这样说："是鲨鱼是鲣鱼，看看尾巴就知道。"

十二月一日

天还没有亮。

我站在山岗上。

下了一夜的雨渐渐停了，但是风很大。在脚下延伸着的巨大倾斜的远处，掠过铅色的海洋向西逃窜的云朵脚步飞快。云层的裂缝里，不时漏出拂晓凝重的白光，在海面和田野上流动。天地还没有色彩，犹如北欧的初冬，冷冰冰的。

饱含湿气的劲风迎面吹来。我用大王椰子的树干支撑身体，才勉强站住。有某种又像不安又像期待的东西涌上了心头一角。

昨晚我也长时间地站在阳台上，任狂风和它挟带的雨粒吹打全身。今早又是这样迎着强风站立。我想向某种激烈的、残暴的、暴风雨式的东西狠狠撞上去。通过这样的举动，把将自己禁锢在一个局限里的硬壳彻底打碎。这是多么畅快！对抗着四大元素的严厉意志，在云、水、山岗之间岿然屹立一人独醒！我渐渐生出种英雄般的气概。"O!Moments big as years!"[①] "I die,I faint,I fail."[②] 我呼喊着纷至沓来的句子。声音被风切碎，飞向远方。田野、山岗和海洋渐渐光

---

① 　英国诗人约翰·济慈（1795—1821）取材自希腊神话的长诗《海伯利安》（*Hyperion*）中的诗句，意为"一瞬犹如数年"。

② 　"我衰老，我眩晕，我死去。"

明起来。

一定会发生什么。替我扫去生活中残渣和杂物的什么一定会发生。欣喜的预感充满了我的心。

这样站了足足有一个小时吧。

刹那间，眼前的世界突然变了表情。无色的世界蓦然被流光溢彩的颜色映亮了。东边耸立的岩石的背后，从这里看不到的地方，太阳出来了。多神奇的魔术！迄今为止一片灰色的世界，一下子被光彩四射的番红花色、硫黄色、玫瑰色、丁香色、朱红色、绿宝石色、橘色、佛青色、紫罗兰色——所有这些带着织锦缎般光泽的明亮眩目的色彩给染遍了。飘着金色花粉的清晨的天空、森林、岩石、山崖、草地、椰子树下的村庄、红色如可可硬壳般的山岭，何等地美丽！

望着眼前这瞬间的奇迹，我痛快地感到，就在此刻，我体内的黑夜远远遁逃得无影无踪了。

我昂然回了家。

二十

十二月三日早晨，史蒂文森和往常一样口授大约三小时《赫米斯顿的韦尔》，由伊莎贝尔记录下来。下午，写了几封书信。

将近傍晚来到厨房，在正在准备晚餐的妻子旁边一边说着笑话，一边搅拌着沙拉。然后，他到地下室去取葡萄酒。当他拿着酒瓶回到妻子身边时，突然失手扔掉了瓶子，一边叫着"头！头！"，一边晕倒在了地上。

他马上被抬到卧室。有三位医生被急忙请到，但是他再没有苏醒过来。医生的诊断是"肺脏麻痹性脑溢血"。

第二天清晨，瓦伊利马摆满了前来吊唁的土人们送来的野生的花、花、花。

洛伊德率领二百名主动报名的土人，从凌晨起，开拓通往瓦埃阿山巅的道路。那片山顶，是史蒂文森生前指定的埋骨之地。

风寂静地死去的下午两点，棺木出发了。在魁梧的萨摩亚青年们的接力下，穿过丛林里的新路，朝着山巅抬上去。

四点，在六十名萨摩亚人和十九名欧洲人面前，史蒂文森的身体被埋入了大地。

这是海拔一千三百英尺，在柠檬树和露兜树环绕之下的山顶的空地。

人们唱起了故人生前为家人和仆人们所作的一支祈祷曲。在弥漫着令人窒息的柠檬香味的炽热空气里，大家静静地垂着头。摆满墓前的洁白的百合花瓣上，一只带着天鹅绒般光泽的大黑扬羽蝶停着翅膀，正静静地呼吸……

一位老酋长，满是皱纹的古铜色的脸上泪水纵横——对生的欢欣如痴如醉的南国人，正因为此对死抱有绝望的哀伤——低声说道：

"投珐（安息吧）！茨西塔拉。"

附

录

在章鱼树下

在南洋群岛的土人之中工作时，对内地的无论新闻还是杂志都不曾过目。对所谓文学似乎也已经淡忘。在这期间，战争开始了。于是我愈发不再考虑文学的事情。几个月后，回到东京。令人手足无措的是不光气候，连周围的气氛都截然一变。书店门口高高堆放着的书刊，着实让我吃惊。时隔许久读到文学作品虽然有趣，但对于我这南洋痴呆症的粗糙大脑来说，它们显得过于精巧微妙，难于理解。至于作品之外的评论文章，则更是如此。原因似乎在我自身，比如完全缺少关于文坛现状的预备知识，对于理所当然需要掌握的术语和通用语言毫不了解，已经成了无论心理还是逻辑都过于大大咧咧的单纯家伙，等等。但是，总之通过这些文章，可以大约看出从事文学者目前思考的问题。反观我自己，迄今为止在章鱼树下，对于时局和文学的想法是多么天真！与其说天真，不如说压根什么都没想！

我一直以为战争是战争，文学是文学，二者各不相关。完成自己当前被分配的实际任务是当务之急，其他则无暇顾及。就算偶有闲暇动笔，但也未必抱有文学作品的意识。从没想过要在写作中添入时局色彩，更别说去想文学可以对国家大计发挥作用了。文学可以像应用科学那样为战争作出贡献？这样的事我傻傻地想都没有想过，只是单纯地以为当今之际，忘掉文学一心完成当前工作就好。作为一名国民诚实地生活，如果自己是文学者的话自然会出来作品。而即使出不来作品也没关系，这些在当前并不要紧。我就抱着这样大大咧咧的想法，回到了东京。

看到这里泛滥着如此之多的微妙复杂的问题，真是大吃一惊。这时才头一次意识到文学原来也可以对战争发挥作用，自己实在是迂阔至极。但是，文学者的学问和知识能在文化动员活动中发挥作用啦，文学者能够解读古典或者传授报道文章的制作技术啦，等等这些，究竟是否算得上文学的功效呢？如果说文学可以发挥其功效，我认为那应该是对于如此时世下容易被视而不见的我们的精神的外刚内柔性——或者说，在奋勇的外表下所掩藏着的回避思考的惰性——发挥作为防腐剂的功效吧。对此，现在还缺少彻底道破的勇气。

我以为，期待我们的感动马上如实地反映到作品上，太过于性急。担心自己的作品缺少时局性，故意在上面添加一些国策色彩，也有些可笑。即便有感动，但尚未发酵到文学的程度，放到古典题材上总显得格格不入，而当下题材又因为各种原因难于下笔。所以我说，写不出就写不出，没必要勉强去写。（看看，我又回到了在南洋时的最初想法。）放下作家头衔，作为战争时期国民的一员从事必要的实际工作，不就可以了嘛。

很多人主张，文学者的战场归根结底在书斋。那些依然充满旺盛的创作热情的人，那些坚信自己的作品可以奉公报国的人，当然有资格这么主张。但是，那些写不出来的，或者对自己的作品感到不安的人，则没有必要因为迄今是作家，就硬是咬住文学不放。在此人力不足之际，抛下笔墨从事实际工作，也许对文学和对国家都更好。（或许作家们已经在各自从事着这样的工作，只是我不知道。若如此则无话可说。）

我这些粗糙的想法，看起来是在贬低文学吗？不，我自己丝毫不这么认为。相反，正因为把文学置于很高的位置，所以无法忍受在这个世界上存在代用品。与粮食、衣服不同，文学不需要代用品。出不来就出不来，那就等到"真东西"出来的那一天。

在章鱼树的岛屿生活的时候，我幼稚可笑地将战争与文学截然分开，那是因为"为现实尽绵薄之力的愿望"和"不愿把文学变成实用海报的心情"在自己身上顽固地朴素地对立并存。即使从章鱼树的岛屿回到锦绣都城之后，这一倾向也难以克服。看来本人的南洋痴呆症尚未康复吧。

汉诗选

一

习习东风夜淡晴，星光润晕不鲜晶。

清明未到天狼没，谷雨已过角宿莹。

庭上见星幽客意，花荫踏露惜春情。

微芳满地无人识，只有邻家静瑟声。

二

韶光已遍柳丝长，四月庭除气正爽。

红紫好薰风信子，朱黄夺目郁金香。

花英绚烂如浓抹，嫩绿苍苍似淡妆。

谁谓此家无一物，万金芬郁满茅堂。

三

非不爱阿堵，阿堵一无情。

厄穷空悯妇，除日嗟咨声。

四

攻文二十年，自嗤疏世事。

夜偶倦翻书，起仰天狼炽。

五

北辰何太廻，人事固堪嗤。

莫叹无知己，瞻星欲自怡。

六

　　咏春河马　二首

悠悠独住别乾坤，美丑贤愚任俗论。

河马槛中春自在，团团屎粪二三痕。

　

春昼悠悠水里仙，眠酣巨口漫垂涎。

伫盺河马偏何意，闲日闲人欲学禅。

七

　　五月五日自哂戏作

行年三十一，狂生迎诞辰。

木强嗤世事，狷介不交人。

种花穷措大，书蠹病瘦身。

不识天公意，何时免赤贫？

八

呈滋贺先生

先生爱奕棋，对局忘炎暑。

疏竹影婆娑，北窗凉动处。

先生爱赋怀，吟杖独裕裕。

花朝笔自奔，月夕多佳句。

先生爱自由，富贵于吾奈。

冰心玉壶中，琴意青云外。

先生爱青年，谈吐时风发。

温故不嗤新，秀气犹滂渤。

先生爱读书，畅适忘疲倦。

不患无轻肥，胸中有万卷。

中岛敦生平年表

1909年　5月，作为中岛家长子出生于东京。祖父中岛抚山是汉学家，在埼玉县久喜町开设汉学塾"幸魂教舍"，门生上千人。父亲中岛田人是文部省认证的汉文教师，辗转于各地教书，当时在千叶县铫子中学任教。

*同年10月，伊藤博文在哈尔滨街头被韩国民族运动家安重根暗杀。

1910年　1岁　父母离异，暂由母亲抚养。父亲调到奈良县郡山中学任教。

1911年　2岁　祖父中岛抚山去世，享年83岁。6月，被接回埼玉县久喜町，由祖母和伯母们抚养。

1914年　5岁　父亲迎娶继母。

1915年　6岁　由父亲接到奈良。

1916年　7岁　进入奈良县郡山男子普通小学，学年结束时获得优秀奖。

*同年12月，夏目漱石去世。

1918年　9岁　父亲调到静冈县立滨松中学任教，转学进入静冈县滨松西普通小学。

1920年　11岁　父亲调到朝鲜总督府龙山中学任教，转学进入京城市（即现在的首尔市）龙山公立普通小学。

1922年　13岁　从龙山公立普通小学毕业，进入朝鲜京城府公立京城中学。

*同年7月，森鸥外去世。

1923年　14岁　妹妹澄子出生。继母去世。

1924年　15岁　迎来第二位继母。

1925年　16岁　初夏，在伪满洲国作修学旅行。10月，父亲调动到关东厅立大连第二中学任教，中岛敦住到在京城女校任教的伯母处。

1926年　17岁　从京城中学毕业，回到日本，进入第一高等学校文科，住进学生宿舍和寮。三胞胎弟妹（敬、敏、睦子）出生，但不久两个弟弟相继夭折。

*同年12月25日，大正天皇去世，改元昭和。

1927年　18岁　患肋膜炎，休学一年。先到大连的满铁医院住院，后回到日本疗养。

*同年7月，芥川龙之介自杀。

1928年　19岁　出现哮喘。开始在《校友会杂志》发表作品。

1929年　20岁　成为学校文艺部委员，参与《校友会杂志》编辑工作。

1930年　21岁　从第一高等学校毕业，进入东京帝国大学文学部国文科。一度热衷于跳舞、打麻将。这一年，妹妹睦子在大连病死；伯父中岛端（汉学家，号斗南先生）去世，享年78岁。

*同年，世界经济危机波及日本，生丝价格暴跌。

1931年　22岁　3月，与桥本夕力初次见面。8月，据说曾计划组织浅草的舞女到台湾巡回演出。暑假期间通读江户末期天才棋手天野宗步的全部棋谱，令友人大吃一惊。为筹措谈恋爱经费，经常召集友人到宿舍举行唱片拍卖会。10月，成为中岛家继承人的父亲从大连离任回国。

1932年　23岁　与桥本夕力结婚（依照父亲劝告，毕业之后正式入籍）。8月，到中国北方旅行。秋天，报考朝日新闻社，因体检不合格落选。（时逢就业冰河期，同班三十六人只有三人顺利找到工作。）11月，提交毕业论文《关于耽美派的研究》。

1933年　24岁　1月，将祖父抚山的著作《演孔堂诗文》和伯父斗南的著作《斗南存稿》赠送给东京帝国大学附属图书馆。3月，从东京帝国大学文学部国文科毕业。4月，进入大学院。同月，经祖父的弟子介绍，就任横滨高等女子学校教师，教国语、英语、历史和地理课。这一年，长子桓出生。与友人合译D.H.劳伦斯《儿子与情人》。写完《斗南先生》。开始写《北方行》。

1934年　25岁　2月，写完《虎狩》。3月，从大学院退学。9月，哮喘发作，几乎危及生命。

1935年　26岁　自学拉丁文、希腊文。与学校同事组成读书会，精读布莱兹·帕斯卡尔《思想录》及《庄子》、《列子》等古籍。

1936年　27岁　2月，"二·二六"事件爆发（憧憬"天皇亲政"的陆军皇道派青年军官发动军事政变，被昭和天皇亲自下令镇压）；得知此事后在日记中写下"极为震惊"。8月，前往中国上海、苏州、杭州等地旅行。这一年,写出《狼疾记》、《变色龙日记》初稿。创作 *My Virtuosi*、《朱塔》、《小笠原纪行》等和歌系列。

1937年　28岁　1月,长女正子早产,两天后夭折。创作《并非和歌的歌》等和歌系列,将和歌作品进行整理,总题为"歌稿"。这一年,在友人应召出征的消息频传中,热衷于养花种草。

*同年7月7日,卢沟桥事变爆发。

1938年　29岁　译出阿道司·赫胥黎著《帕斯卡》。

1939年　30岁　年初,写出《悟净叹异》初稿。这一年,哮喘发作日益剧烈。有时写汉诗遣怀,热衷于音乐、天文学、相扑。

1940年　31岁　1月,次子格出生。7月,开始阅读史蒂文森的著作与传记。哮喘发作日益加重。年底,在给友人的信中写道:"不知何时就会发作,总是惴惴不安。当剧烈发作之后,简直对活着这件事感到厌恶。"

1941年　32岁　2月,开始认真考虑异地疗养,并专注于文学创作。5月,托叔父在伪满洲国找工作。5月底,得到在南洋厅工作的机会,向横滨高等女校提出辞呈。6月28日,乘远洋客轮塞班号从横滨港出发,于7月6日抵达帕劳。任职南洋厅编修书记,主要工作是为制订在殖民地使用的日语教科书进行调查准备。为此两次到附近岛屿长途出差,访问公立学校。12月中旬起,哮喘发作愈烈。年底,因为"心脏性哮喘无法胜任繁忙公务",提出"回内地服务"的申请。

这一年在创作方面,1月底写完《茨西塔拉之死》(后改题为《光·风·梦》),4月写完《古谭》四篇。5月,开始写《悟净出世》,

写到一半即远赴南洋。

＊同年12月8日，太平洋战争爆发。

1942年　33岁　1月，环绕帕劳本岛作长途出差。3月4日，获得许可回东京出差，17日抵达东京。因气候剧变哮喘发作，住院治疗。5月，身体略有小康，倾注全力于写作。5月《悟净出世》脱稿，6月《弟子》脱稿。7月15日，最初的小说集《光・风・梦》出版。向南洋厅提出辞呈。9月，将第二册作品集《南岛谭》的原稿送至出版社。10月起哮喘加剧，坚持写出《李陵》、《高人传》。11月15日，《南岛谭》出版。此时心脏已逐渐衰弱，再度住院治疗，在病床上写出《在章鱼树下》。12月4日去世。遗体葬于多磨墓地。

从"狼疾"到"光·风·梦"

——走进中岛敦的文学世界

    如果把文学史比作一片广漠的星空，空中偶尔会有彗星划过。那乍现即逝的光亮，因短暂更显璀璨，因出其不意引人无限遐想。中岛敦就是这样一位彗星型作家。生于一九〇九年，卒于一九四二年，享年三十三岁。他从中学时代开始文学创作，除了在同仁杂志上发表过几篇文字之外，几乎不为人所知。中岛敦登上文坛广为人知时，已是人生最后一年。

    一九四一年年底，日军偷袭珍珠港，太平洋战争全面爆发。翌年二月，中岛敦的短篇小说《山月记》《文字祸》在老牌文学杂志《文学界》上发表，令日本文学界耳目一新。五月，《文学界》用整本杂志一半的篇幅破格刊登长篇小说《光·风·梦》。七月，作品集《光·风·梦》出版。十一月，第二部作品集《南岛谭》出版。十二月四日，中岛敦离世——如他在作品中所预言的那样，"风寂静地死去"。

    在战争时局下喧嚣、骚动的时代气氛中，中岛敦的作品挟着远古异域的清新、凛冽空气如一阵风般刮来，带给人们惊喜，也令人们手足无措。一方面是作品广获好评、出版社纷纷求稿；另一方面，在这一年的芥川奖评选中，虽然《光·风·梦》被视为最有力的候选作品，例如评选委员之一川端康成就表示"我无法相信这样的作品不配得芥川奖"，但最终这一届以没有作品获奖告终。事后有作家认为"这些评选委员的脑子一定是在战争混乱中出了问题"，也有评论家认为"当时的文坛尚不具备接纳这种新形式的文学的基础"。

直至战事平息后，中村光夫等人整理中岛敦的遗作，编辑出版《中岛敦全集》三卷，获每日出版文化奖。《山月记》被收入中学语文课本，几代日本人广泛阅读，以致中岛敦获得了"国民作家"的美誉。而在为数众多的读者和研究者中，至今还有人惋惜："假如他能活到二战后，又会写出怎样的作品呢？"这几乎已成为日本文学史上最美的谜题之一。

假设的问题没有答案。不过中岛敦在其生命晚期绽放异彩的奥秘，却有迹可循。在作品集《南岛谭》中，收录了一篇早年未曾发表的作品《狼疾记》。小说主人公"三造"，是中岛敦具有自述性质的几篇作品（包括习作）中贯穿始终的人物，基本可以视同作者的分身。在这篇小说中，三造回忆了自己上小学时听说有一天地球终将毁灭、人类终将灭亡，自那之后关于"存在"的形而上的、同时又带有身体感觉的"漠然不安"成为他生活中的"主调低音"。——"太阳也将冷却，消失。在彻底黑暗的空间中，只有黑色星体们在默默地转动。想到此他不堪忍受。""对他来说，这并非关于自己一个人的生死的问题。这是关系到对人类、对宇宙的信赖的问题。"

一岁时父母离异，此后先后经历两任继母。自幼体弱，十九岁开始发作的哮喘困扰其短暂的一生。亲生母亲的"不在"给他的"存在"带来了怎样的缺失？与死为邻的日常又给他的"存在"造成了怎样的威胁？而他所置身的时代，正如海对岸比他晚生十年的张爱玲所说，"已经在破坏之中，还有更大的破坏要来"。事实上，中岛敦短暂的人生轨迹中深深地刻印着"大日本帝国"殖民扩张的版图。十一岁时，因父亲在日本殖民下的朝鲜教书，而转入朝鲜的小学就读。十六岁时因父亲调到大连教书而前往"伪满洲国"修学旅行，两年后罹患肋膜炎时也是先到大连的满铁医院住院，之后才转回东京疗养。而在去世的前一年，为了异地疗养并专注于文学创作，他远赴日本统治下的太平洋岛屿帕劳，其间担任的教科书编修工作更是与日本的殖民时代充满瓜葛。

或许，这些人生经验所塑造出的身体与在汉学世家中熏陶出的知性，以及冥冥中不可知的天性结合在一起，构成了中岛敦的原点：对"存在"这一命题，持续进行形而上的、带有身体感觉的追问。在《狼疾记》中，三造最终领悟到自己唯一的"所与"——被赋予的存在条件/根据——正是"对于形而上的贪欲"。而在小说标题下方，作者中岛敦早已摘录了取自《孟子》的引文："养其一指，而失其肩背，而不知也，则为狼疾人也。"

若干年后在《山月记》中，因对某物（文学）过于执着以至于人变身为虎的惊心动魄之主题，在"狼疾"一词中已初见端倪。然而这时还在一九三六年，中岛敦虽已"领悟"，距离发现自己的方法尚需时日。就在一年前，针对当时日本文坛占主流的"私小说"，小林秀雄发表了《私小说论》，指出西方的"个人"是"社会化的自我"，而在近代市民社会尚未确立的日本，"私小说"中描绘的"自我"缺少"与社会的对峙"，沉溺于"日常生活的艺术化"。

对于中岛敦来说，无论"日常生活"还是"社会"的范畴，都无法满足其对终极问题的渴求。虽然如此，以个人经验及心境作为叙述线索的《斗南先生》《狼疾记》等早年作品仍囿于私小说的框架，而试图在更广阔的社会现实中展开叙述的《北方行》则未能完稿。

直到经历了漫长的尝试与酝酿之后纵身一跃，跃向更为遥远辽阔的天地，这时中岛敦才终于如彗星一般获得了自己的光芒和速度。由《悟净叹异》《悟净出世》两篇构成的"我的西游记"，可以看作这纵身一跃的起点。中岛敦的文学从此跃出个人生活或社会现实的有限范畴，在更高次元的时空（历史中的巨大冲突，已消逝的早期文明，文明之前的异域世界等等）中，展开关于"存在"的终极追问。他的追问终于突破了自我意识的封闭圆环，不再止步于形而上的思辨，而升华为一种积极的"行动"。通过"作为文学的行动"，或者说"作为行动的文学"，唤醒沉睡在古籍中的人物，以"超乎寻常的视觉性想象"，在历史的巨大冲突或存在的根源困境中淬炼"存在的造型"——人之存在，究竟具有怎样的可能？

在飘荡着"哲学的忧郁"的流沙河底，被意义之"病"折磨的妖怪悟净遍访哲人隐士，试图治愈自己。最终在与自己截然不同的存在——总是如一团火般在"行动"中燃烧的悟空，以及总是用怜惜的眼神注视着"永远"的三藏法师——的相遇中，领悟到"所与"

就是"必然","必然"就是"自由"。不用问，这也正是中岛敦所获得的自由。他曾将自身的"所与"视为"狼疾"，而当他反手将之化作"自由"时，作家"中岛敦"的文学世界真正得以成立。

在探讨与作者最为切身的文学、文字等主题的"古谭"系列中——

变身为虎的诗人。被吃掉的诗人。诗人与共同体之间宿命般的关系。

在人的凝视中解体的文字。文字精灵对人的可怕报复。

前世与今生。身体与记忆。犹如相互映照的镜子一般的无限连环……

在取材自春秋战国史实的"古俗"系列中——

人的面貌幻化为"扎根在最黑暗的原始混沌中的物体"。

而令对面的人感到对于某种可称作"世界之冷酷恶意"的东西之谦卑的恐怖……

中岛敦身上一直具有某种体系化思考的倾向。他常为具有内在关联性的几个短篇作品赋予一个总题，如"过去帐"（由《狼疾记》和《变色龙日记》构成），如"我的西游记"，如"古谭""古俗""南岛谭"系列。这种可比作"多点透视"的手法，赋予他的文学某种与哲学具有相近质地的俯瞰性/超越性。而他的文字"质地"，则具有经过高度锤炼之后的硬度与光泽。"古谭""古俗"中的短篇小说，那犹如文学寓言一般的魅力，正是建立在这样的思考与文字（二者本来就不可分割）的"质地"之上。

在中篇、长篇小说中，中岛敦的体系化思考/多点透视法，则体现为将几个人物彼此映照，或通过复调展开叙述。前者如《李陵》中的李陵、司马迁和苏武，《弟子》中的子路与孔子；后者如《光·风·梦》中的叙述人与史蒂文森自述这两条叙事线索。而其文字的质地，与短篇小说时相比，在矿物般的硬度与光泽之外，增添了更多的温度与色彩。（试看《光·风·梦》中的文字，如南太平洋的自然风光一样流光溢彩！）即使在描述人物的痛苦的时候，其文字传达的也不是苍白的痛苦，而是带着血的红，肉的热。

"这样写也可以吗？司马迁暗自疑惑。如此热切的写法是否没有问题？他一直高度警惕着'作'的侵入。自己的工作应该止于'述'之一事。事实上，他的确只是在'述'。但这是怎样生机焕发的叙述方式！不具备超乎寻常的视觉性想象的人决不可能有这样的叙述。"

历史小说当然不同于历史，不过从这段话中，不难看到中岛敦自己的身影。中岛敦绝不"戏说"历史。无论是春秋战国的乱世、汉朝与匈奴的连年战事，还是十九世纪末在西方殖民势力下动荡的萨摩亚群岛，他都基于对史实的高度把握来"述"说人物生存的时空。与此同时，他也从不使用"性格或心理小说"的手法将历史人物扁平化或矮小化为现代人形象。他也刻画人物心理，但那是"心事浩茫连广宇"，与在历史及个人的巨大力量悬殊面前，人物所做出的"行动"血肉相连。如果按照《悟净叹异》中的句式，可以说"行动"就是"选择"，"选择"就是"命运"。

在《弟子》一篇中，子路"逐渐明白了孔子以及追随孔子的自己这些人命运的意义"。

"但是，那和消极放弃的'此乃命也'截然不同。同样是'此乃命也'，这是一种'不限于一个小国，不限于一个时代，为天下万代作木铎'的使命感，一种积极向上的'此乃命也'。"

在《光·风·梦》中，史蒂文森"对自己的死，已经习惯了。或者更准确地说，是抱着一种迎上前去与死游戏、与死赌博的心情。在死亡冰凉的手抓住自己之前，究竟能够编织出多美丽的'幻想和语言的织锦'？这是一场豪奢的赌局。就像出发迫在眉睫的旅人一样，他不停地写着。"

让我们回到本文开头的一九四二年。三月，中岛敦从帕劳横跨太平洋回到东京，因气候剧变引发激烈哮喘。这时他才得知自己的作品于一个月前首次刊载于《文学界》的消息，并收到杂志社与出版社的约稿。之后，到十二月四日去世之前的这段时间里，"就像出发迫在眉睫的旅人一样，他不停地写着"。代表作《弟子》《李陵》以及《高人传》和"南岛谭"系列，都写于这段时间。十一月，他在病床上写下最后一篇文章《在章鱼树下》——面对当时充斥着日本文坛的"转向文学"、"国策文学"、"战争文学"，做出如下断言："与粮食、衣服不同，文学不需要代用品。出不来就出不来，那就等到'真东西'出来的那一天。"这是中岛敦在命运最后时刻留下的"遗言"，至今仍在文学的星空中回响。

由中华书局出版的中岛敦小说集《山月记》，初版于二〇一三年。随着中岛敦的中文读者日益增多，两年前责编徐卫东兄就提议出一本更为完整的增订新版，由于译者的拖延，直到今天才得以实现。

此次新译的作品包括"古谭"中的《木乃伊》和《文字祸》，"南岛谭"中的《幸福》和《鸡》，"我的西游记"之《悟净叹异》《悟净出世》，以及散文《在章鱼树下》。可以说，这本新版基本上完整地收录了体现中岛敦文学风格的小说作品。并且，在附录中收录了临终遗笔《在章鱼树下》、他在哮喘发作的不眠之夜里藉以遣怀的若干首汉诗，以及希望有助于读者了解其生平与时代的年表。

对《悟净叹异》之前的作品则未予收录。不难想象，会有读者对其早期作品（如涉及中岛敦身世的《斗南先生》、这篇译后记中提及的《狼疾记》等）感兴趣。不过，这本作品集的定位是呈现使中岛敦之所以成为"中岛敦"的文学世界的完整面貌，所以还望读者朋友们谅解。

作品的排列不是按照创作时间，而是依照从短篇到中篇、长篇的顺序。关于每篇作品的具体创作年代，请参看年表。"古谭"、"古俗"、"南岛谭"、"我之西游记"这几个中短篇系列，依照中岛敦生前出版的两部作品集中的本来顺序；只是在"古俗"中加入了生前未来得及发表的《高人传》，从作品之间的相关性来看，此举应不算唐突。

翻译时采用的底本是筑摩文库版《中岛敦全集》，年表也是根据全集中的年表整理制作。此次新版加入了更多注释，一部分来自日文原注；一部分是考虑到中文读者需要所加的译注，文史功底深厚的徐卫东兄对此也提供了有力的帮助，谨此致谢。

此外还要感谢栖居嵩山的一了兄为这本作品集提供了绘画作品，

使全书增色不少。一了兄笔下这些气韵生动的山间灵兽，用来迎接《山月记》中文新版的问世真是再合适不过了。

韩　冰

于东京　一苇庐

二〇二一年五月